바람의 리트

Holy War

양승훈 판타지 장편소설

FANTASYSTORY & ADVENTURE

5

dream books
드림북스

바람의 라트 5 개벽의 아침 (완결)

초판 1쇄 인쇄 / 2011년 12월 28일
초판 1쇄 발행 / 2012년 1월 9일

지은이 / 양승훈

발행인 / 오영배
편집팀장 / 신동철
책임편집 / 이소라
편집디자인 / 신경선
펴낸 곳 / (주)삼양출판사 · 드림북스

주소 / 서울특별시 강북구 송천동 322-10호
대표 전화 / 02-980-2112 팩스 / 02-983-0660
편집부 전화 / 02-980-2116 팩스 / 02-983-8201
블로그 / blog.naver.com/dreambookss

등록번호 / 제9-00046호
등록일자 / 1999년 3월 11일

값 8,000원

ISBN 978-89-542-4412-1 (04810) / 978-89-542-4407-7 (세트)

* 지은이와 협의하에 인지는 생략합니다.
* 잘못된 책은 구입한 곳에서 바꾸어 드립니다.

바람의 라트
Holy War
양승훈 판타지 장편소설
FANTASYSTOR ADVENTURE
5
개벽의 아침
dream books
드림북스

바람의 라트
Holy War

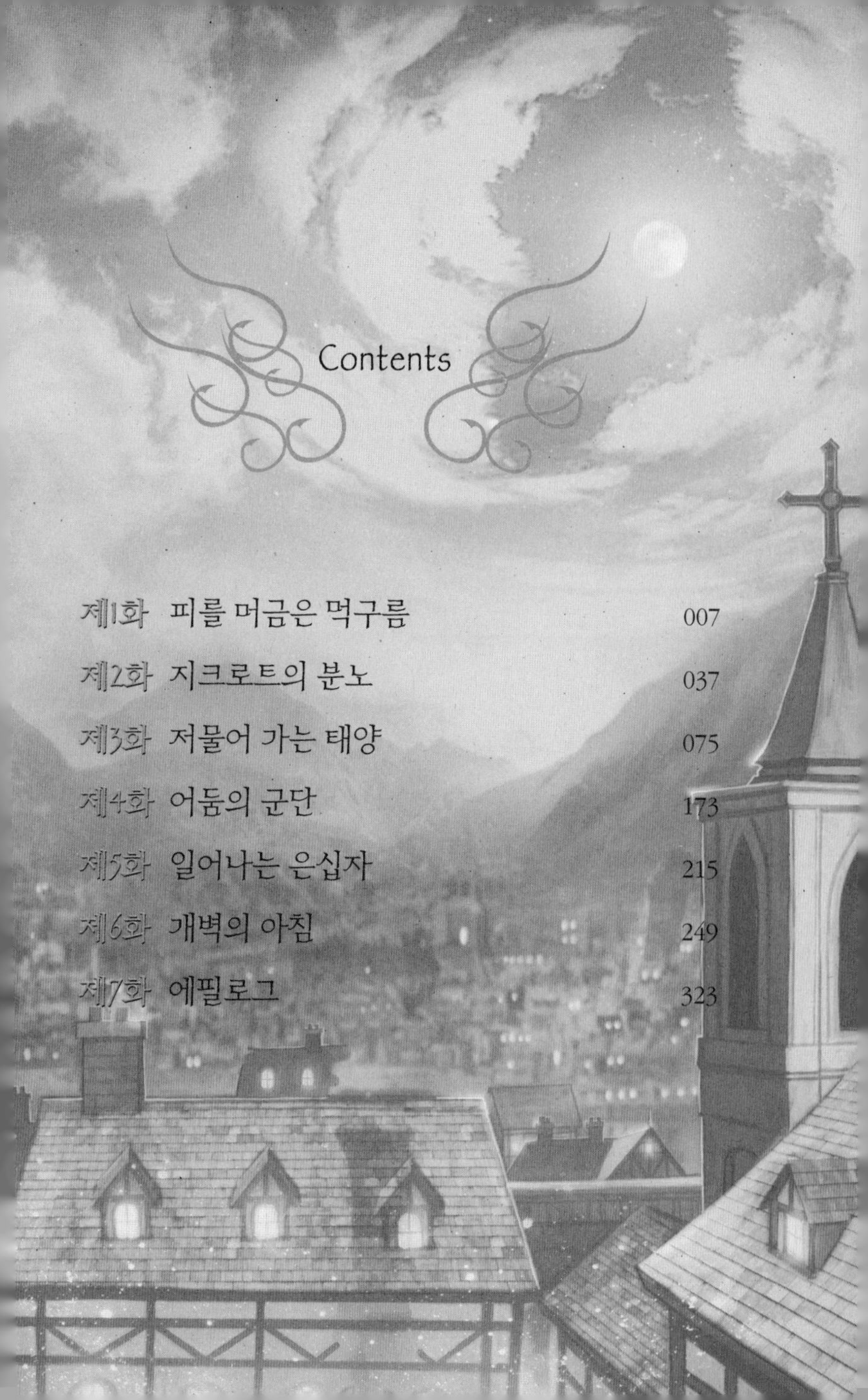

Contents

제1화
피를 머금은 먹구름

신성군단의 공세가 내부적인 문제로 느슨해졌을 무렵, 아제릴에 주둔한 악마군단 내에서는 며칠 전 벌어진 신성군단과의 접전에 관한 남작들 간의 다툼이 끊이지 않고 있었다.

"놈과 나의 싸움이었다. 녀석은 나의 먹이였단 말이다!"

렌타인의 고함에 중앙첨탑이 무너질 것처럼 흔들렸다.

"어리석은 소리 마! 그대로 싸웠다면 분명히 죽었을 거야!"

"시벤토라 남작의 말이 옳아, 타루카 남작. 이성적으로 판단해야 해. 인간들의 전투력은 너무나도 막강해. 게다가 녀석은 성기사 중에서도 상당한 실력자였어. 조금만 더 싸웠다면 죽었을지도 몰라."

"혹여 놈의 손에 죽는다 해도 그것은 그 누구도 상관해서는 안 되는 문제였다."

렌타인이 여전히 고집을 꺾지 않자, 그를 가만히 바라보는 여인의 눈이 가늘게 바뀌었다.

"정말 어리석군. 이제 남작들은 모두 죽었어, 남은 건 우리들뿐이야."

"의외로군. 여태껏 계속 구경만 하던 시벤토라 남작이 아니던가, 무슨 바람이 분 거지?"

"발루토 님께서 이 땅에 오랜 시간 잠들어 계시면서 남기신 힘이 거의 사라졌어. 아무리 나라고 해도 더 이상 방관하고 있을 수 없는 노릇 아니겠어?"

시벤토라 남작이 나긋한 어조로 말하자 나머지 세 명의 남작인 렌타인, 란볼, 마르독의 얼굴이 딱딱하게 굳었다.

잠시나마 잊고 있던 사실을 다시 마주하게 된 것이다. 현재 그들의 휘하에 있는 마족들은 수백을 가볍게 넘겼고, 수천도 뛰어넘을 어마어마한 수였다. 그럼에도 그들은 제대로 된 승기를 거머쥐지 못했다. 반년에 걸친 전투 기간에 그들은 성기사들이 가진 저력을 피부로 느끼지 않았던가. 지금 휘하의 마족들을 전부 움직인다 해도 승기를 잡을 수 있을지는 미지수였다.

라베인의 냉소 어린 목소리가 셋을 상념에서 깨웠다.

"이대로 이곳을 지키려고 들면 우린 모두 죽게 될 거야. 물론 난 여기서 더는 버틸 생각이 없어."

"이곳에서 물러나자는 건가?"

묵묵한 마르독의 나직한 물음에 라베인은 빙긋 미소 지으며 고개를 끄덕였다.

"그래, 이제 이곳에서 물러날 때가 됐어."

"도망치자는 건가!"

"그거야 이후에 결정해야지. 한 가지 확실한 건 더 이상 고집을 부려 봐야 좋을 게 없다는 거야. 이미 적이 가진 힘을 충분히 느꼈잖아."

"이익!"

"흥분하지 마, 시벤토라 남작의 말이 지당해."

란볼이 입가를 말아 올리며 낮게 웃었다.

"확실히…… 발루토 님께서 남기신 힘도 이제 거의 남지 않았어. 우리 휘하의 마족이 넘쳐나지 않는 한 저들과 싸우는 것은 불가능한 일이지."

"역시 란볼, 이 중에선 그나마 머리가 잘 돌아가는군."

"지금껏 불러낸 마족만 해도 수천이 넘는다, 그리고 우리가 취한 힘도 적지 않아. 발루토 님의 힘이 온전히 남아 있다면 몰라도 저 정도라면, 한계에 왔음을 직시해야겠지."

"란볼, 네 녀석도 라베인과 같은 소리를 하려는 거냐?"

렌타인이 눈을 부라리자 란볼은 과장되게 몸을 움츠렸다. 그러나 그 눈빛은 언제나처럼 교활하게 번쩍이고 있었다.

"이곳에서 죽고 싶진 않을 것 아닌가, 타루카 남작?"

"흥, 이곳에서 죽을지언정 하찮은 인간에게 꼬리를 말고 도망치는 일은 없다!"

렌타인이 단호하게 못을 박자 라베인이 눈을 가늘게 떴다. 말귀를 못 알아먹는군, 그녀가 다시 쓴소리를 내뱉으려고 하자 란볼이 라베인을 제지하며 말했다.

"그 하찮은 인간의 손에는 죽어도 좋다는 건가?"

"뭐라고! 내가 놈들의 손에 죽는단 말이냐!"

렌타인이 벌떡 일어났다. 격한 분노와 함께 주위로 뻗어 나가는 기운은 대단한 것이었다. 그는 강했다. 이곳에 있는 그 누구도 그와 일대일로 싸워 이길 자가 없었다. 그러나 란볼은 크게 당황하지 않았다.

"성기사들이라고 불리는 자들은 모두 남작 급 이상의 실력자들이 아닌가. 타루카 남작의 실력은 분명히 뛰어나지만, 놈들이 한꺼번에 달려든다면 제아무리 타루카 남작이라고 해도 달리 도리가 없을 게야."

"으음!"

"아무리 우리라고 해도 그 많은 성기사를 상대하는 것은 어림도 없지. 타루카 남작도 잘 알다시피 우리의 실력은 자네보다 처지는 것이 사실이니까 말이야."

조금 전까지 격분했던 렌타인의 얼굴이 점차 펴지기 시작했다. 곧 주위로 퍼져 나갔던 기운도 잠잠해졌다.

"놈들의 손에 죽어 줄 수는 없지."

"그래, 그래야지."

그 모습을 보며 라베인은 속으로 멍청한 놈이라는 말을 끝도 없이 하고 있었다.

이날, 네 명의 남작은 아제릴에서 후퇴하기로 했다. 그러나 그들의 의견은 잘 조율되지 않고 엇나가면서 문제가 발생했다. 후퇴를 어느 시점에 어떻게 할 것인지에 대한 논의부터 이후 어디로 갈 것인지에 대한 것까지.

머리가 넷이다 보니 의견을 하나로 조율하는 것은 힘든 일이었다. 더군다나 성격도 제각각이고 자신의 본능에 충실한 마족들이었기에 더더욱 그러했다.

제아무리 란볼이라고 해도 이것은 어떻게 할 수 있는 문제가 아니었다. 란볼이 렌타인만큼 강했다면 모를까, 이들 중에서 란볼의 힘은 가장 약했다.

좀처럼 의견이 조율되지 않자 란볼은 이곳에서 더 버티고 있다가는 현재 마족군단이 가진 전력의 태반을 잃을지도 모른다는 생각을 했다.

'저번에 놈들의 수장을 죽이지 못한 것이 큰 화가 되었어.'

그렇게 며칠이 지나도 의견은 좀처럼 조율되지 않았다. 하지만 그동안 신성군단의 공격은 없었다. 이유를 알 수 없는 일이었지만, 란볼은 이제 슬슬 의견을 하나로 모으지 않으면 안 된다는 생각을 했다.

'어떻게 해야…….'

바로 그 순간, 한 가지 생각이 그의 뇌리를 스쳤다. 그는 즉시 다른 세 명의 마족들을 불러 모았다.

"무슨 일이지? 저번의 그 이야기인가?"

"자작 급 마족을 부르는 거다."

"뭐라고? 그게 무슨 말이지?"

남작 급 마족조차 이 세상으로 넘어오기 위해서는 막대한 힘이 필요했다. 그보다 더 큰 힘을 가진 마족이 현세로 넘어오기 위해서는 당연히 어마어마한 힘이 있어야 했다. 그것을 알고 있는 남작들이었기에 모두 부정적인 반응이었다.

란볼은 그들의 얼굴을 보면서 짙은 미소를 지었다.

"지금 우리는 몸은 하나인데, 두뇌는 넷이나 돼. 그렇기 때문에 의견을 하나로 모을 수가 없지. 다시 말해서 우리보다 더 뛰어나고 강한 마족을 불러 우리의 뜻을 하나로 모아서 움직이는 거다."

"꽤나 궁리를 한 모양이지만 도대체 어떻게 그 마족을 불러낼 수 있지? 남작 급 마족들만 해도 이 세상에 현신하는데 막대한 마력이 소모되는데, 하물며 자작 급이라면 더욱 말이 안 돼."

라베인이 날카롭게 물었지만, 란볼은 조금도 막힘없이 대꾸했다.

"아직 남아 있는 발루토 님의 힘을 이용하는 거지."

"과연!"

"그 힘을 이용하면 자작 급 마족을 부르는 것도 그리 어려운 일은 아닐 거야. 혹 부족하다고 해도 우리들의 힘까지 더하면 충분해."

가만히 듣고 있던 마르독이 고개를 끄덕였다. 라베인도 일리가 있다는 듯 고개를 끄덕이며 수긍했다. 하지만 예상했던 대로 렌타인은 쉽게 수긍하지 못했다.

"내키지 않는군."

여태껏 네 명의 마족 중 가장 강력한 힘을 자랑하던 렌타인이었기에 그의 위로 누군가가 나타난다는 것이 썩 내키지 않았던 것이다.

란볼은 부드러운 목소리로 그를 어르기 시작했다.

"군단이 커진다면 우린 더 큰일도 해낼 수 있어. 발루토 님의 힘이 어디로 사라져 버렸는지는 알 길이 없지만, 아직 봉인 지역은 남아 있으니까 말이야. 강력한 힘을 얻게 되면 타루카 남작도 더 이상 남작 자리에만 머물지 않을 거야."

부드러운 유혹이었다. 그리고 렌타인은 단순했다. 다른 누군가에게 고개를 숙이는 것은 자존심이 상했지만 지금보다 더 큰 힘을 가지게 된다면 나중에 무릎 꿇게 만들 수도 있었다.

"흐음, 좋아! 따르지."

조금 전까지 부정적이던 렌타인이 승낙을 하자, 그들은 지하 공동 깊숙한 곳으로 향했다.

치우지 않은 시체들이 내뿜는 독한 악취를 지나 마침내 봉인석이 잠들어 있던 공동 내부에 도착했다. 그들은 검은 탑에 올라 깊은 심연의 구덩이 앞에 섰다. 그들의 눈에는 탐욕이 이글거렸다.

본능에 충실한 그들이기에 애초의 목적은 잊고 그 힘을 탐해야 정상이었다. 하지만 그들은 누구도 함부로 나서지 않았다. 그들은 이미 그릇이 꽉 차도록 힘을 받아들인 것이다. 더 이상 과한 힘을 취했다가는 그릇이 깨지고 만다.

"우리의 힘을 초월하는 자작을 불러내기 위해서는 남은 힘, 그리고 우리들의 힘까지 상당 부분 짜내야 할 거야."

란볼이 굳이 말하지 않아도 알고 있는 이야기였다. 이미 그들은 마족들을 수도 없이 불러내지 않았던가.

구덩이를 중심으로 마름모 형태로 자리를 잡은 그들은 천천히 주문을 외우기 시작했다.

드드드!

탑이 덜덜 떨렸다. 구덩이 깊은 곳에서 짙은 기운이 천천히 흘러나왔고 이내 그들의 주위로 보랏빛의 원형이 만들어졌다. 바깥으로 마력이 흘러나가지 않도록 하기 위함이었다.

깊은 곳에서부터 천천히 올라오는 마력은 거의 태반이 사라졌다고는 하나 여전히 그 무엇보다도 순수하고 막대한 양이었다. 짙은 기운은 점차 구체의 형태를 잡아가기 시작했다.

네 명의 마족의 얼굴에 식은땀이 흘러내렸다. 이윽고 그들의 몸에서도 기운이 흘러나와 구체로 흘러들어갔다.

스스스스!

구멍이 만들어졌다. 어디론가 이어지는 것인지 알 수 없는 심연의 구멍. 그곳에서 흘러나온 것은 막대한 양의 어둠의 마력이었다.

"성공이다."

란볼이 나직한 목소리로 말했다. 모두가 곧 이 세상에 현신할 자작 급 마족을 기다리며 숨죽였다. 이윽고 공간의 끄트머리를 찢으며 길고 얇은 손가락 하나가 불쑥 튀어 나왔다. 그리고 이내 얼마 지나지 않아 어둠 속에서 핼쑥한 얼굴이 드러났다.

"흐음, 좋군. 바로 이곳인가?"

갈라지는 목소리였다. 라베인이 저도 모르게 눈살을 찌푸리는 사이에, 새로 나타난 마족은 완전하게 모습을 드러내 바닥에 땅을 내디뎠다.

"훌륭하군, 마계만큼이나 훌륭한 공기가 아닌가."

주위로 몰아치는 어둠의 마력을 느끼며 삐쩍 마른 노인이 중얼거렸다. 하지만 곧 네 명의 남작이 일제히 주위를 차단하고 있던 기운을 풀자, 노인의 얼굴은 일그러졌다.

"이런, 아니군. 주위의 공간을 막고 있었던 것이었나."

삐쩍 말라 앙상한 몸에 핼쑥한 얼굴의 모습. 어딜 보나 노인에게서는 자작 급 마족으로서의 힘을 찾아 볼 수 없었다. 넷이 말을 잇지 못하는 사이에 렌타인이 입을 열었다.

"이런 놈이 자작이란 말인가?"

노인의 시선이 렌타인에게 향했다.

"내게 한 말인가?"

"그렇다. 네 녀석의 모습을 보니 현재 마계의 수준이 어느 정도인지는 알만 하군. 내가 마계로 간다면 자작은 물론이요, 백작도 해먹을 수 있겠어."

렌타인이 자신만만하게 말하자, 노인의 입가가 비틀렸다.

"건방진 놈."

바로 그 순간 노인의 삐쩍 마른 손바닥에 검은 기운이 맺혔다. 렌타인이 급하게 마력을 끌어 올렸지만, 노인의 공격은 무시무시할 정도로 빨랐다.

콰앙!

"크윽!"

폭발과 함께 렌타인의 입가에서 피가 흘러내렸다.

"호오……."

보통 일반적인 남작이었다면 조금 전 공격으로 단번에 사지가 찢겨나갔을 터였다.

노인이 흥미롭다는 표정을 지었다.

"남작이 아니군, 200자작의 말단 정도는 되겠어……. 헌데 이상하군, 어째서 남작이 풍기는 냄새가 나지?"

한편, 조금 전 일격으로 실력의 차이를 느낀 나머지 남작 셋은 즉시 고개를 조아렸다.

"자작님을 뵙습니다."

"음, 모두 남작이군. 모두 저 녀석만 한 실력을 갖춘 건가?"

"그렇지 않습니다. 타루카 남작은 저희 중에서도 가장 강한 마족입니다."

"그렇군. 하지만 녀석은 남작에 머무를 실력이 아니야. 어째서 남작에게서 나는 냄새가 나는 거지? 작위 승급을 하지 못했나?"

"저희들은 모두 이 세상에서 200년가량을 지냈습니다."

"과연 마계에 없었다는 얘긴가, 그렇다면 정상적인 작위 승급을 치르지 못했겠지."

고개를 주억거린 노인은 주위를 슥 훑어보았다. 시체가 썩는 악취, 상당한 시간이 흐른 것 같지만 치열한 접전의 흔적들이 곳곳에서 보였다.

재미있을 것 같다, 노인의 눈에 흥분이 일렁였다.

"나는 흑영(黑影)의 필리안델이다."

*　　*　　*

"웨, 웬 놈이냐!"

그렇게 외친 기사는 그제야 사내의 몰골을 확인하기 시작했다. 거칠게 자라난 수염, 헝클어진 머리칼, 그리고 벗겨진 옷.

죄인이었다.

"이, 이놈 죄인이다!"

기사가 큰 목소리로 외친 순간이었다. 라트의 손이 번개처럼 튀어 나가서 기사의 목을 졸랐다.

"이, 이 새끼가!"

다른 기사가 검을 번쩍 쳐들고 라트를 베려 했다.

카캉!

"헉!"

숨이 턱 막히는 소리를 낸 기사는 자신이 내려친 검을 막은 라트의 왼쪽 팔을 보면서 덜덜 떨었다. 어떻게 검을 맨팔로 막을 수가 있단 말인가.

"꺼걱!"

라트의 오른손에 목이 졸린 기사가 거품을 물고 숨을 꺽꺽대면서 발버둥을 쳤다.

털썩!

일말의 감정도 비치지 않는 라트의 눈동자를 본 기사는 그 자리에서 털썩 주저앉았다. 검은 진작 놓아 버렸다. 도망가고 싶은 마음이 굴뚝같았지만, 다리에 힘이 들어가질 않았다.

뚜두둑!

바로 그 순간, 라트에게 잡혔던 기사의 목이 부러져 버렸다.

"히이익!"

철푸덕!

간헐적으로 몸을 푸들푸들 떠는 동료의 시체를 보면서 기사는 그만 실금을 하고 말았다. 악력으로 목뼈를 부러뜨리다니…….

"사, 살려줘……."

라트의 왼손에 맺힌 검은 기운은 쏜살같이 기사에게 쏘아져 나갔다. 단말마도 없는 최후였다. 목과 분리된 머리가 저 멀리 굴러갔고 머리를 잃은 목의 단면에서는 피가 끊임없이 울컥울컥 흘러나왔다.

시체를 뒤로한 채, 라트는 걸어갔다.

고요한 침묵이 드리운 복도에는 피를 잔뜩 머금은 라트의 발자국만이 찍혀 있었다.

"뭐, 뭘 하려는 거냐!"

덜덜 떨고 있는 후작의 모습은 한심하기 짝이 없었다. 대전에서 그가 보였던 위엄과 힘은 온데간데없었다. 그의 눈앞에 있는 것은 손을 까딱하기만 해도 죽을, 더없이 약한 벌레 같은 존재였다.

라트의 입가에서 웃음이 흘러나왔다.

"그렇군, 너희가 나를 볼 때 이런 기분이었겠어."

"써, 썩 물러가라! 밖에 누구 없느냐!"

후작의 외침은 공허하게 울릴 뿐이었다. 그의 간절한 부름에는 아무도 대답할 수 없었다. 이미 그의 눈앞에 나타난 자의 손에 의해 모조리 죽고 말았으니까.

라트는 그를 가만히 보고 있었다. 후작은 공포에 질린 눈동자를 데굴데굴 굴렸다.

"나, 나를 죽이기 위해서 온 건가……?"

라트와 거리를 벌리는 그라딘 후작의 오른손이 허리로 향했다. 그의 허리에는 호신용 검이 메여 있었다.

"다, 다시 생각해라! 나, 나는 신성제국의 영주인 그라딘 후작이니라. 네, 네깟 놈이 날 죽이고도 무사할 것 같으냐?"

조심스럽게 허리에 손을 갖다 대자 곧 검이 잡혔다. 후작의 얼굴에 드리웠던 공포가 일시에 사라졌다.

"그래, 자네의 마음을 내 전혀 이해하지 못하는 것은 아니야. 억울하겠지, 억울한 일이 아주 많았을 거야. 천한 신분으로 살아가려면 심한 일을 많이 겪었을 거야."

라트가 아무런 반응도 하지 않고 가만히 있자, 후작은 침착한 태도를 찾으면서 조곤조곤 타이르듯 말했다.

그 순간 라트의 뒤쪽으로 돌아간 후작의 눈동자가 잔혹하게 번뜩였다.

"억울하다고 해도 이런 짓을 용서받을 수는 없지."

채앵!

후작의 손에서 검이 뽑힘과 동시에 찔러 들어갔다.

캉!

"이, 이럴……."

라트의 등을 꿰뚫고 그의 장을 갈기갈기 찢을 것이라 여겼던 검은 등에 닿기도 전에 라트의 왼손에 의해 멈춰 버렸다.

"마, 말도 안 되는 일이……."

검은 기운이 일렁이는 라트의 왼손은 검을 꽉 잡은 채 놓질 않고 있었다. 피는 조금도 흐르지 않았다. 부들부들 떨면서 검을 놓친 그라딘 후작은 주춤주춤 뒤로 물러섰다.

"자, 잠깐…… 나, 나는 그럴 생각이……."

"네놈은 죽어야 해."

나직한 선고였다. 감정이 묻어나지 않는 그 목소리에 그라딘 후작은 다리에 힘이 쭉 빠지는 것을 느꼈다.

"어, 어째서……. 어째서! 어째서 네놈이 내 앞에 나타났느냔 말이다. 네놈은 뭐냐!"

거의 비명에 가까운 고함을 내지르는 후작의 모습은 처량해 보일 뿐이었다. 라트는 차가운 얼굴로 나직이 말했다.

"내가 악마이기 때문이다, 그리고 너는 교단의 개이기 때문에 죽는 거지."

바로 그 순간 방안에 내려앉은 어둠에서부터 다수의 사람들이 천천히 라트의 주위로 걸어왔다. 검은 정복을 입고 있는 그들의 모습은 여느 평범한 사람과 조금도 다르지 않았지만, 그들이 내뿜는 광포한 존재감은 그들이 보통 사람이 아님을 말하고 있었다.

"부르셨습니까, 주인님."

그의 곁에 다가온 금발의 남자가 천천히 한쪽 무릎을 꿇었다. 그러자 그 주변으로 모여든 다른 자들도 일제히 무릎을 꿇었다. 이전, 라트의 검은 벼락에 무릎을 꿇은 마족들이었다. 이제 그들은 직후 라트와 피의 결속을 맺었고, 완전한 라트의 종으로 거듭났다.

그 모습에 그라딘 후작은 사정없이 몸을 떨었다.

"벼, 병사들은…… 배, 백작들까지 네, 네놈이……."

"모두 죽었다."

거리낌 없는 라트의 태도에 후작은 눈을 질끈 감았다.

"……."

"이제 궁금한 건 모두 풀렸나?"

"한 가지……."

"마지막으로 답해 주지."

"악마에게 이런 걸 묻는다는 것 자체가 우스운 일이지만, 그래도 묻고 싶군……."

죽음을 피할 수 없다는 것을 받아들인 것인지 그라딘 후작의 목소리는 침착했다.

"어째서 교단을 없애려고 하는 거지?"

그렇게 물으면서도 너무 바보 같은 질문이라고 생각했는지, 후작은 저도 모르게 웃고 말았다. 악마에게 어째서 교단을 무너뜨리느냐고 묻고 있다니, 이처럼 한심한 질문이 어디 있을까? 이미 답을 알면서 묻는 질문이나 다름없었다. 그러나 라트에게서 되돌아온 답은 그라딘 후작이 생각하던 답과는 전혀 다른 것이었다.

"복수다."

"복……수?"

복수라고? 악마에게 그러한 감정이 있단 말인가? 그라딘 후작은 이해할 수 없다는 표정을 지었다. 그라딘 후작은 다시금 라트를 올려다보았다. 헝클어진 머리칼 아래로 빨려들 것 같은 심연의 눈동자. 그는 눈을 뗄 수 없었다.

"설마 너는……."

후작은 채 말을 잇지 못했다.

'악마가 아니라 사람인가?'

고통을 느낄 새도 없이 날아든 라트의 손이 그의 목을 뜯어버렸다. 목과 분리된 머리만이 데굴데굴 굴렀다. 의식이 끊기기 불과 몇 초 전, 그는 별안간 라트의 얼굴에 떠오른 깊은 슬픔을 읽었다.

라트는 천천히 몸을 일으켰다. 후작의 목을 뜯어낸 오른손이 붉은 피 때문에 따뜻했다.

그것은 벌써 오래 전 일처럼 느껴지는 여인의 손을 통해 느꼈던 온기와 비슷했다.

* * *

제피린의 분위기는 어둡게 가라앉아 있었다.

낮이든 밤이든 항상 활기 넘치던 거리가 지금은 쥐죽은 듯 조용했고 보이는 사람도 적었다. 파르칼 령이 악마와의 전쟁터로 바뀐 이후로 수많은 사람들이 관령을 떠난 것이다. 아제릴과 그리 멀지 않은 제피린은 안전지대가 아니었다.

제피린의 깊숙한 지하, 제3십자대의 지하의 깊숙한 방에서는 밝은 조명석 아래에서 수십 명이 모여 며칠째 회의를 하고 있었다. 모두 피로한 기색이 역력했다.

그때, 천천히 문을 열고 나타난 실바레티가 상석의 가슈인에게 다가와 고개를 숙이며 나직하게 말했다.

"아무래도 승세가 기울어진 모양입니다."

좌중이 술렁였다.

"신성군단인가?"

"예."

가슈인은 눈을 지그시 감았다. 이미 예상하던 일이었다. 교황청에서 언제까지고 두고 볼 리가 없었다. 교황청이 전면적으로 개입하여 아제릴을 압박한다면 현재 아제릴의 악마들은 버티지 못하고 무너질 것이 당연했다.

"지금까지 버틴 게 오히려 용한 일이다."

"십자대장님, 이렇게 두고 볼 수는 없습니다. 교단의 힘은 약화되었습니다. 아제릴의 악마는 강했고 교황청이 나서지 않으면 일이 해결되지 않을 정도가 아닙니까? 다시 말하면 현재 굴바엔 지방의 그 어떤 자들도 악마들의 힘을 단독으로 막을 힘이 없다는 말입니다."

"그렇지 않습니다. 이번 일로 교단은 상당한 전력 약화를 겪긴 했으나, 그렇다고 해도 아직 은십자 기사단이 전면에 나서기에는 시기가 좋지 않습니다. 더군다나 시세에 편승하여 악마들과 같은 무리가 되어 교단과 싸우다니, 그것은 은십자 기사단의 기본 이념에 반하는 일이 아니겠습니까!"

"이상론을 늘어놓을 참인가!"

"이상론이라니!"

며칠 동안 지속된 회의로 모두 날카로워져 있었기 때문에 두 사람의 격론에 다른 이들까지 휘말렸고 곧 간부들끼리도 언성을 높이며 싸우기 시작했다.

간부들도 역시 상황을 둘로 나누어 보고 있었다. 일단 상황을 계속해서 지켜볼 것인가, 아니면 이 상황을 이용하여 거병할 것인가. 이에 대해 가슈인도 명쾌한 답을 내놓지 못하고 이렇듯 오랜 시간 가만히 침묵을 고수해 왔다.

가슈인의 곁에 서 있는 실바레티가 조심스럽게 입을 열었다.

"어둠 속에서 나아가지 않고 가만히 서 있는 이상, 빛은커녕 길은 찾을 수 없습니다."

"건방진 소리를 하는군."

"그렇게 들리셨다면 죄송합니다."

실바레티의 말에 가슈인은 그간 복잡했던 마음이 뚫리는 것 같은 기분을 느꼈다. 그의 말대로다. 가만히 멈춰 서 있어 봐야 바뀌는 것은 아무것도 없다.

'어쩌면 내가 생각지도 못한 사이에 나 자신이 이미 고여서 썩고 있는 물이 된 것일지도 모르겠군.'

계획이 틀어지고 아제릴에 악마가 둥지를 틀었을 때 그는 어떻게 생각했던가, 악마들을 이용해서라도 신성군단을 무찌를 생각을 하지 않았던가. 하지만 정작 일을 진행시키려고 한 순간, 그는 주저하고 말았다. 여기까지 쌓아올린 모든 것을 단 한 순간에 잃을지도 모른다는 생각과 악마들을 신뢰할 수 없다는 생각 때문이었다.

결단을 내리지 못하고, 결국 이렇게 아무것도 하지 못한 채 시간은 흐르고 말았다.

'늦지는 않았다.'

가슈인은 확신했다.

아니, 오히려 지금이야말로 적기다. 아제릴은 곧 신성군단의 손에 넘어간다. 아제릴에 둥지를 튼 악마들은 지금 피가 바짝바짝 말라가는 상황이다.

물론 그들의 지능이 터무니없이 모자라서 지금의 상황을 이해하지 못할 가능성도 있었지만, 여태까지 신성군단과의 접전을 보고서로 일일이 살펴본 가슈인은 그들에게도 전략이란 것이 있고 전술이 있음을 알 수 있었다. 그렇단 얘기는 그들의 지능이 그렇게 모자라다는 얘기는 아니었다.

지금 상황에서 은십자 기사단이 손을 뻗는다면, 그들은 붙잡을 수밖에 없다. 누가 우위에 있는지 명확하게 갈리는 것이다.

명쾌한 답이 가슈인의 안에 선명하게 떠올랐다. 여느 때처럼 가슈인의 눈에 자신감과 여유가 비치고 있었다.

"모두 조용히 하라."

마력을 담은 가슈인의 목소리가 실내에 쩌렁쩌렁 울렸다. 조금 전까지 악을 지르다시피 싸우고 있던 간부들이 일제히 멈추고 가슈인을 바라보았다.

"나아갈 길을 정했다."

모두가 숨을 죽였다. 묵직한 침묵이 감돌았다. 가슈인은 그들을 쓱 훑었다. 그들의 얼굴에 떠오른 일말의 불안과 흥분, 그리고 두려움, 전의 등…….

마침내 가슈인의 입에서 결의에 찬 목소리가 나직하게 흘러나왔다.

"출진한다."

침묵은 깨졌다. 웅성거림은 순식간에 커졌고 가슈인의 선택에 대한 반대 의견이 터져 나왔다.

"자칫 제3십자대의 기반이 흔들리게 될 것입니다. 재고해주십시오!"

"맞습니다. 어찌 악마와 결탁하려고 하십니까! 씻을 수 없는 오명이 될 것입니다. 만약 이 일이 상부에 알려진다면……."

"상부가 어쨌단 말이냐."

서슬 퍼런 가슈인의 말에 그의 시선을 받는 간부의 얼굴이 창백하게 질렸다. 이곳에 있는 간부들 중에서 가슈인의 날카로운 시선을 받아낼 수 있는 이가 없었다.

"상부가 지금 이 순간에 제3십자대에 내린 지령이 뭐란 말인가? 총단이 지금 우리를 위해 해 준 게 도대체 무엇인가?"

"그, 그건……."

모두가 말을 잇지 못했다. 실제로 총단에서 아제릴의 봉인이 깨진 이후, 제3십자대에 지원해 준 것은 아무것도 없다고 봐도 무방했으니까 말이다.

"모두 알아두도록. 상부의 지령 따위는 아무래도 좋다. 그들이 우릴 대신해서 죽어 주지는 않는단 말이다. 살아남기 위해서는 우리 스스로 일어서야 한다."

가슈인의 발언은 위험한 것이었다. 제3십자대는 기본적으로 은십자 기사단의 울타리 안에 있는 하위 조직이었다. 상부의 지령을 무시한다는 말은 독립적으로 움직이겠다는 뜻을 밝힌 것이나 다름없었다.

"상부의 지령을……."

"십자대장님의 말씀은……."

술렁임이 커지는 가운데, 간부 태반은 잠자코 입을 다물고 있었다. 그들은 이미 먼 과거부터 이미 가슈인의 뜻에 동참한 자들이다. 소란스러움이 그치지 않는 와중에 가슈인은 모두를 보며 입가에 미소를 그렸다.

"지금이 바로 적기라고 생각하지 않나? 바로 지금이야말로 교단을 무찌르기 위해 갈아온 칼을 들 때라고 생각한다."

가슈인의 뜻을 따르는 간부들이 일제히 한쪽 무릎을 꿇으며 고개를 숙였다.

좌중은 여전히 술렁이는 가운데 한두 명씩 무릎을 꿇기 시작했다. 그리고 이내 모두가 무릎을 꿇었다. 그것은 이미 멈출 수 없는 흐름과도 같은 것이었고, 그 흐름에 거스르면 바깥으로 튕겨 버려질 뿐이다. 무조건 따라야 살아남을 수 있다.

"제3십자대는 오늘부터 정식으로 폭룡대라는 이름으로 움직인다."

"옛!"

제3십자대 내부에서 비공식적으로 불려 왔던 폭룡대의 이름이 전면에 내세워졌다. 그것은 큰 의미가 있는 일이었다. 비로소 가슈인이 자신이 세운 뜻을 추진하겠다는 것이었으니까.

'아제릴이 버티고 있을 때, 그들과 연계를 해야만 해. 그 이후는 늦다.'

가슈인이 뜻을 바로 세우고 움직이려는 바로 그 무렵, 아제릴의 마족들 사이에서도 체계적인 움직임이 일어나고 있었다.

제피린에서는 이러한 변화의 흐름을 미처 읽지 못했다.

필리안델이라는, 기존의 명령 체계를 뒤엎는 존재가 나타남으로써 각 군단으로 나뉘어 연계되지 않던 명령 체계가 비로소 잡히게 되었다.

마족들간의 힘의 차이란 곧 서열이다. 필리안델은 네 명의 남작들을 부리게 되었다. 그리고 그 말은 그들 네 명 휘하의 마족군단은 모두 필리안델의 명을 따른다는 이야기였다.

필리안델은 네 명의 남작으로부터 그간의 이야기를 모두 들었다. 지금에 이르기까지 모든 이야기를 듣는 필리안델의 표정은 시시각각 변했다.

'이곳은 재미있는 곳이로구나.'

마계에 있을 때, 필리안델의 목적은 오로지 단 하나였다. 자작으로 거듭나는 것. 그리고 그것을 이룬 뒤, 필리안델의 갈구해 왔던 힘에 대한 욕심은 한풀 꺾이고 말았다.

그는 이 세상에서 새로운 욕망으로 가슴이 부푸는 것을 느꼈다. 마족들과 대립하는 신성군단의 존재에 대한 흥미가 생겼고 인간들이 가진 힘에 대해서는 놀라움을 금치 못했다. 무엇보다 발루토가 고작 인간들에게 당해서 사지가 잘려 나갔다 이야기를 들었을 때에는 경악한 것도 사실이었다.

'발루토라면 20공작 중에서도 상위권에 드는 어마어마한 마족이 아닌가.'

모든 이야기가 끝난 후 필리안델은 눈을 가늘게 뜨고 북성벽 위로 올라갔다. 신성군단의 막사가 저 멀리 보이고 있었다.

"일단 놈들의 전투력이 어느 정도인지 알아봐야겠군."

"위험합니다. 놈들의 전투력을 얕보다가는 자칫……."

란볼의 간언에 필리안델이 얼굴을 찌푸렸다. 이야기를 모두 들었지만, 고작 인간 따위에게 죽을지도 모른다는 얘기를 듣는 것은 자존심이 상하는 일이었다.

"놈들의 전력이 어느 정도인지 알아야 그 이후에 정확한 판단을 할 수 있다."

그의 목소리에 담겨 있는 자신감을 읽은 란볼은 필리안델이 여전히 인간들 얕보고 있음을 알 수 있었다.

그날, 필리안델은 성벽을 넘어 신성군단의 막사가 있는 곳에 홀로 모습을 드러냈다. 거친 바람을 맞으며 그는 만족스럽게 웃었다. 양손을 뻗자, 그 주위에 짙은 어둠의 기운이 일렁였다.

필리안델이 돌아온 것은 그로부터 두 시간이 채 흐르기 전이었다.

"자작님 괜찮으십니까?"

"잡지 않아도 돼!"

지친 기색으로 들어오는 그를 발견한 란볼이 달려가 그를 부축하자, 필리안델이 거칠게 그의 손을 뿌리쳤다. 그가 상처 입은 것은 자존심이었다. 얘기를 듣는 것과 실제로 경험하는 것은 어마어마한 차이가 있었다.

그는 말로만 들었던 성기사들의 저력을 몸으로 경험했다. 그가 흩뿌리는 어마어마한 힘 앞에서도 성기사들은 두려워하지 않고 맞섰다.

'건방진 놈들!'

"란볼, 다른 남작들 전원 불러 모아라."

란볼이 고개를 숙이고 바로 몸을 날렸다.

필리안델이 첨탑에 도착했을 때는 이미 네 명의 남작들이 도착해서 그를 기다리고 있었다.

자존심이 강한 렌타인도 그를 보자마자 고개를 살짝 숙였다. 렌타인은 이전 그의 공격을 직접 몸으로 체감한 이후 자신보다 뛰어난 그의 실력을 인정한 것이다.

"놈들의 전투력이 어느 정도인지 충분히 알았다."

필리안델은 신성군단의 전투력이 아제릴의 마족군단보다 우위에 있다고 보고 있었다. 비록 필리안델이 새로운 전력으로 나타났다고는 하나, 오늘의 교전을 통해서 자신의 힘만으로는 전황을 뒤집기는 어려운 일임을 깨달았다.

"이곳에서 일단 물러난다. 더 이상 이곳에서 버티는 것은 불가능한 일이야."

필리안델은 눈을 지그시 감고 손으로 공중에 무언가를 그리기 시작했다.

몸속을 흐르던 검은색 기운이 손가락 끝으로 흘러나와 허공에 무언가를 만들어 냈다. 빠르게 움직이는 손끝이 그리는 것은 파르칼 령의 지도였다. 천천히 눈을 뜬 필리안델은 한곳으로 눈을 돌렸다.

"이곳으로 간다."

남작들의 눈이 필리안델이 가리킨 방향으로 향했다.

아실반 산맥.

"분명히 이곳에는 마물 같은 것들이 꽤 있다고 했지. 아실반 산맥을 거점으로 삼아 그곳의 마물들을 모두 군단의 전력으로 삼겠다."

"몬스터가 전력이 되겠습니까?"

"마물의 흉포성을 있는 대로 끌어 올리면 분명히 조금이라도 도움이 될 것이다. 너희들이 말하지 않았던가? 성기사들의 수는 그리 많지 않다고 말이야. 마물들 몇백, 몇천을 잃어도 성기사 둘 셋을 죽일 수만 있다면 그것이 이득이다."

"예, 알겠습니다."

"군단을 모두 준비시켜라. 당장 서쪽 산맥을 타고 북쪽으로 올라가겠다."

필리안델의 말이 끝나자마자 남작들이 일제히 첨탑 밖으로 몸을 날렸다.

홀로 남은 필리안델은 욕망으로 이글거리는 눈동자를 불태웠다.

'아직 발루토의 봉인지역이 남아 있다고 그랬지.'

그가 노리는 것은 바로 그 봉인지역이었다. 아실반 산맥에서 놈들을 상대하면서 전력을 약화시키고 그게 힘들면, 후퇴하면 그만이다. 인간들의 하찮은 신체 능력과 마족들의 신체 능력은 비교 자체가 되질 않는다.

'발루토의 힘만 흡수할 수 있다면!'

그렇게만 되면 아득하게만 느껴지던 백작이란 고고한 자리도 그리 머지않았다.

세 시간이 채 흐르기 전에 아제릴의 마족군단은 움직였다. 필리안델을 필두로 그들은 드높은 성벽을 넘어 산맥을 타고 질주했다.

수천 명이 넘는 마족군단이 질서정연하게 달려 나가는 모습은 마치 먹구름이 지상에서 움직이는 것처럼 보였다.

제2화
지크로트의 분노

수일이 지났다.

성전의 시발점이 된 파르칼 령은 새로운 상황을 맞이하고 있었다. 악마의 출현, 신성군단의 등장, 파르칼 령 통제, 그리고 반년에 걸친 긴 싸움과 교황청의 전면적 개입…….

교황청도 제국 신민들도, 그리고 이 싸움을 최전선에서 겪고 있는 신성군단의 성기사들도 이 싸움이 곧 끝나리라는 것은 의심치 않았다.

"진군!"

파토르의 목소리가 쩌렁쩌렁 전장에 울려 퍼졌다.

"진군!"

사방에서 백인대장들의 목소리가 하늘 높이 치솟았다. 금색 프로텔리아가 그려진 기치가 우뚝 치솟고, 신성군단은 거침없이 아제릴을 향해 나아갔다. 그때까지도 그들은 알지 못했다. 이미 아제릴에는 마족군단이 단 한 명도 남아 있지 않음을 말이다.

무혈입성.

그날, 신성군단은 반년의 싸움 끝에 비로소 아제릴을 되찾을 수 있었다.

한편, 만 하루가 지나서야 이 사실을 보고받은 가슈인은 그 자리에서 벌떡 일어났다. 눈동자는 더없이 크게 떠졌고 주먹은 부르르 떨리고 있었다.

항상 냉정한 가슈인으로서는 보기 드물게 당황한 모습이었다.

"그게 사실인가?"

"예, 틀림없는 사실입니다. 이미 아제릴은 신성군단의 손에 떨어졌습니다……."

"말도 안 되는 일이다. 악마들이 이제 와서 그렇게 허무하게 무너질 리가 없어!"

버럭 고함을 내지른 가슈인은 온몸의 피가 바짝바짝 말라가는 것 같았다. 이미 소집령을 내린 상태였다. 적어도 일주일 이내에 제3십자대의 모든 전력이 모일 것이다.

'이런 때 아제릴이……!'

가슈인은 이를 뿌득뿌득 갈았다. 소집령을 취소하기에는 너무 늦다. 이미 곳곳에서 움직임이 드러나고 말았을 것이다.

"상황이 개같이 흘러가는구나……."

가슈인의 입에서 흘러나오는 분노에 찬 목소리에 앞에 무릎을 꿇고 있는 사내는 몸을 부르르 떨었다.

"기이한 것은…… 전투 흔적이 거의 없다는 겁니다."

가슈인의 눈이 사내에게로 홱 돌아갔다.

"전투 흔적이 없다고?"

"예, 일이 이상하게 돌아가는 것 같아 조사해 보았는데, 전투 흔적이 전혀 없는 것으로 알려졌습니다. 다시 말해 신성군단은 아무런 저항도 받지 않고 아제릴에 입성한 것으로 보여집니다."

"그렇단 말이지……."

가슈인이 눈을 가늘게 떴다. 자리에 천천히 앉은 그는 턱을 괴었다. 아무래도 악마들이 다른 전략을 편 모양이었다.

'미리 전력을 뺀 모양이군.'

"아제릴의 근방에 어떤 움직임이 없었나?"

가슈인의 날카로운 질문에 사내는 쉽게 답하지 못하고 우물쭈물거렸다. 그러자 가슈인의 눈이 반짝 빛났다.

"왜 대답을 못하지?"

"부하들 몇 명이 뭔가를 발견했다는 말을 했습니다만, 그것은 아직 확인할 수 없는 것으로 판단되어 섣불리 보고를 드릴 수가 없었습니다."

"확인할 수 없는 것이라니?"

"먹구름처럼 보이는 것이 산맥을 타고 빠르게 움직였다고 합니다."

"먹구름?"

가슈인이 미간을 모으며 반문하자 사내는 당황한 표정을 지으며 바로 머리를 땅에 박았다.

"송구스럽습니다. 잊어 주십시오. 정확한 정보가 아닙니다."

"아니, 아니야. 조금 더 자세히 말해 보게."

가슈인이 흥미를 보이자, 사내의 얼굴이 굳었다. 그가 한 정확하지 않은 이야기로 가슈인이 그릇된 판단을 한다면 그것은 비단 그 하나의 문제가 아니라, 폭룡대 전체의 문제가 된다.

"그럴 수는 없습니다. 잊어주십시오."

"걱정할 필요 없네. 자네가 생각하는 그런 문제는 생기지 않아."

가슈인은 그의 속내를 속속들이 읽고 있었다.

"생각해 보게. 아제릴의 악마들은 결코 인간의 범주로는 생각해서는 안 돼. 알겠는가? 지금 이 상황은 결코 폭룡대에 있어 좋지 않은 상황이란 말일세. 파멸을 각오해야 하는 시점에 악마들의 전력은 꼭 필요한 것이야."

"하지만 확실한 정보가 아닙니다."

"그래도 말하도록 하게. 가만히 파멸을 맞이하는 게 옳다고 보는가?"

가슈인의 냉정한 말에 사내는 잠깐 고민하는 듯했지만, 곧 입을 열었다.

"봉인의 땅 서북쪽에 풀어둔 부하 둘이 기묘한 광경을 보았다고 합니다."

"계속 말하게."

"예, 먹구름 같은 것이 아주 빠른 속도로 북쪽을 향해 일사불란하게 나아갔다고 합니다."

"나아갔다?"

"예, 무엇인지 정확하게 표현하기를 어려워했습니다. 일단 어둠이 워낙 짙게 내린 늦은 밤인데다가 미처 파악하기도 전에 놓쳤다기에……."

그의 얘기를 들은 가슈인은 확신했다. 아제릴의 낙성이 너무나도 빨랐다는 것과 전투의 흔적이 보이지 않았다는 것으로 미루어 악마들은 성을 비운 게 틀림없었다. 그렇다면 그들이 어디로 향했는지가 중요했다.

'그 먹구름이라는 건 악마들이 틀림없다.'

악마들의 이동 속도는 인간과 비교도 할 수 없다는 건 이미 들어서 알고 있었다.

"수고했군. 계속해서 봉인의 땅을 살펴보도록 하게."

"예, 알겠습니다."

홀로 남은 가슈인은 생각에 잠겼다.

'어디로 가려는 거지?'

탁자 위에 펼쳐진 파르칼 령의 지도가 가슈인의 푸른 눈동자에 들어왔다.

"어디로 가려는 거냐?"

초조한 목소리가 그의 입술 사이에서 흘러나왔다.

*　　*　　*

길게 이어지는 산 끝자락으로 거친 바람이 불었다.

그 바람에는 짙은 피비린내가 섞여 있었다. 오늘은 또 얼마나 많은 사람이 죽었을까, 그것을 정확하게 셀 수 있는 사람은 없을 것이다. 이곳은 하루가 다르게 무법 지대로 변하고 있었다.

산세와 산세 사이에 존재하는 거대한 성문은 굳게 닫혀 있었다. 협곡 사이에 있는 펠시브는 오로지 방어를 위해 만들어진 곳으로 긴 시간 동안 열린 적이 없었다.

펠시브의 성문이 열리면 바로 봉인지역 아제릴로 향할 수 있기 때문이었다. 그래서 아제릴과 더불어 펠시브의 경비는 삼엄했고 항상 상당한 힘이 머물고 있는 곳이었다. 그러나 그 모든 것은 이제 과거의 일이 되고 말았다.

아제릴을 지키던 용맹한 성기사단은 와해하여 극소수만이

신성군단의 일원이 되었고, 성역은 악마들의 손에 짓밟혀 정화될 수 없을 만큼 더렵혀지고 말았다. 펠시브 역시 마찬가지였다. 악마들의 아제릴 침공 당시 뒤늦게 참전한 펠시브의 병사들은 그들의 어마어마한 수와 공세 앞에 서서히 무너지고 말았다. 남은 펠시브의 병사들은 이후, 아제릴을 점거한 악마들의 손에 하나둘씩 죽어나갔다.

산자락에서 천천히 걸어 내려오는 네 사람이 있었다. 모두 시꺼먼 로브를 둘러쓰고 있었기에 얼굴은 드러나지 않았지만, 성별만큼은 쉽게 짐작해 볼 수 있었다. 검은 로브로도 가려지지 않는 건장한 체구의 사내가 두 명이었고, 나머지 둘은 체구가 왜소하고 호리호리했으니 여인임을 짐작케 했다.

까악-! 까악-!

까마귀 소리가 을씨년스럽게 울렸다. 이곳저곳에 널린 시체를 찾아 까마귀들과 산짐승들만이 모여들었다.

그들은 천천히 걸어와 펠시브 성문 앞에 섰다. 그리고 얼마나 지났을까, 왜소한 체구의 여인 한 명이 다른 여인에게 조심스럽게 물었다.

"없어?"

"모르겠어. 아무것도 느껴지지 않아."

또 같은 대답을 듣자, 여인은 주먹을 꽉 말아 쥐었다. 후드 아래로 갈색 눈동자에 분노가 맺혔다.

"언제까지 그런 대답만 할 거지?"

"……."

"언제까지 모른다고 할 셈이야!"

"거짓말하는 게 아니야, 정말로 아무것도 느껴지질 않아."

"그러니까 어떻게든 하란 말이야!"

뾰족한 고함이 울려 퍼졌다. 드높은 성문 끄트머리에 앉아 있던 까마귀가 그 순간 하늘 위로 날아올랐다.

"이렇게 소리를 지르면 귀찮아질 거야. 군단에서 이탈한 마족들도 분명히 있으니까. 벌써 여러 번……."

"내 손으로 죽이면 그만이야."

그녀의 무시무시한 눈동자를 바라보는 다른 여인의 얼굴이 슬프게 변했다. 처음 그녀의 모습을 지금도 선명하게 기억하고 있기에 지금 그녀의 모습은 너무나도 안타까웠다.

바로 그때였다.

"크크큭! 어리석은 인간, 죽으려고 나타난 거냐?"

네 사람의 시선이 한곳으로 향했다. 그곳에 마족이 서 있었다. 길게 찢어진 눈은 간사하게 보였고 히죽 웃는 입가는 교활하게 보였다.

검은 뿔을 드러내 놓고 성큼성큼 걸어오는 그를 보면서도 네 사람은 꿈쩍도 하지 않았다. 그 모습이 여태껏 죽인 다른 인간들과는 확연히 다른 모습이었기에 마족은 유쾌하게 웃었다.

"크키킥! 겁을 상실한 놈들인가?"

"한 가지 묻겠다. 혹시 이곳에 기형검을 들고 다니는 사람을 보지 못했나?"

여인이 나서서 그렇게 묻자, 마족은 더더욱 크게 웃었다. 어찌나 목소리가 큰지 쩌렁쩌렁 울렸다. 그러다가 아차 싶었는지 입을 다물었다.

"흠, 다른 놈들에게 빼앗길 수는 없지. 오랜만에 찾아온 사냥감이 아닌가."

"묻는 말에만 순순히 대답하고, 꺼지는 게 좋아."

"결정했다. 네년은 끝까지 살려두고 미칠 때까지 괴롭히겠다."

입꼬리를 말아 올린 마족은 몸을 날렸다. 엄청난 속도로 거리를 좁힌 마족의 오른손이 검은 기운을 담은 채 날아들었다.

"어리석군."

나직한 목소리였다. 여태껏 가만히 뒤에 서 있던 사내 한 명이 바람을 일으키며 품에 둔 검을 휘둘렀다. 검이라기보다는 오히려 도에 가까운 형태의 대검이었다.

써걱!

"카아아악!"

오른팔을 깔끔하게 잘린 마족은 비명을 내지르며 땅에 쓰러졌다. 믿을 수 없다는 얼굴로 몸과 분리된 오른팔을 보면서 마족은 고개를 들었다.

그 순간 거친 바람이 불면서 네 사람의 후드가 젖혀졌다. 마족은 그제야 볼 수 있었다. 그가 덤벼들었던 상대의 모습을 말이다.

칠흑의 머리칼을 휘날리는 여인은 붉게 타오르는 눈동자로 그를 내려다보고 있었다. 본능적인 공포가 그 마족을 사로잡았다. 압도적인 존재감을 느낀 것이다.

“사, 살려주십시오…….”

“순순히 물음에 대답하면 살려주지.”

여인의 차가운 말에 마족은 바로 고개를 땅에 처박았다. 이제 팔 따위는 아무래도 좋았다. 지금 그는 죽음을 면치 못할 상황이었다.

“기, 기형검은 보지 못했습니다…….”

그렇게 대답한 순간 마족은 죽음이 빠르게 닥쳐오고 있음을 느꼈다. 그는 바로 머리를 굴리다가 번뜩 뇌리에 스치는 것을 말했다.

“최, 최근…… 아제릴에서 거, 거대한 힘을 가진 존재가 나타났다는 얘기를 들었습니다.”

“거대한 힘을 가진?”

마족은 자신이 말한 정보가 눈앞의 거대한 존재들의 관심을 끌었다는 것을 직감했다.

“예, 네 명의 남작을 휘하에 두고 마족군단을 이끄는 수장이 되었다고 들었습니다.”

“거짓을 고하는 것은 아니겠지?”

"사, 사실입니다."

"아제릴에서 마족들이 사라진 것도 그 강대한 힘을 가진 자 때문인가?"

"예, 그렇습니다. 근래 이, 인간들의 군단도 아제릴을 점거한 뒤에 바로 북쪽으로 나아가지 않았습니까? 바, 바로 군단이 북쪽에서 새로운 힘을 손에 넣기 위함이라고 들었습니다……."

"정확히 북쪽, 어디를 말하는 거지?"

"아실반 산맥이라는 곳이라고 들었습니다."

그러자 두 여인의 얼굴에 기묘한 빛이 어렸다. 긴가민가했던 생각이 한쪽으로 기울어진 것이다. 그 두 사람에게 아실반 산맥의 의미는 남달랐다.

"거짓말하는 건 아니겠지?"

"어, 어찌 거짓을 고할 수 있겠습니까?"

"그건 모르지."

차가운 여인의 목소리가 나직하게 들림과 동시에 무릎을 꿇고 있던 마족은 머리를 지지는 듯한 통증에 비명을 내질렀다. 여인의 손이 어느새 마족의 머리에 닿아 있었다.

"크아아악!"

한참 비명을 내지르던 마족의 몸은 이내 축 늘어졌다. 그리고 얼마나 지났을까, 머리에서 손을 뗀 여인은 긴 숨을 내뱉으며 눈을 떴다.

그녀의 얼굴엔 피로한 기색이 역력했다. 여인의 정신세계가 제아무리 방대하다고 해도 다른 이의 기억을 읽는 것은 무리였다.

"거짓말을 하진 않았어."

"그, 그럼…… 라트가 아실반 산맥으로 갔다는 거야?"

금발을 뒤로 묶은 여인의 입에서 라트의 이름이 흘러나왔다.

"아르니, 아직 속단할 수는 없어. 아직 그 사람이 라트라는 건……."

"악마들을 이끌고 있는 게 라트가 아니라면 어째서 아실반 산맥으로 갔겠어?"

아르니의 날카로운 말에 텔리시아는 입을 다물었다. 라트가 사라진 이후, 텔리시아에 대한 아르니의 태도는 180도 바뀌었다.

"그래, 네 말이 맞아."

텔리시아가 수긍하자 아르니는 후드로 자신의 얼굴을 감추며 발걸음을 옮겼다. 텔리시아는 아르니를 뒤따르면서 그녀에 대한 걱정을 감추지 못했다. 만약 아실반 산맥에 라트가 없다면 그녀의 실망감은 얼마나 클까.

자신이 아르니에게 어떤 대우를 받고 어떤 모욕을 받아도 충분히 감수할 수 있었다. 모두 자신이 초래한 상황이니까. 하지만 이 이상 아르니가 상처받는 것은 원하지 않았다.

"주인님, 북쪽으로 가시는 것입니까?"

가만히 지켜보던 발트몰이 텔리시아에게 다가와 조심스럽게 말했다. 그러자 텔리시아의 얼굴에 깃들어 있던 약한 모습이 온데간데없이 사라졌다.

"그래, 아실반 산맥에 라트가 있을 가능성이 있어."

"하지만 그곳은 위험합니다."

아제릴을 점령한 신성군단은 아제릴을 되찾은 것만으로 승리했다고 여기지 않았다. 그들은 아제릴에서 모습을 감춘 마족의 흔적을 찾기 시작했고, 이내 마족이 아실반 산맥으로 향했다는 사실을 알게 되었다. 신성군단은 지체하지 않고 바로 아실반 산맥으로 향했다. 그것이 하루 전의 이야기였으니, 곧 아실반 산맥에서는 마족군단과 신성군단 사이의 격돌이 있을 터였다.

"만약 라트가 마족군단을 이끌고 교단과 싸우고 있는 거라면……."

잠깐 말을 끊은 텔리시아가 붉은 눈동자를 싸늘하게 빛냈다.

"그를 도와 신성군단을 없애야지."

텔리시아는 젖혀진 후드를 썼다.

*　　*　　*

구구구구궁!

붉은 하늘 아래, 칠흑의 탑이 흔들렸다. 탑을 떠받들고 있는 메마른 대지가 요란하게 진동했고 탑 주위로는 그 어떤 마물도 감히 접근하지 못했다.

탑의 최상층.

붉은 하늘과 이어질 것처럼 드높은 그곳에 붉은색 머리칼을 사방으로 휘날리는 한 명의 남자가 있었다. 인간이 가진 아름답다고 표현되는 모든 것을 한데 모은 듯, 찬란한 외모의 남자는 양쪽 귀 위로 굵고 검은 뿔이 드러나 있었다. 부드럽게 곡선을 그리는 뿔은 위로 갈수록 하늘로 치솟을 듯한 모양이었다. 오로지 고위 마족에게서만 볼 수 있다는 굵고 아름다운 뿔이 그에게 있었다. 이 드높은 탑과 메마른 땅의 주인인 그에게 걸맞은.

"끄으으으……."

남자의 입가에서 신음과도 비슷한 목소리가 나직하게 흘러나왔다.

사방으로 일렁이는 거대한 마력의 폭풍 속에서 마침내 남자는 눈을 번쩍 떴다. 깊은 혼돈이 새겨진 눈동자가 드러나자, 주위에 일렁이던 마력이 사방으로 내뿜어졌다.

콰콰콰-!

폭발이 일어나는 것처럼 주위에 흙먼지가 자욱하게 일어났다. 그 가운데 남자는 눈을 지그시 감은 채, 자신이 가진 어마어마한 힘에 심취해 있었다.

'이것이 일부란 말이냐?'

남자는 아랫입술을 천천히 핥았다.

"흐흐흐흐! 이 지크로트가 네놈의 모든 것을 빼앗아 주마."

지크로트. 갈취라는 이름으로 불리는 마족이 바로 남자의 이름이었다. 그가 드디어 봉인석에 잠들어 있던 발루토의 일부를 모조리 흡수한 것이다.

그리 짧지 않았던 시간 동안 거대한 힘을 흡수해 온 지크로트는 비로소 맑은 정신으로 그의 몸 안에서 일렁이는 발루토의 힘을 천천히 살폈다. 순도 높은 어둠의 마력이 그의 안에서 숨 쉬고 있었다. 그러나 지크로트가 찾는 힘은 그런 것이 아니었다. 시간을 충분히 들인다면 그런 힘은 얼마든지 얻을 수 있었다. 그의 욕망을 자극한 것은 바로 파괴의 권능이라 불렸던 발루토의 힘이었다.

'어디 있느냐, 내가 바로 너의 주인이다.'

지크로트는 자기 내면 깊숙한 곳으로 파고 들었지만, 발루토의 권능이 그의 안에서 발견될 리가 없었다. 발루토가 가진 파괴의 권능 핵심은 그가 아니라, 라트에게로 흘러들어 갔기 때문이다.

지크로트가 이상한 점을 깨달은 것은 모든 힘을 갈무리한 이후, 정확히 한 달이 지났을 때였다.

'이상하군. 어째서 권능의 흔적이 조금도 보이질 않는 거

지?'

아무리 발루토가 가지고 있던 어둠의 마력이 방대하다고 해도, 한 달이면 그 힘을 처음부터 끝까지 샅샅이 확인하고도 남는 충분한 시간이었다.

번쩍!

눈을 뜬 지크로트의 얼굴이 이상하게 일그러져 있었다.

"어째서 없는 거지?"

분명히 봉인석 아래 잠들어 있던 발루토의 모든 힘을 온전히 흡수했다. 헌데, 어째서 그 안에 권능이 없단 말인가? 발루토가 혹시 다른 곳으로 빼돌리기라도 했단 말인가?

"하지만 그의 육신은 모두 찢겨 잠들어 있질 않았던가? 아니, 아니야. 그 이전의 문제다. 발루토는 그 힘을 빼돌릴 수가 없었어. 그 자리에는 아무것도……."

그렇게 중얼거리는 도중 지크로트의 눈이 부릅떠졌다.

있었다. 그곳에 그를 제외하고 봉인석에 접촉했던 자가 분명히 있었다. 단 한 명이 말이다!

지크로트의 얼굴이 악귀의 형상으로 일그러졌다. 핏줄이 툭툭 불거졌고, 흰자위는 당장이라도 시뻘건 핏물이 뚝뚝 흘러내릴 것처럼 붉은빛을 띠기 시작했다.

"감히!"

심연 밑바닥에서부터 치솟은 분노가 커다란 뇌성이 되어 천지를 뒤흔들었다.

끼기기긱!

그의 분노에 움츠린 마물들이 하나같이 공포에 떨었다.

탑의 위로 짙은 검은빛이 하늘 높이 치솟았다. 그것은 이내 소용돌이치는 구멍을 향해 빨려 들어갔다.

"네놈이 감히!"

봉인석을 깨부순 것은 지크로트, 그리고 그의 계약자다. 그가 감히 그러한 일을 했으리라고는 생각하지 않았다. 그런 능력은 연약한 인간에게 존재하지 않는다.

'발루토, 네놈의 수작이로군.'

지크로트의 눈동자가 분노로 이글거렸다.

"네놈의 뜻대로 될 것 같으냐?"

육신이 찢긴 발루토의 계책 따위는 조금도 두려울 게 못 된다. 라트는 그의 수중에서 춤추는 마리오네트다. 그가 부수고자 한다면 너무나도 쉽게 부서지는 인형.

"흐흐흣……."

나직하게 웃은 지크로트는 눈을 천천히 감았다. 그의 의식이 곧 마계에서 벗어나 소용돌이를 넘어, 장벽 너머의 세계로 향했다.

번쩍!

일라드 령에 불어 닥친 날카로운 바람은 영주, 관령 백작, 귀족,. 신관들의 목숨을 앗아가 짙은 혈향을 풍겼다.

라트는 일라드 령의 중심인 텔그란에서도 가장 높은 성탑 위에 가만히 선 채, 이 영지에서 일어나는 모든 일을 지켜보고 있었다.

피의 결속에 따라 그의 휘하의 마족들이 사방에서 날뛰는 것이 느껴졌다. 눈을 감으면 그들의 시야가 라트의 것처럼, 훤히 보였다.

"끄아아아악!"

"광명이시여!"

대신전이 피로 범벅되고 신관들이 차례차례 죽어나갔다. 그들이 죽음을 목전에 두고 하나같이 부르짖은 신이라고 불리는 이는 자신의 종이 악마라고 불리는 자들의 손에 처참하게 죽어나가도 줄곧 묵묵부답으로 일관할 뿐이었다. 그게 신이다. 그들이 받들어 마지않는 신이란 결국 그런 존재인 것이다.

교단이 여태껏 신의 이름으로 행한 모든 일은 결국 인간이 벌인 허울 좋은 구실에 지나지 않는다. 그들은 자신의 죄를 사할 거대한 존재가 필요했을 뿐이다.

"교단을 따르는 놈들은 모두 죽여라. 하나도 살려 두지 마라."

나직한 명령. 그러나 라트의 명령을 따르는 마족들은 어느 누가 교단을 따르는 이들인지 알 능력이 없다. 그저 라트가 죽이라고 지시하는 귀족과 신전의 신관들을 죽일 뿐이었다.

수많은 귀족들과 신관들이 갈기갈기 찢겨 죽었고 피는 마를 새도 없이 쉬지 않고 대지에 흘렀다. 이제 이 땅에는 신성이란 빛은 비치지 않았다. 일라드 령에 만연했던 프로텔리아의 형상인 날개는 볼품없이 찢겼고 찬란한 태양은 가라앉았다. 실로 어둠이라고밖에 표현할 길이 없었다.

지금 이 땅에 흐르는 피는 이 나라의 부패한 상처에서 흐르는 검은 피였다. 동정할 필요도 없고 가책을 느낄 필요도 없다. 자신에게 그렇게 말하는 라트의 얼굴은 무섭도록 차갑게 가라앉아 있었다.

"오르베니 너를, 그리고 나를 이렇게 만든 세상이 지금 내 발밑에 있어."

메마른 웃음이 그의 입가에서 흘러나왔다.

"이제 그들도 느끼게 될 거야. 빼앗긴다는 게 뭔지, 나락으로 떨어진다는 것이 뭔지 말이야."

시꺼먼 눈동자에 거친 흥분이 몰아치고 있었다. 자꾸만 흐릿해져 가는 오르베니의 얼굴이 지금 이 순간, 그 어느 때보다 뚜렷하게 그의 눈앞에 나타났다.

"오르베니……."

'라트.'

오르베니의 목소리가 메아리치듯 들리는 것 같았다. 그뿐만이 아니다. 그녀의 얼굴은 환하게 웃고 있었다. 그러자 라트도 환하게 웃었다. 지금까지의 아픔과 고통을 모두 보상받는 기분이 들었다.

"그래, 알고 있어. 기뻐해 주는 거지?"

오르베니는 대답하지 않았다. 이내 천천히 사라져갈 뿐.

"오, 오르베니!"

그 애절한 외침에도 오르베니는 기다려 주지 않았다. 다시 라트의 얼굴이 지독한 슬픔에 일그러져갈 때, 나타난 것은 그의 어머니였다.

"어머니……."

어머니 역시 오르베니처럼 부드럽게 웃고 있었다.

"걱정하지 마세요. 교단 놈들은 살려 두지 않을 테니까요."

라트의 굳은 의지가 실린 목소리가 흘러나오자, 이내 그의 어머니도 사라져 갔다.

투둑-!

얼굴로 빗물 한 줄기가 떨어졌다. 그것을 시작으로 하늘에 구멍이라도 뚫린 것처럼 비가 쏟아져 내렸다.

쏴아아아!

뺨으로 흐르는 것은 눈물인가, 비인가.

그때, 로브 안쪽에 매여 있는 라겔이 부르르 떨기 시작했다.

『라트, 나타났어! 놈이 나타났어!』

라트의 눈동자가 부릅떠졌다. 로브가 부풀며 라트의 몸 안쪽에서 검은 기운이 흘러나오기 시작했다. 아니, 정확히는 라트의 몸이 아니라 라겔의 검신에서부터 흘러나오는 것이었다.

"지크로트……."

스스스스!

『내 힘으로는…… 그를 막을 수 없어.』

라겔의 목소리가 갈라지기 시작하면서 곧 끊기는 소리가 들리기 시작했다. 라트가 손을 뻗어 검을 뽑아들었다. 라트의 손아귀 안에서 요란하게 떨리는 검은 당장이라도 그의 손에서 떨어져 나갈 것 같았다.

부르르르!

곧 칼날받이 부분의 붉은 눈동자가 검은빛으로 물들기 시작했다. 검을 지배하는 주도권이 지크로트에게 넘어가고 있었다. 이윽고 검은 기운들은 붉은빛으로 물들었다.

라트의 주위에 몰아치던 붉은 기운이 마침내 혀와 같은 형상이 되어 그를 감싸 안았다. 그러나 라트의 얼굴은 조금도 변하지 않았다. 언젠가 들이닥칠 일이라고 생각하고 있었고, 그것이 오늘이 되었을 뿐이었다.

라트의 심연처럼 고요한 눈은 검을 바라볼 뿐이었다. 검의 진동이 더욱 심해졌다.

『감히, 네놈이!』

듣기 거북한 고함이 마침내 검신에서 흘러나왔다. 그와 동시에 주위의 일렁이는 기운들이 사납게 라트를 향해 쇄도해 들어왔다.

"시끄럽군."

나직한 음성이 흘러나오는 것과 동시에 기운들이 보이지 않는 또 다른 기운에 일제히 가로 막히기라도 한 것처럼 멈추었다. 빗물에 가라앉은 머리칼이 서서히 일렁이기 시작하면서 물기가 서서히 증발했다. 라트가 끌어 올린 마력은 어마어마한 열기를 내뿜었다.

라트가 반항할 것이라고는 생각지 못한 지크로트였다.

『네, 네놈이-!』

"지크로트, 오랜만이군."

유유자적한 라트의 태도에 지크로트는 충격은 이만저만한 것이 아니었다. 조금 전까지 억누르지 못한 분노 때문에 그는 미처 라트가 달라진 것을 깨닫지 못했다.

『네놈 그동안 무슨 짓을 한 거냐? 하찮은 인간 따위가 어떻게 감히 그런 힘을…….』

그제야 라트의 내부를 살피던 지크로트는 다시금 경악했다. 라트의 내부에서 계약 당시에 봉인해 두었던 힘이 전혀 느껴지지 않았던 것이다. 그 힘이 돌연 소멸되었을 리도 없었다.

『설마, 네놈이 그 힘을…….』

"내가 네놈에게 대항할 수 있다는 게 믿기지 않는 건가?"

라트의 목소리는 고저가 없는 지극히 담담한 대꾸였지만, 지크로트의 입장에서는 그렇게 들리지 않았다.

『네놈이 그 힘을 온전히 쓰게 되었다고 기고만장한 모양인데, 그것이 본래 나의 힘임을 모르는 것이냐? 네놈은 여전히 내 앞에서는 하찮은 인간에 불과하다.』

지크로트의 날카로운 목소리와 함께 주위로 몰아치던 기운이 기세를 더했다.

콰가가각-!

조금 전까지 표정 변화가 없던 라트의 얼굴도 조금씩 딱딱하게 굳어갔다. 지크로트의 힘이 워낙에 거대하기 때문이었다.

'밑바닥을 드러낸 것은 분명히 아니다. 7할에서 8할 정도를 꺼낸 것일 텐데. 생각보다 지크로트가 가진 힘이 크군…….'

지크로트의 힘이 새삼 만만치 않음을 느낀 라트는 그가 전력을 다할 경우, 자칫하면 다시 육체를 빼길 수도 있겠다고 생각했다.

힘겨루기가 지속되는 가운데, 지크로트는 매순간 경악을 금치 못하고 있었다. 지금 그가 라트를 공격하는 힘은 과거 라트가 자신과 계약했을 때의 힘을 웃돌 정도의 거대한 힘이었다. 그런데 이렇듯 그리 어렵지 않게 막아내고 있다니.

'놈이 이렇게나 거대한 힘을 가지게 되다니!'

지크로트는 이를 갈 수밖에 없었다. 라트가 이렇게 짧은 시간 만에 거대한 힘을 가지게 된 것이 모두 발루토의 권능 때문이라고 생각했다.

지크로트는 설마 라트가 수많은 사람들의 목숨을 기반으로 거대한 힘을 쌓았을 줄은 감히 상상도 못했다. 그뿐만이 아니라, 지크로트는 자신이 발루토의 힘 중에서 핵심인 권능을 제외하고 모두 온전히 흡수했다고 생각했지만 실상은 그렇지 않았다. 도중 이 세계와의 매개체인 검이 발루토의 막대한 힘을 견디지 못하고 이상을 일으킨 것이다. 거기서 힘의 일부분은 라트에게로 흘러들어 갔다.

당시 지크로트는 막대한 힘을 갈무리하는 것에 정신이 팔려 있었기에 이와 같은 상황은 미처 예견치 못했다.

콰가가가각!

서로의 힘을 집어삼키려는 듯한 거센 힘겨루기가 지속되었다. 실로 놀라운 일이었다. 감히 그 누가 지크로트에 대항할 수 있단 말인가. 만약 그의 본신이 이 세상에 있었다면 라트는 단 한순간도 버티지 못했을 것이다. 하지만 지크로트의 본신은 이곳에 없다. 그가 이 세계에 영향력을 행할 수 있는 것은 극히 일부에 지나지 않는다. 라트가 그간 얻은 힘과 지크로트의 본신이 이곳에 존재하지 않는다는 사실로 인해, 둘 사이에는 이렇듯 팽팽한 줄다리기가 이루어지고 있었다.

'내가 겨우 이 하찮은 인간 따위에게!'

지크로트는 분노는 하늘 높은 줄 모르고 계속 치솟고 있었다. 하찮게만 여기던 인간이 지금 그에게 대항하고 있는 것이다. 단 한 번도 없는 일이었고, 앞으로도 없었을 일이 지금 눈앞에 펼쳐지고 있는 것이다.

『갈기갈기 찢겨서 흔적도 없이 소멸시켜주마!』

지크로트는 검을 통해 이 세상에 간섭할 수 있는 최대한의 힘을 모두 일으켰다.

스스스스스스스!

마침내 주위를 감싸 안은 붉은 기운들이 일제히 탁한 빛으로 물들기 시작했다. 지크로트의 막대한 기운은 점차 그 형태를 부풀려갔고, 이윽고 머리가 수십 개 달린 거대한 뱀의 형상이 되었다.

먹구름이 짙게 깔린 하늘을 뒤덮는 수십 개의 검은 뱀이 라트를 향해 입을 벌렸다. 라트의 얼굴도 사납게 일그러졌다.

"네놈의 손아귀에서 언제까지고 놀아날 줄 알았느냐!"

라트의 주위에 검은 기운이 폭풍처럼 일렁이면서 사방에서 죄어 오는 지크로트의 힘을 대항했다.

수십 개의 머리를 가진 뱀은 사방팔방에서 라트를 노리며 달려들고 있었다.

콰콰쾅!

폭발과 같은 소리가 뇌성처럼 울려 퍼졌다. 그러나 라트의 주위로 몰아치는 기운은 끄떡도 하지 않았다. 지금의 라트는 예전처럼 지크로트에게 그저 휘둘리기만 하지 않을 것이다. 그는 거대한 힘을 가지게 되었다. 더 이상 빼앗기기만 하던 약자가 아니다.

"지크로트, 네놈을 단죄하겠다. 너의 존재는 해악하다. 교단과 마찬가지로 이 세상에서 사라져야 할 존재다."

『네놈이 감히 그따위를 소리를 지껄여!』

지크로트의 기괴한 목소리가 쩌렁쩌렁 울리는 가운데, 라트의 이마에 핏줄이 툭툭 불거져 나오기 시작했다.

라트의 심연 깊숙한 곳에서부터 줄기차게 흘러나오던 거대한 어둠의 마력이 이내 몰아치는 격류가 되어 전신에서 내뿜어졌다. 한껏 강렬해진 기운이 주위로 몰아치면서 폭풍이 되었다.

콰콰콰콰!

『이익!』

"흐아아아아아압!"

라트의 입에서 뇌성 같은 고함이 터져 나왔다. 그와 동시에 라트의 주위를 감싸 안고 있던 뱀의 몸통이 갈기갈기 찢겨 나갔다.

콰지지직!

사방으로 검은빛이 방전했다.

『발루토의 권능!』

서로의 힘겨루기가 극한에 달한 순간, 사방으로 뻗어 나오며 지크로트의 마력을 갉아먹은 것은 바로 검은 벼락의 힘이다. 라트의 의지 깊숙한 곳에 있던 검은 벼락이 동조하며 그 모습을 드러낸 것이다.

"그래. 네놈이 미처 흡수하지 못한 힘이지."

『……그깟 어설픈 힘을 손에 넣었다고 건방이 하늘을 찌르는구나.』

그렇게 중얼거리며 여전히 여유로운 것처럼 말하는 지크로트였지만, 라트는 대번에 알 수 있었다. 그의 오른손에 잡혀 있는 검에서 더 이상의 힘이 증폭되지 않는 것을 말이다. 그것이 뜻하는 바는 단순명료한 것이었다.

라트는 이를 보이며 웃었다.

"여기까지인 모양이군."

그 말이 지크로트의 자존심을 건드렸음인가, 다시금 막대한 양의 마력이 사방으로 흘러나와 거대한 뱀의 형상이 되었다. 검은빛으로 이글거리는 뱀은 하늘 높은 고고한 곳에서 라트를 내려다보고 있었다.

성탑의 가장 높은 곳, 쏟아지는 빗속에서 벌어진 그들의 싸움 소리는 연달아 터지는 잇따른 우렛소리에 흔적도 없이 사라졌다. 그 누구도 그들의 싸움을 보지도 듣지도 못했다.

둘만의 싸움이었다. 입을 벌리고 있는 뱀의 머리에 붉은빛으로 타오르는 눈동자가 생겼다.

지크로트의 분노는 한계를 모르고 치솟았다. 모든 것이 그를 분노하게 만들었다. 두려움이 없는 라트의 눈, 라트가 쓰고 있는 발루토의 권능, 그리고 무엇보다 그를 참을 수 없게 하는 것은 하찮게 여기던 계약자가 지금 그와 비등한 관계가 된다는 것이었다.

『하찮은 인간…… 벌레보다 못한 네놈이 내게 거스르려고 하는 것이냐? 그럴 자격이 존재한다고 생각하는 것이냐?』

라트의 싸늘하게 가라앉았던 눈동자가 그 순간 매섭게 타오르기 시작했다.

"벌레보다 못하다고?"

『네놈을 죽이는 것은 손바닥 뒤집는 것보다 더 하찮은 일이다. 그런 네놈이 나를 거스르려 하는 것이냐? 너무나도 하찮아서 눈에 보이지도 않는 네놈이!』

"누가 벌레보다 못한 존재인지는 두고 봐야 알겠지."

『감히 그따위 망발을……!』

라트는 지크로트의 대답을 끝까지 듣지 않았다.

콰콰콰콰!

격류는 마침내 노도가 되었다. 침묵을 지키던 검은 벼락도 라트의 의지대로 움직였다. 그의 전신으로 검은빛이 폭사하듯 흘러나와 그를 감싸 안았다.

파지지직!

방전하는 전류는 파괴의 의지를 담고 있었다.

라트의 몸이 뱀의 머리를 향해 날아들었다. 칠흑색 검이 타오르는 빛을 머금었다.

『네놈이!』

이제 아무도 라트를 막을 수 없었다. 한계까지 타오르는 빛은 이제 눈앞에 존재하는 모든 것을 파괴하기 위해 발출될 것이다. 이윽고 검은 벼락이 발출되는 순간, 하늘이 새하얀 빛을 머금었다. 흑백이 얽힌 빛이 하늘을 가득 메웠다.

콰지지지지지지직-!

하늘과 땅을 진동시키는 커다란 굉음을 토해내면서 흘러나온 검은 벼락은 단번에 거대한 뱀을 꿰뚫었다.

『크으아아아아악!』

찢어지는 지크로트의 통성이 라트의 내부에서 울려 퍼지자, 그의 얼굴이 쾌감으로 일그러졌다.

꿰뚫린 검은 뱀의 형상을 내부부터 바스러트리기 시작했다. 사방으로 흩어지는 막대한 양의 마력 때문에 주위로 돌풍이 불었고 라트는 즉시 검을 뻗었다.

"라겔!"

칠흑색 검의 눈동자가 붉은빛으로 돌아왔다. 사그라지는 뱀의 형상은 그 순간 검을 향해 빨려들어 가기 시작했다.

『네, 네놈이! 네놈이 감히!』

갈취하고 있다. 지크로트의 힘을 지금 이 순간, 라트가 갈취하고 있는 것이다. 시꺼먼 빛에 휩싸인 라트의 모습은 실로 섬뜩했다.

순도 높은 마계의 기운을 거침없이 빨아들이는 라트의 눈동자 깊은 곳에 혼돈이 휘몰아쳤다.

드드드드드!

라트의 몸이 덜덜 떨리고 있었다. 너무나도 많은 양의 마력 때문이었다.

"크으으으으!"

라트의 입가에서 핏물이 흘러내리고 신음 같은 소리가 새어 나왔다. 흰자위에는 검은빛이 일렁였고 그의 피부는 마족의 그것처럼 검은빛으로 변해가고 있었다. 어둠의 마력이 포화 상태에 이르러 육체를 변화시켰기 때문이었다. 내부뿐만이 아니라 겉까지도 말이다.

바로 그 순간, 그 모든 변화가 일시에 멈추었다가 다시 원상태로 돌아오기 시작했다. 라트가 자신의 모습을 악착같이 지키고 있었던 것이다.

그의 정신이 힘에 무너지지 않는 이상, 육체 역시 변할 일은 없었다. 인간의 힘으로는 결코 거스를 수 없는 막대한 힘 앞에서 라트는 자신을 유지했다.

라트가 지크로트의 힘을 온전히 자신의 힘 아래 굴복시키는데 온정신을 집중하던 그때, 지크로트 역시 모든 정신을 집중하고 있었다.

'네놈은 나와 계약이 되어 있음을 잊고 있다.'

이 순간에도 라트와 지크로트 간에는 계약이 이어져 있었다. 그렇기 때문에 지크로트는 라트의 내부에 간섭을 행할 수 있었다.

거스를 수 없는 힘으로 라트를 짓밟고자 했던 지크로트다. 이러한 방법은 그의 자존심에 커다란 상처를 입히는 일이었지만, 그렇다고 가만히 앉아서 당할 수도 없는 일이었다.

지크로트는 내부로 빨려 들어가는 힘을 마구 움직이기 시작했다. 심저 깊숙한 곳까지 흘러들어 가던 힘은 라트의 내부에서 마구 요동쳤다.

제아무리 검은 벼락의 힘, 그리고 라트의 정신력이 강하다고 해도, 내부에서 요동치는 힘을 막을 수는 없었다. 아직까지 그 힘은 모두 지크로트의 영향력 아래에 있었으니까. 지크로트는 거기서 그치지 않았다. 자신의 힘까지 빼앗으려고 하는 이 계약자를 그는 살려둘 생각이 없었던 것이다.

『죽어라!』

그는 라트의 근간으로 이어지는 계약의 구멍을 이용하여 막대한 힘을 쏟아 부었다. 만약의 순간을 위해 바깥으로 내보이지 않은 3할의 힘이었다. 과연 지크로트는 용의주도했다. 힘으로 라트를 누르기 힘들 경우의 상황 계산까지 모두 해놓았던 것이다.

콰콰콰콰콰!

내부에서 휘몰아치는 거대한 마력은 지금 라트가 수용할 수 있는 것이 아니었다.

"크그그그극!"

꽉 다문 이 사이로 신음이 흘러나왔다. 안팎으로 휘몰아치는 거대한 힘에 라트는 정신을 차릴 수가 없었다. 이윽고 그의 눈동자가 돌아가기 시작했다.

바로 그 순간 라트의 의지로 억눌려 있던 지크로트의 나머지 힘마저 풀려났다.

『크흐흐흐흐! 모두 가져가 주마!』

바로 이때를 기다렸다.

지크로트가 계약의 구멍을 통해 라트의 심저에 쌓인 힘을 일거에 거둬들이려고 했다. 그 양은 생각 이상으로 많은 양이었고 뿐만 아니라 순도도 뛰어났다.

지크로트는 도중 뭔가 이상함을 느꼈다. 구멍을 통해 흘러들어오는 힘의 양이, 느껴지는 것에 비해 너무나도 미미하기 때문이었다.

『설마?』

라트의 의식이 다시 돌아온 것인가, 그건 분명히 아니었다.

라트의 내부에서는 여전히 힘이 정신없이 휘몰아치고 있었다. 라트의 의지에 따라 억눌러져 있을 때와는 확연히 다른 모습이었다.

이미 라트의 영혼 근간은 혼돈으로 일그러져 있었다. 새로이 유입된 거대한 힘에 이전의 질서가 깨지고 만 것이다. 다시 말해 라트가 정신을 차리고 못 차리고의 문제가 아니었다. 헌데 어째서 이 막대한 힘은 지크로트의 의지를 따르지 않는가.

그 순간, 지크로트는 경악했다.

『아, 아니?』

라트의 그릇이 엉망진창으로 갈기갈기 찢겨 나갔다가 다시 재생되는 것을 반복하고 있었다. 놀라운 것은 그러면서 그릇의 크기가 점차 커지고 있다는 것이었다.

『이럴 수가…….』

지크로트는 이 믿을 수 없는 기적의 근원을 찾으려고 정신을 집중했다.

『발루토의 권능인가?』

지금 이러한 말도 안 되는 상황을 일으키는 것이 바로 라트의 영혼 주위를 감싸 안고 있는 정체를 알 수 없는 어떠한 힘이라는 것을 알았을 때, 지크로트는 어렵지 않게 그것이 발루토의 권능임을 알 수 있었다.

『발루토의 권능에 이러한 힘이 존재한단 말인가?』

그러는 사이, 그릇뿐만이 아니라 그 힘은 라트의 심층 세계까지도 확장시키고 있었다. 방대해져 가는 그릇에 따라 라트의 정신세계도 커져 가고 있었다.

지크로트는 아무것도 할 수 없었다. 지금 이 순간에는 마구 휘몰아치던 분노도, 욕망도, 그 어떤 것도 존재하지 않았다.

하지만 그것도 잠시였다. 심층 세계가 점차 안정을 찾아감에 따라, 검은 벼락이 지크로트를 인식한 것이다. 검은 벼락은 매 순간 성장하고 있었다. 라트가 적이라고 여긴 지크로트는 검은 벼락에게도 적이었다.

콰콰콰!

쏟아지는 노도의 기운 속에서 지크로트는 서둘러 뒤로 빠졌다. 지크로트의 의식체가 직접적인 타격을 입기라도 하면 큰 일이었다.

라트는 그렇게 지크로트로부터 자신을 보호할 수 있었다. 그러나 지금 라트는 또다시 의도치 않게 거대한 힘을 수용하고 말았다.

"크아아아아아아아!"

고함과 함께 사방으로 휘몰아치는 폭풍에 성탑이 무너졌다. 라트는 중력의 법칙을 거스르듯 유유히 성벽에 내려와 그대로 주저앉았다.

"흐으으으으……!"

라트의 입에서 거친 숨이 흘러나왔다. 혼돈이 그의 머릿속을 휘저어놓고 있었다. 라트의 심저 깊숙한 곳으로 흘러들어간 막대한 힘은 정리되어 가고 있었지만, 뇌로 흘러들어 간 힘의 여파는 검은 벼락이라고 해도 간섭할 수 없었다. 거기다가 그릇과 심층 세계의 확장까지 겹쳐서 일어나고 있었다.

"끄으으으으으!"

머리를 부여잡고 있는 그의 모습은 대단히 위태해 보였다.

쏴아아아-!

비는 그칠 기미가 보이지 않았다.

라트가 이곳에서 아무리 고통에 몸부림쳐도 지금 그의 곁에는 아무도 없었다. 그러니 그 누구도 손을 내밀어 줄 수 없었다. 차가운 비가 싸늘한 고독이 되어 라트를 감싸 안고 있었다. 이윽고 머리를 붙잡고 고통에 헐떡거리던 라트가 고개를 쳐들었다. 그의 눈이 광기로 번들거리고 있었다.

"흐아아아아!"

라트가 몸을 날렸다. 하늘 높이 도약했다가 거칠게 땅에 착지한 그는 무서운 속도로 달리기 시작했다. 검은 로브가 바람에 펄럭였다.

『탐나는군.』

찢어지는 기괴한 목소리가 돌연 갑자기 울려 퍼졌다. 하지만 불완전한 상태인 라트는 그 목소리를 들을 수 없었다.

라트의 오른손에 쥐어진 칠흑색 검의 눈동자가 어느새 붉은색에서 검은색으로 다시 변해 있었다. 라트와 지크로트의 싸움은 아직 끝나지 않았다.

비는 계속 내리고 있다.

제3화
저물어 가는 태양

"아실반 산맥이라, 확실한 보고겠지."

"예, 제피린을 비롯한 경유 마을의 사람들이 엄청난 속도로 움직이는 검은 무리를 보았다고 말했습니다."

그 보고는 시간을 다투어 차례대로 파토르 앞으로 보고되었으니, 그도 더 이상 아제릴에서 시간을 보내고 있을 수 없는 노릇이었다.

"이곳에는 소수만 남기고 아실반 산맥으로 간다."

"하지만 어째서 놈들이 아실반 산맥으로 향했는지 그 이유를 알 수 없는 상황입니다."

"일단 신중하게 움직이는 게 좋지 않겠소? 놈들이 본군단의 전력을 둘로 나눠 놓으려는 책략일 수도 있으니.”

백사자 기사단의 돌프란이 그렇게 말했고, 각 대장들이 나서서 신중하게 움직이자고 말했다. 그러나 파토르는 고개를 저었다.

“놈들에게 이 이상의 시간을 줄 수는 없소. 놈들이 아실반 산맥으로 향했다면 필시 무슨 연유가 있기 때문인데, 만약 놈들이 그곳에서 무슨 사악한 일을 벌여 다시 수천의 악마군단을 부른다면 싸움은 더욱 길어질 게 자명한 사실 아니겠소?”

파토르의 말에도 일리가 있었다. 그동안 수없이 많은 악마들을 죽였지만, 악마군단의 수는 좀처럼 줄어들지 않았다. 신성군단의 모두가 그것이 발루토의 힘 때문이라고 짐작했다.

“거기다가 봉인석에 잠들어 있던 발루토는 물론이고, 사악한 힘은 이제 거의 남아 있질 않는 상황. 십중팔구 놈들이 발루토의 일부를 가지고 이동한 것이라고 봐야 하는 상황이오.”

발루토의 일부. 이곳의 그 누구도 봉인석 아래에 잠들어 있던 발루토의 일부가 어떤 형태이며, 어떠한 힘인지 모르고 있었다. 다만, 그들은 발루토의 일부가 불완전한 상태라고 생각했을 뿐이었다. 그렇지 않으면 지금까지 어째서 발루토가 직접 그 어마어마한 힘을 보이지 않았는지 설명할 길이 없었다.

‘봉인석에 잠들어 있던 발루토의 일부는 불완전한 상태다. 그래서 악마들도 별 볼 일 없는 악마들을 불러들이는 것에만 주력하며 시간을 끈 거겠지.’

파토르의 우려는 바로 거기에 있었다. 지금껏 계속 버티기만 하던 악마군단이 어째서 이렇게 움직이는가 였다. 신성군단 대부분의 수장급들은 그것을 악마군단의 힘이 드디어 떨어졌기 때문이라고 입을 모아 말했지만, 파토르는 그것을 그렇게 쉽게 생각하지 않았다.

'아실반 산맥에서 악마들이 무슨 일을 벌이고 있는 게 틀림없다.'

파토르의 이러한 오해는 봉인석이 깨질 당시, 그 상황을 목격한 인물들이 단 한 명도 살아 있지 않기 때문이었다. 라트가 봉인석을 깨부술 당시의 모든 것을 목격한 아제릴 제4성기사단의 단장이나 그 단원들이 단 한 명만이라도 건재했다면, 지금쯤 이러한 오해는 없었을 것이다. 그랬으면 발루토가 오랜 시간 잠들면서 대지에 뿌리내린 어둠의 마력으로 몰려든 것이 지금의 악마군단임을 알았을 것이고, 파토르는 즉시 봉인석을 부수고, 그 힘을 흡수했을 것이라고 여겨지는 라트의 행적을 쫓았을 것이다.

이 기막힌 어긋남은 하늘의 안배일지도 모르고, 운명의 장난일지도 모른다.

파토르는 모두의 얼굴을 쓱 훑어보면서 입을 열었다.

"발루토의 재림은 막아야 하는 일 아니겠소?"

발루토의 재림이라는 말의 의미는 그 어떤 말보다 무거웠다. 신성군단은 즉시 제피린을 향해서 출발했다. 발루토가 재림할 수도 있다는 사실 때문인가, 신성군단은 무섭도록 빠르게 진군해 나갔다.

엄숙한 분위기 가운데, 신성군단은 하루하고 반나절 만에 제피린의 앞에 도달했다. 그러나 그곳에서는 전혀 예상치 못한 상황이 펼쳐졌다.

"제, 제피린이 이교도들의 수중에 들어간 모양입니다."

"뭐라?"

"성벽의 병사로 여겨지는 이들이 일말의 여유를 주겠다며, 당장 물러가지 않으면 화살을 퍼붓겠다는 으름장을 놓았습니다. 신성군단의 전인임을 밝혔으나……."

"감히!"

펠레우피가 그 자리에서 벌떡 일어났다. 그의 얼굴은 시뻘겋게 달아올라 있었다.

"악마가 모습을 드러내니 이에 편승하여 이교도까지 설친단 말인가!"

그의 기세에 전인이 고개를 들지 못했다. 누구도 말하지 않았지만, 다들 이에 대해 괘씸해하는 기색이 역력했다. 파토르 역시 마찬가지였다.

'은십자 기사단…….'

까득!

파토르는 다른 이들의 이목 따위는 아무래도 상관없다는 듯, 이를 뿌득뿌득 갈았다.

"인간을 배신하고 악마들과 합쳤다는 것인가!"

파토르가 분노로 일그러진 목소리를 토해냈을 때, 주위에 있던 이들의 얼굴이 하얗게 질렸다.

"설마 이교도와 악마들이 손을 잡은 것인가?"

"아실반 산맥으로 향한 것도 전부……."

"찢어 죽여도 시원찮을 것들! 어찌 하늘 아래 그런 만행을 저지를 수가 있단 말인가!"

펠레우피가 분노를 참지 못하고 고함을 터뜨렸다. 그 순간 신성군단의 전부가 하나같이 괘씸함과 분노를 드러냈다. 광명의 의지를 받드는 그들에게 있어 악마와 결탁하는 것은 악마가 존재한다는 것 이상으로 용서할 수 없는 일이었다.

"제피린의 이교도, 그리고 악마들은 단 하나도 살려둘 수 없다."

파토르는 악마들이 제피린에 모여들었을 것이라고 단정했다. 섣부른 판단이 아니었다. 지금 신성군단의 모두가 그렇게 생각하고 있었다. 이미 제피린의 악마들의 수중에 떨어져서 그들의 앞잡이가 되었다고 말이다.

"목표는 제피린, 신성군단은 진군하라!"

파토르의 우렁찬 고함이 하늘 높이 울려 퍼졌다.

제피린의 공기가 묵직하게 변하고, 묘한 긴장감이 성 안팎으로 내려앉기 시작했다. 그 긴장감에 가슈인은 흥분이 밀려오는 것을 느꼈다.

"아래에서 싸우고 싶군."

"안 될 말씀입니다."

여느 때와 같은 침착한 실바레티의 목소리가 가슈인을 진정시켰다.

"그런 건, 자네가 말하지 않아도 알고 있어."

"이 싸움에서 이기실 생각이시라면 당연히 이곳에서 전황을 살피셔야 합니다. 지휘관을 잃은 군대는 오합지졸에 불과합니다."

"하하핫! 내가 놈들의 손에 쓰러질 거라고 그렇게 얘기하는 것인가?"

실바레티의 말이 자존심을 건드렸음인가, 가슈인이 고개를 돌리며 물었다. 그의 눈동자에는 지극히 도전적인 불꽃이 일렁이고 있었다. 실바레티는 고개를 가만히 숙였다.

"만인의 위에 서는 지휘관은 항상 만에 하나라는 경우를 상정해야 합니다."

그 말에 가슈인의 눈동자에서 일렁이던 빛이 이내 온데간데없이 사라지고 말았다. 생사를 가르는 싸움에 있어 지나친 흥분은 이성적인 판단을 그르친다.

"자네의 말대로야."

가슈인은 눈이 착 가라앉았다. 머리로는 이 싸움에 승산이 조금도 없다는 걸 알고 있기 때문에 일부러 실바레티에게 승

산에 관한 것은 묻지 않았다. 가슈인도 실바레티 못지않게 머리를 잘 굴리는 편이다. 하지만 그렇다고 해서 가슈인이 이 싸움을 포기한 것은 아니다. 아직 포기하기는 이르다. 상황을 단번에 반전시킬 패가 분명히 존재한다.

그의 시선이 별안간 아실반 산맥으로 향했다.

과거 바로즈 관령의 전투를 똑똑히 기억하고 있는 파토르는 신중을 기했다. 제피린은 지금 이 순간, 은십자 기사단의 요새가 되어 버린 것이다.

"제피린은 이미 놈들의 수중 안에 있는 것이나 다름없다. 어디서 놈들이 공격을 해와도 대응할 수 있도록 만전을 기하라."

파토르의 침착한 명령이 떨어지자, 곧 사방으로 명령이 전달되었다. 선두의 펠레우피 오른쪽의 백사자 기사단, 왼쪽으로 그 외의 성기사들 몇 명과 아트라스 신성대가 맡고 있었다. 그리고 중앙과 후방에서는 파토르가 이끄는 병력과 제른이 지휘하는 전투 신관들이 있었다.

후방의 전력이 다소 떨어지는 감이 있었지만, 파토르가 이끄는 중앙부대가 약간 뒤쪽으로 쏠린 듯 움직이고 있었기 때문에 큰 문제는 없었다.

'문제없다. 놈들이 어떻게 덤빈다 해도 지금의 신성군단을 이길 수는 없다. 악마도 이교도도 모조리 벨 뿐.'

파토르가 전의를 다지며 검을 빼들었다.

그의 검이 새하얗게 타오르기 시작하자 군단의 분위기가 일변하였다. 그의 검이 새하얀 빛을 발할 때, 비로소 전투가 시작되고는 했던 것이다.

일말의 긴장감 속에 진군해 나가는 파토르는 그렇게 약 두 시간이 더 지나서 성벽이 저 멀리 보이기 시작하자, 뭔가 이상하다는 생각을 했다.

약 삼십여 분 전쯤에 지나친 광장에서 파토르는 공격에 대비했었다. 그러나 예상했던 적들의 공격은 없었다. 그리고 그것은 지금도 마찬가지였다.

'농성인가.'

병력을 허투루 쓰지 않겠다는 의지가 이곳까지 전해지는 것 같았다. 파토르의 입가에 싸늘한 미소가 맺혔다.

'미적지근한 생각이군.'

농성 따위로 막강한 신성군단의 전력을 막아 보려고 생각했다니.

제피린은 에즈리다디아와의 국경과 그리 멀지 않은 곳에 존재하는 관령이었기에 성벽은 튼튼하고 드높았다. 그러나 그것은 어디까지나 서쪽에 위치한 에즈리다디아에 대한 방어에 한해서였다. 반대편인 동쪽으로는 방비가 허술했다. 제피린은 외세의 침입에는 공고할지는 몰라도 내부적으로는 별다른 특징이 없는 공략하기 쉬운 성에 불과했다. 그것은 바깥으로는 외세의 침입을 격퇴할 것이며 안으로는 영주, 나아가 나라에 충성을 다하겠다는 의미였다.

공성전의 준비가 전혀 되지 않은 신성군단이기에 농성을 벌이면 혹 격퇴할 수 있을지도 모른다는 생각을 하지 않았을까 싶었다.

파토르는 바로 그 점을 통렬하게 비웃고 있는 것이다. 신성군단이 공성전에는 전혀 준비가 되어 있지 않은 것은 부정할 수 없는 사실이었다. 그러나 신성군단의 구성원이 누구란 말인가, 바로 인간의 한계를 초월했다고 하는 성기사들이 아닌가. 제피린의 어설픈 성벽과 성문을 그들은 순식간에 모조리 박살낼 수 있었다.

파토르는 더 이상 고민하지 않았다.

“더 이상 이곳에서 미적거릴 필요가 없을 것 같군. 전군 진군한다. 단번에 성벽을 뛰어넘어 적을 친다.”

신중을 기하던 파토르가 돌연 저돌적인 명령을 내리자, 부관들이 아리송한 표정을 지었지만 그들은 파토르의 명령을 거스르지 않았다. 그들에게 백검의 성기사는 절대적인 존재였다. 설사 그가 낙인자라고 해도 말이다.

이 진격 명령을 가장 기다리고 있던 사람은 바로 펠레우피였다. 눈앞에 악마와 결탁한 이교도를 두고서 이렇듯 어물거리는 것은 그의 성미에 맞지 않았다.

“크아아압!”

펠레우피가 고함을 터뜨리며 그대로 몸을 날렸다. 그러자 화살이 하늘을 메우며 날아들었다.

슈슈슈슈슉!

카가가강!

그의 강철 같은 피부가 날아드는 화살을 거친 소음과 함께 그대로 튕겨 나갔다. 이윽고 화살이 날아오지 않는 성문의 바로 앞까지 순식간에 거리를 좁힌 펠레우피는 새하얀 빛이 이글거리는 검을 그대로 성문에 찔러 넣었다.

콰앙!

커다란 강철 문도 펠레우피의 우악스러운 힘에는 버틸 재간이 없었다. 그 누가 수호 성기사의 앞을 막을 것인가? 그의 앞을 막을 수 있는 것은 오로지 인간을 초월한 존재뿐이었다.

"어리석은 이교도 놈들! 빛의 철퇴를 받아라!"

펠레우피는 문 안쪽에 검은 로브로 전신을 가리고 있는 수십 명이 보이자, 일말의 주저도 없이 달려들었다. 우악스럽게 뻗어 나간 검은 단번에 그들의 육신을 찢어발길 기세였다.

까아아앙!

"음!"

펠레우피의 눈이 날카롭게 변했다. 적이 그의 검을 막은 것이다. 자신의 검을 막고 있는 검에서 일어나는 것은 악마들이 쓰는 것과 같은 사악한 힘이 아니었다.

'사람이란 말인가?'

그의 공격을 받아 냈다는 것은 상대가 성기사 급이거나 그에 준하는 실력자라는 얘기였다. 고작 이교도 따위에게 이 정도의 실력자가 존재할 수가 있단 말인가, 그러나 그렇다고 해도 펠레우피의 상대는 아니었다.

"크아압!"

우렁찬 고함과 함께 검을 막은 적의 몸이 그대로 무너졌다. 펠레우피의 힘을 버티지 못한 것이다. 펠레우피의 검이 적의 왼쪽 어깨 깊숙한 곳까지 파고들었다.

"크윽!"

신음이 흘러나온 순간, 주변의 적들이 일제히 펠레우피에게 덤벼들었다.

카가가강!

그들 모두의 수준이 모두 전투 신관을 훨씬 웃도는 실력이었기에 펠레우피는 놀라지 않을 수가 없었다. 이 정도의 실력이면 그간 싸워 왔던 악마들을 웃도는 실력이 분명했다.

"그렇게 큰 힘을 가지고 있으면서 어찌 빛을 위해 쓰지는 못할망정 악마의 앞잡이가 되었단 말이냐!"

펠레우피의 노성과 함께 그의 검이 빠른 속도로 날아드는 공격들을 튕겨 냈다.

캉!

펠레우피의 엄청난 힘에 공격해 온 이들의 자세가 모두 주춤거리며 무너진 사이, 펠레우피가 새하얀 빛무리를 일제히 발출했다.

쓰걱! 콰콰쾅!

미처 막지 못한 한 명이 그대로 허리가 양단되어 쓰러졌고, 나머지는 급하게 마력을 끌어 올리며 방비했다. 그러나 수호급이나 되는 성기사의 검기의 위력은 상상을 초월하는 것이었다.

"크으윽!"

"끄윽!"

신음과 함께 피를 토하는 자가 수두룩했다. 그러는 사이 펠레우피를 따르는 성기사들과 전투 신관들이 일제히 성 안쪽으로 들어와서 접전을 벌이기 시작했다.

화살이 계속해서 날아들고 있었지만 효과를 기대할 수는 없었다. 신성군단의 태반이 모두 초월자들임을 생각할 때, 일반적인 공격은 거의 먹히지 않는다고 봐야 했던 것이다.

이 모든 상황을 지켜보던 가슈인의 표정은 빠르게 굳어가고 있었다. 그것은 실바레티 역시 마찬가지였다.

"생각보다 신성군단의 전력이 막강하군요. 제1폭룡대가 순식간에 무너지고 있습니다."

"이게 교단의 실력인가……."

가슈인은 성기사의 전투력이 새삼 어느 정도나 되는지, 그 격차를 느낄 수 있었다. 제3십자대, 그리고 이제는 폭룡대로 개명한 가슈인의 군대 중에서 주전력이라고 할 수 있는 제1폭룡대와 제2폭룡대는 그동안의 전력을 한데로 묶은 정예이다. 그들이라면 성기사들도 당해 낼 수 있을 것이라고 생각했던 것이 사실이다.

'내 계산이 틀렸던 것인가?'

그의 계산은 맞아떨어졌다. 실제로 그가 키운 전투 부대인 폭룡대의 전투력은 성기사들과 비교해도 그리 처지지 않는 힘을 가지고 있었다. 다만 지금 선두에 나서서 부하들을 도륙하는 선진의 수장인 펠레우피가 너무나도 강하다는 게 문제였을 뿐이다.

가슈인조차도 미처 계산하지 못했던 일이었다. 성기사들 사이에서도 실력의 격차란 있다. 어쨌든 지금의 상황은 가슈인이 조금도 예견치 못했던 방향임은 확실했다.

'힘들게 키운 전투 부대가 이렇게…….'

어느 정도 팽팽하게 싸울 것이라고 생각했던 것은 완벽한 오산이었다.

그의 눈이 아실반 산맥으로 돌아갔다. 이제 남은 것은 그의 수중에 존재하지 않는 지극히 도박성이 짙은 패. 그 패가 스스로 몸을 뒤집고 전장에 나서야만 이 상황을 타개할 수 있었다.

그 사이, 제1폭룡대가 거의 무너져 가고 있었다.

가슈인은 이가 부러질 듯 꽉 깨물었다.

'이대로 끝인가.'

가슈인이 자신의 무기를 꽉 쥐어 잡고 아래로 내려가려는 그 순간이었다.

콰앙!

돌연 접전이 일어나는 곳에서 커다란 폭발이 일어나자, 가슈인은 영문을 모르겠다는 표정을 지었다.

"무, 무슨 일이지?"

"악마들이 참전한 모양입니다!"

곁에 있던 부관이 무언가를 발견했는지 그렇게 소리쳤다. 가슈인이 반색하며 그가 가리키는 방향으로 시선을 옮겼다. 그때 그는 뭔가 이상함을 느꼈다.

"아니야, 저건 악마가 아니다. 사람이야."

가슈인은 눈을 가늘게 떴다. 시꺼먼 로브와 후드로 전신을 감추어 정체를 알 수 없는 네 사람이었다. 가슈인이 그렇게 확신한 이유는 악마들은 자신의 능력에 대한 자신감이 있어 모습을 감추거나 하지 않는다는 것을 알고 있기 때문이었다. 그들은 검은 정장 따위나 검은색 일색의 옷을 즐겨 입지만 로브나 후드 따위처럼 자신을 가릴만 한 것은 걸치지 않았다.

그렇다면 저들은 누구인가? 확실한 것은 가슈인 휘하에 있는 부하는 결코 아니라는 사실이다. 그렇다면 신성군단인가?

'설마, 남쪽 성문도 뚫렸다는 것인가? 놈들이 병력을 둘로 나눠서…….'

급하게 고개를 돌린 가슈인은 남쪽 성문과 성벽을 살폈다. 하지만 남쪽에는 신성군단의 모습이 보이지 않았다. 악마가 참전한 것이란 말인가? 머릿속이 복잡해진 가슈인의 미간은 점점 더 찌푸려지고 있었다.

아군인가, 적군인가.

'도대체 저들은 누구지?'

가슈인이 돌연 나타난 네 사람의 정체를 조금도 짐작하지 못하는 가운데, 흑색 로브를 걸친 네 명 중 사내로 여겨지는 두 명이 앞으로 천천히 나서고 있었다.

신성군단의 기세는 대단했다. 쭉쭉 밀고 들어오는 그들의 공세는 도저히 제피린에서 막을 만한 것이 아니었다. 전쟁에는 거의 아는 게 없는 아르니가 보기에도 차이는 확연했다.

"흥!"

아르니가 콧방귀를 뀌며 앞으로 나섰다. 그녀의 양손에 어마어마한 마력이 모여들기 시작했다.

스스스스!

무영창 마법이었다. 그녀의 실력 역시 과거와는 비교 할 수 없을 만큼 진일보했다. 아제릴에서 흘러나오는 어둠의 마력이 그녀에게 직간접적인 영향을 미친 것이 첫 번째 이유였고, 두 번째 이유로는 바로 텔리시아를 가두고 있던 사슬이 느슨하게 풀리면서 그녀에게로 흘러들어 가는 힘이 막대해졌기 때문이다.

그녀의 양손에서 뻗어 나간 거대한 흑염구는 엄청난 속도로 성기사들을 향해 뻗어 나갔다.

콰쾅!

검은 불꽃이 사방으로 튀어 올랐다. 열풍이 몰아치자 아르니의 후드가 벗겨지면서 그녀의 찬란한 금발이 드러났다. 아르니는 냉정한 눈으로 타오르는 연기를 주시했다.

곧 연기 속에서 새하얀 빛을 흩뿌리는 검을 든 성기사들이 천천히 걸어 나왔다. 그들 모두 작열하는 화기에 살짝 살을 그을렸을 뿐이다.

아르니가 바로 다음 마법을 준비하는 가운데, 발트몰과 바렌트가 천천히 앞으로 나섰다.

'역시 예상대로인가, 쉽지 않겠어…….'

텔리시아는 조금 전 아르니의 공격이 성기사들에게 통하지 않았음을 확인하고 즉시 마력을 끌어 올리기 시작했다.

구궁!

곧 대기가 요동치고 주위의 분위기가 묵직하게 가라앉았다. 후드 아래 그녀의 피부가 조금씩 창백하게 변하고 있었다. 1단계의 개방! 이윽고 텔리시아의 붉은 눈동자가 탁해지며 검은빛으로 물들었다.

주위를 휘감는 마력의 성질을 느낀 성기사의 얼굴이 무시무시하게 변했다.

"이 느낌, 악마인가!"

그 순간 성기사들이 일제히 몸을 날리며 쇄도해 들어왔다.

하나같이 엄청난 속도로 공격해 오는 그들을 눈으로 쫓기 힘들 정도였다. 그러나 발트몰이나 바렌트가 대응하지 못할 정도는 아니었다. 발트몰은 남작 급 마족이었고, 바렌트는 드리카스와의 계약으로 강대한 힘을 가지고 있었다.

카가가각!

타오르는 빛에 대응하는 그들의 검은빛은 밀리지 않았다.

"역시 간악한 악마가 있었군!"

성기사가 고함을 터뜨렸다. 폭풍처럼 몰아치는 그들의 공격은 실로 매서웠다.

발트몰과 바렌트만으로는 수많은 성기사들의 공격을 막아낼 수 없었다. 단신으로 세 명을 상대하던 바렌트가 주춤주춤 뒤로 물러섰고, 발트몰도 네 명을 상대하면서부터 힘에 부친 듯싶었다.

스악!

바람을 가르는 소리와 함께 아슬아슬하게 새하얀 검기가 옆구리를 스치자, 붉은 선이 드러나며 주륵 흘러내렸다.

바렌트의 이마에 식은땀이 흘렀다.

『여기까지인 것 같군. 내가 나서겠다.』

'부탁하지.'

드디어 드리카스가 전면에 나섰다. 조금 전까지 바렌트가 펼치던 검술의 형태가 완전히 바뀌었다.

"읍!"

콰앙!

검술이 아니라 도술을 펼치기 시작한 드리카스의 전투력은 사실 바렌트와 크게 다르지 않았다. 기반이 되는 바렌트의 육체를 이미 한계까지 끌어 올린 상태였고 드리카스가 나서서 싸우는 것은 단순한 기술 형태의 차이에 불과했던 것이다. 그러나 차이는 있었다. 수없이 많은 싸움을 벌이고 즐긴 드리카스와 바렌트, 둘의 차이였다.

콰콰!

검은빛이 대검에서 뻗어 나와 성기사들을 덮쳐갔다.

"크윽! 싸우는 것도 악마답게 사악하기 짝이 없구나!"

돌연 검술의 형태가 이렇게 바뀌다니, 도저히 이해할 수 없었다. 그러니 그들은 그것이 악마의 사술이라고 여길 수밖에.

발트몰과 드리카스가 치열하게 싸우고 있었지만, 그 둘이서 모두를 막아내는 것은 불가능한 일이었다. 다섯 명의 성기사가 빠르게 둘을 넘어서 아르니를 공격해 들어갔다.

싸움이 벌어진 직후, 가만히 있는 그들을 실력이 없다고 판단하여 미처 아르니의 입술이 계속 무언가를 중얼거리고 있음을 보지 못했다.

"내가 그리는 모든 것에 솟아서 얽혀라."

다수를 목표로 하는 광범위 마법 영창이 마침내 끝났다.

아르니의 푸른 눈동자가 싸늘하게 빛났다. 그녀는 즉시 땅에 손을 댔다.

"코바렌!"

이윽고 마법을 구현하는 시동어가 흘러나왔고 그 순간 주위로 몰아치는 어마어마한 마력에 나아가던 성기사들이 일제히 거리를 벌렸다. 지금껏 단 한 번도 느껴보지 못한 엄청난 마력의 폭풍이었다.

설마 그것이 마법인 줄은 그들도 미처 예상하지 못한 것이었다. 교단에서는 암흑마법이라고 부르는 이 마법을 지금의 신성군단에는 아무도 아는 자가 없었다.

찰나의 순간, 아르니를 중심으로 뻗어 나간 어둠은 이내 사방 수백 미터까지 나아갔다.

"이건……."

드리카스와 발트몰은 제 역할에 충실했다. 그들이 붙잡고 있던 성기사들은 미처 이 속박의 공간에서 벗어나지 못했다. 바닥에 깔린 어둠은 일제히 뻗어 나와 그들의 발목을 꽁꽁 묶었다.

"이, 이게 무슨 사악한……!"

그들은 미처 말을 잇지 못했다. 발이 묶인 이상, 그들은 드리카스와 발트몰의 상대가 되질 않았던 것이다.

콰직!

콰콰콰쾅!

"꺽!"

"크으윽!"

발트몰의 양손에 맺힌 검은 기운은 성기사의 목과 머리, 배를 찢어발겼다. 거칠게 공격하는 자들은 몇 걸음 뒤로 물러나 기운을 연달아 발출했다. 발이 묶인 이상 어떻게든 쏟아지는 기운에 대항하는 성기사들이었지만, 충격은 누적되었고 이내 한두 명씩 죽어나갔다.

그것은 드리카스 역시 마찬가지였다. 사방에서 몰아치는 공격에 정신없이 방어하기만 급급했던 드리카스는 육신에 상처가 늘어나는 것에 슬슬 화가 치밀고 있었던 것이다. 그 상황에 마침내 아르니의 마법이 발동된 것이었고 순간 드리카스는 당황해하는 성기사 둘은 단번에 베었다.

써서석!

"이, 이 건방진!"

동료를 잃은 성기사들이 새하얀 검기를 쏟아내며 공격했지만 발이 묶인 그들의 공격은 그리 매서울 것이 못 되었다. 그들의 공격을 흘려내면서 드리카스는 그들의 사각지대에 섰다. 그리고 대검을 크게 베어갔다.

대검에서 쭉 뻗어 나온 기운이 일렁이며 몰아쳤다.

콰콰콰쾅!

순식간에 신성군단은 주전력인 성기사들을 이렇듯 허무하게 잃어버린 것이다. 하지만 이러한 출혈은 여기서 그치지 않았다.

아르니와 텔리시아에게 달려든 성기사들 역시 미처 피하지 못하고 잡혀 있었던 것이다.

"이익! 죽어라!"

발이 묶였다고는 하나 손은 멀쩡했다. 검에서부터 뻗어 나간 빛줄기가 아르니의 육신을 찢어발기기 위해 쏟아졌다. 아르니의 얼굴이 별안간 창백해졌다.

콰콰콰쾅!

폭발이 일어나고 열풍이 퍼져 나갔다.

수십 다발의 빛줄기인 만큼, 결코 살아남지 못할 것이라고 생각했다. 마지막까지도 마땅한 방어를 하지 못했던 걸 확인했었다. 하지만 성기사들은 아직까지도 발이 움직이지 않는 상황을 이상하게 여겼다.

"어째서 사악한 어둠이 아직까지……."

그것이 그들이 이 세상에서 마지막으로 가진 의문이었다.

화악!

성기사들의 눈이 미처 따라가지도 못할 만큼 빠르게, 연기 속에서 무언가가 튀어 나왔다. 빗살처럼 쏘아진 다섯 개의 검은 고리가 일제히 성기사들의 품으로 날아들었다.

콰콰콰콰쾅-!

천지를 진동시키는 엄청난 폭발과 함께 주위로 폭풍이 몰아쳤다. 심지어 드리카스와 발트몰까지 몸을 움츠리면서 뒤로 빼을 만큼 강력한 폭발이었다.

연기가 사방으로 휘몰아쳤다.

『물러난다.』

드리카스와 발트몰은 텔리시아의 목소리를 듣고는 즉시 뒤로 물러났다. 텔리시아가 아르니의 몸을 잡고 바로 몸을 날리려는 순간이었다. 텔리시아의 눈이 날카롭게 변했다. 고개를 홱 돌린 그녀는 즉시 마력을 끌어 올리며 왼손에 집중했다.

"감히!"

연기를 꿰뚫고 펠레우피가 그 큰 육신을 드러냈다. 이글거리며 타오르는 검이 맹렬하게 텔리시아와 아르니의 육신을 찢어발기기 위해 날아들었다.

쩌엉!

텔리시아의 얼굴이 일그러졌다. 제대로 된 방비를 하지 못하고 받아낸 일격이었다. 내부가 진탕되는 것 같았다. 그녀의 창백한 입가로 주륵 피가 흘러내렸다.

한편, 펠레우피 역시 자신의 일격이 막혔다는 것에 어지간히도 당황한 것 같았다. 그가 죽였던 남작 급 악마도 자신의 일격을 이렇듯 막아내지는 못했다.

'이 악마의 정체는 대체!'

펠레우피의 눈이 매서워졌다.

어찌된 일인지 악마군단의 모습이 보이지 않았다. 뒤늦은 상황 판단으로 상당수 성기사들을 잃었지만, 눈앞의 악마를 그의 손으로 처단한다면 그들의 희생이 억울하지는 않으리라.

"으아아아압!"

우렁찬 고함과 함께 텔리시아를 짓누르는 공격이 더욱 매서워졌다. 힘겨루기는 펠레우피가 잘하는 것이었다. 어마어마한 마력이 태산이 되어 텔리시아를 짓눌렀다. 텔리시아 역시 힘을 한계까지 끌어 올리기 시작했다.

드드드드!

둘이 내뿜는 마력에 공기가 요동쳤다.

검은빛과 새하얀 빛이 한데 얽혀 그 빛은 점차 커져 가기 시작하고 이내 멀리서도 한번에 알아볼 정도가 되어갔다.

둘의 힘겨루기가 점차 절정에 달하면서, 텔리시아와 펠레우피의 얼굴에 핏줄이 툭툭 불거졌다.

어느 쪽이든 힘이 달리는 쪽이 무너진다. 그리고 팽팽한 접전에 이변을 일으킨 것은, 바로 텔리시아의 품에 있던 아르니였다.

"어둠에서 태어난 녹빛이여, 눈앞의 모든 것을 어둠으로 돌려라……."

나직한 주문 영창.

펠레우피의 눈이 뒤늦게 아르니에게 향한 순간이었다. 아르니는 몰아치는 마력의 폭풍 속에서 정신을 가다듬고 시동어를 외쳤다.

"킬리다스(kilridas)!"

아르니의 양손에 맺힌 녹빛이 일렁이다가 펠레우피의 품으로 그대로 쏘아졌다.

"으읏!"

펠레우피는 즉시 몸을 뺐다. 아르니의 공격에 적중되면 위험하다는 것을 알고 있었다. 과거 성전의 문헌으로 알려진 파멸의 녹빛! 흔히 파멸의 손길이라고 부르는 암흑마법임을 알아본 것이다. 그러나 그 순간 힘의 균형은 깨졌다.

텔리시아의 눈이 번쩍였다.

균형이 깨짐과 동시에 그녀의 왼손에 맺힌 검은 고리는 주저 없이 펠레우피를 향해 쏘아져 나갔다.

펠레우피는 모든 힘을 끌어 올렸다. 결코 얕볼 만한 위력이 담긴 공격이 아니었다.

"크으윽! 악마 따위에게 이 펠레우피가 당할 성싶으냐!"

쩌렁저렁한 외침과 함께 마침내 텔리시아의 흑환이 펠레우피에 적중하였다.

쿠콰콰콰콰쾅-!

어마어마한 폭발. 텔리시아가 조금 전 성기사들을 해치웠을 때의 폭발과는 비교도 할 수 없을 정도의 대폭발이었다. 흑환의 파괴력이 더욱 강맹해진 것이 아니었다. 제아무리 텔리시아라고 해도 한순간에 이런 대폭발을 일으킬 수는 없었다.

누구도 예상하지 못한 결과였다. 텔리시아와 펠레우피의 힘겨루기로 인해 이 일대에는 마력이 과도하게 밀집된 상태였다. 그것이 미처 자연으로 돌아가지 못하고 있는 사이, 흑환이 폭발하면서 마력이 연쇄반응을 일으킨 것이다. 그 결과가 바로 조금 전의 대폭발이다.

곧 성벽 바깥에 있는 신성군단을 비롯하여 내성벽의 폭룡대의 대원들조차 몸을 가누기 어려울 정도의 후폭풍이 주위를 집어삼켰다.

신성군단, 폭룡대 너나 할 것 없이 모두가 이 상황에 경악을 금치 못하며 당황하는 가운데, 대폭발이 일어난 중심지에서 한참 밀려난 텔리시아가 조심스럽게 몸을 일으키고 있었다.

"으으읏……!"

텔리시아는 신음을 내뱉으면서 발트몰, 드리카스, 그리고 아르니의 상태를 급히 확인했다. 아무도 큰 부상을 입거나 하진 않았다.

"일단 이곳을 벗어……."

텔리시아는 돌연 숨이 턱 막히는 감각에 눈을 크게 떴다. 저릿한 감각이 그녀의 모든 신경을 옭아매고 있었다. 빗살처럼 나아가던 그녀의 몸이 실이 툭 끊긴 것처럼 굳었다.

"꺽!"

숨이 막히는 듯 꺽꺽거리는 그녀의 모습은 위험해 보였다.

"왜, 왜 그러는 거야!"

"주인님!"

여태까지 한 번도 당황한 모습을 보인 적 없는 발트몰까지 표정이 변했다. 드리카스가 그녀의 상태를 보더니 안색을 굳혔다.

"설마……."

텔리시아의 피부가 다시 불그스름한 색으로 돌아오기 시작했다. 그리고 그녀의 양쪽 귀 위로 뻗어 있던 뿔도 천천히 사라지기 시작했다.

그것까지 목격하자 드리카스는 확신이 들었다.

"역시 그런가! 발트몰, 그녀는 네게 맡긴다. 내가 주인님을 부축하겠다!"

발트몰은 즉시 아르니를 안아 들고 몸을 날렸다. 드리카스도 텔리시아를 안고는 바로 그를 따라 몸을 날렸다. 하필 적진의 한복판에서!

"으으으읏!"

텔리시아의 입에서 통성이 흘러나왔다. 고통이 매 순간 커져 가고 있는 것이다.

"끄으읏, 도, 돌아왔어……."

드리카스는 이를 악물었다. 역시 생각했던 대로인가…….

눈을 질끈 감은 텔리시아는 깊숙한 심저 속에서 울려 퍼지는 목소리를 그제야 들을 수 있었다.

『크아아아아-!』

쩍쩍 갈라지는 기괴한 목소리. 잊을 수 없는 그 목소리의 주인이 다시 나타난 것이다. 그 순간 텔리시아의 의식은 끊겼다.

그녀의 몸 중앙에서 시꺼먼 어둠이 열렸다.

쓰스스스스-!

"크윽!"

드리카스는 이를 갈면서 그 자리에서 멈췄다. 아직 성에서 벗어나지 못한 상황이다. 하필 이 시기에 놈이 나타날 줄이야.

"지크로트……!"

드리카스는 증오를 한껏 담아 저주스러운 이름을 불렀다. 발트몰도 더 이상 나아가는 것을 멈추고 텔리시아에게 다가와 있었다.

"이, 이건……."

"지크로트다. 놈이 다시 나타난 거야."

지크로트가 분노하고 있다.

텔리시아의 상태 때문에 이 자리에서 오도 가도 못하고 있는 사이, 폭발이 일으킨 폭풍은 점점 사그라지고 있었다. 포화 상태였던 마력들이 이내 자연으로 돌아가고 있었다.

대폭발의 흔적도 서서히 드러나고 있었다. 조금 전 폭발때도 신성군단의 수는 크게 줄지 않았다. 대폭발의 근처에 있던 성기사들만 죽었을 뿐이었다.

아르니를 비롯한 넷이 신성군단을 볼 수 있다는 얘기는 그들 역시 마찬가지라는 얘기였다.

텔리시아의 몸에서 흘러나오는 힘이 만만치 않은 것임을 느꼈기에 신성군단도 쉽게 움직일 수 없었다.

그렇게 긴장감이 극도로 치달아 갈 때였다. 피로 범벅이 된 채 쓰러져 있는 거구의 성기사, 펠레우피가 힘겹게 명령을 내렸다.

"노……놈들을 바, 반드시 죽여라. 사, 살려 둬서는……."

중상을 입었음에도 명령을 내리는 펠레우피의 투혼에 성기사들의 눈이 이글거리며 타올랐다.

일촉즉발의 순간!

"아, 악마가 나타났다!"

"대응해라!"

"다, 당황하지 마라!"

돌연 성 밖 신성군단 진영에서 소란이 일어났다. 외성 안으로 계속해서 들어가던 성기사들과 전투 신관들도 갑작스러운 소란에 고개를 돌렸다. 그것은 아르니들과 대치하고 있던 성기사들 역시 마찬가지였다.

그리고 곧 소란의 원인을 직접 눈으로 목격했을 때, 그들은 이를 뿌득뿌득 갈면서 분개했다. 아실반 산맥에서 마족군단이 엄청난 속도로 진격해 오고 있었다.

마족군단이 싸움에 참전한 것이다.

가슈인이 초조해하며 기다리던 상황이 도래했다.

먹구름처럼 몰려오는 엄청난 마족군단을 본 가슈인은 고함을 치면서 명령을 내렸다.

"됐다, 됐어! 악마들을 공격에 편승해서 단번에 놈들을 격퇴해라!"

한편, 가슈인만큼이나 이 상황이 오기만을 기다리고 있던 아르니도 환한 표정으로 외쳤다.

"라트-!"

* * *

"그 소문 들었나?"

"요즘 그 소문을 모르는 자가 누가 있겠나?"

"음, 내가 무슨 얘기를 할 줄 알고 그러는가?"

김이 샜다는 듯 수염을 거칠게 기른 사내가 눈살을 찌푸리자, 그의 곁에 있던 장신의 호리호리한 사내가 피식 웃었다.

"저기 남쪽의 실로스 관령에서 일어난 일 말하는 것 아닌가?"

"으흠! 자네는 누구에게 들었나?"

"빌슨에게 전날 들었네."

"빌슨이라고? 역시 그놈에겐 알려주는 게 아니었어. 그놈이 사방에 떠벌리고 다니는 거였군!"

사실 새벽의 경비 근무는 대단히 지루하고 피곤한 일이다. 얘기라도 하지 않으면 졸기가 십상이다. 또 이런 경비 근무라는 것이 항상 만나던 이들만 만나기 때문에 이야깃거리가 부족할 수밖에 없다. 그래서 흥미롭거나 새로운 일이 있으면 귀를 쫑긋 세워 들으며 시간을 보낸다.

그런데 며칠 전에 빌슨에게 얘기한 것이 화근이었다.

"내가 절대로 아무에게도 얘기하지 말라고 그랬는데!"

"이봐, 그게 그렇게 화낼 일은 아니잖아. 어차피 자네만 혼자 알고 있을 문제도 아니고 말이야."

씩씩거리며 화를 내던 사내가 그 말을 듣고는 일리가 있다는 듯 화를 누그러뜨렸다.

"흠흠, 그건 맞는 말이야."

"그보다 내가 그 실로스 관령의 일과 관련해서 흥미로운 이야기를 최근에 들었는데 궁금한가?"

조금 전까지 화를 내던 사내는 귀를 쫑긋 세웠다.

"관련한 이야기라니, 무슨 흥미로운 일이라도 새로 들었나?"

"그렇다네. 남쪽 일라드 령에서 각 관령의 귀족들 태반이 의문의 죽임을 당했다지."

"주, 죽임을 당해? 그건 실로스 관령의 이야기와 똑같은……."

실로스 관령의 일이 일라드 령으로까지 뻗어 나갔다는 것인가, 사내가 두렵다는 얼굴로 눈을 깜빡거리자 그에게 이야기를 해주는 사내는 재미가 붙었는지, 더 흥분한 얼굴로 그에게 다가가 속삭였다.

"일라드 영주마저도 죽었다는 소문이 있네."

"뭐, 뭐라고!"

"이 사람이! 쉿! 이건 함부로 떠들 이야기가 아니야. 자칫

잡혀 들어갈지도 모른다고."

사내의 경고에 수염의 사내가 입을 턱 막았다.

"아무래도 악마들의 소행이 아닐까 싶어. 신성군단이 아제릴을 제압했다고는 하는데 내 생각엔 그중에 악마들 몇 명이 도망쳐서 일라드 령에서 그런 짓을 벌인 거지."

"그, 그럴지도 모르겠군……."

"우리도 조심하자고. 실로스 관령과 이곳이 꽤 떨어진 곳이기는 해도 사실 그렇게 먼 곳은 아니잖나. 자칫하면…… 이거야."

목을 긋는 시늉을 하는 사내의 모습에 간담이 서늘해진 사내는 굳은 얼굴로 헛기침을 했다.

"흠흠…… 소, 소문은 어디까지나 소문인 법이지."

"하지만 지금이 어지러운 세상인 건 확실하지 않나. 광명께서 찬란한 빛으로 이 땅을 보우하셔야 할 텐데……."

"후후, 우리 집안은 대대로 광명을 섬겨온 신실한 집안이지. 악마들 따위는 두렵지 않아. 광명께서는 악이 당신의 신실한 종을 해치는 것을 좌시하지 않으실 테니 말이야."

"나도 신실하게 믿는단 말일세. 나의 믿음이 결코 자네에게 지지는 않을걸?"

"뭐라고?"

둘이 티격태격하는 소리는 그렇게 한 시간 이상 더 계속되었다. 지속적으로 순찰을 도는 경비대장은 이런 작은 소란은 눈감아 주었다. 그도 아직 이 자리를 맡기 전에는 근무를 서며 몇 번이고 졸았던 적이 있었다. 너무 크게 떠들지 않도록 살짝 주의만 주려고 발걸음을 옮길 때였다. 별안간 둘이서 티격태격하며 떠드는 소리가 뚝 그쳤다.

"응?"

뭔가 이상하다는 걸 느낀 그는 천천히 커다란 성문의 옆쪽에 만들어진 작은 문을 열었다.

"헉!"

푸확!

문밖에 펼쳐진 상황에 놀라서 숨을 들이마시는 소리가 그의 마지막 단말마가 되었다. 숨을 껄떡일 새도 없이 그대로 몸이 꿰뚫린 경비대장은 그대로 바닥에 쓰러졌다.

철푸덕!

꿰뚫린 몸에서 피가 끊임없이 흘러나왔다. 차가운 바닥에 쓰러진 경비대장의 눈동자는 경악으로 일그러져 있었다. 그가 죽기 직전에 본 것은 티격태격하며 떠들던 사내 둘이 목이 뜯어져 그 자리에 주저앉아 죽은 모습이었다.

시체를 뒤로한 채, 성 안으로 들어온 사내의 얼굴은 아픈 것처럼 창백했다. 머리부터 발끝까지 모두 새까만 일색의 옷을 입은 그가 싸늘하게 가라앉은 눈으로 성안을 살피다가 손을 천천히 들어 올렸다. 그러자 사내의 뒤로 펼쳐진 어둠이 움직이기 시작했다.

사사삭!

자세히 보니 사내와 같은 어둠이 깃들기라도 한듯 모두 새까만 옷을 입은 사람들이었다.

부하들이 모두 움직인 것을 확인한 사내는 천천히 눈을 감았다. 나직한 단말마가 곳곳에서 울려 퍼졌다.

고작 수십 명의 마족들 손에 이 관령의 고위 귀족들이 죄다 죽어나가고 있었다. 변변찮은 대응조차 하지 못하고 말이다.

그렇게 얼마나 시간이 흘렀을까.

"끝냈습니다. 크로칸 남작님."

그의 앞으로 부복하는 마족의 모습에 크로칸 남작은 눈을 천천히 떴다.

조금 전까지 한 명이었던 마족이 어느새 수십 명이 되어 있었다.

"모두 끝냈습니다."

"수고했다."

짤막하게 말한 크로칸 남작은 무미건조한 시선으로 부복한 마족들을 살피다가 어느 한쪽에서 시선을 멈추었다.

심연이 일렁이는 눈동자가 조금도 흔들리지 않고 가만히 부복하고 있는 한 명의 마족을 향했다. 크로칸 남작의 시선은 일개 마족이 감히 견딜 만한 것이 아니다. 부복한 마족들도 크로칸 남작의 심기가 불편해졌음을 알고 좌우로 비켜섰다. 크로칸 남작은 명령을 거스른 부하에게 일말의 자비도 두지 않는다. 그는 절대적인 명령과 수행을 원칙으로 삼는 마족이다.

그들이 모두 비켜서자, 마족 단 한 명이 그곳에 남게 되었다. 그는 몸을 부들부들 떨고 있었다.

크로칸 남작과 그 마족의 거리가 일순간에 좁혀졌다.

"내가 뭐라고 하명했지?"

"이, 인간들을 죽이라고 하셨습니다……."

"모든 인간을?"

"귀족이라고 불리는 인간들, 그리고 신전에 있는 자들이 목표입니다."

마족은 덜덜 떨면서도 정확하게 대답했다.

그러나 그를 내려다보는 크로칸 남작의 눈은 여전히 냉정하기만 했다.

"잘 알고 있군."

"옛!"

크로칸 남작의 날카로운 눈이 가늘게 변했다.

"그럼, 어째서 인간들을 죽이고 있는 것인지도 잘 알고 있겠지."

"그, 그건……."

이번에는 그 마족도 섣불리 대답하지 못했다. 대답을 하는 순간 그는 단숨에 죽을지도 모른다. 그걸 알고 있기 때문에 그는 대답을 하지 못하고 그저 덜덜 떨었다.

"잊은 모양이지?"

"그, 그……그럴 리가 있겠습니까……."

크로칸 남작의 손가락이 번개같이 뻗어 나갔다.

푸욱!

"크어억!"

머리를 파고드는 크로칸 남작의 손톱에 마족이 몸부림쳤다. 본능적으로 죽음으로부터 도망가기 위해 힘을 개방하기 시작하자, 순식간에 그의 모습이 마족의 형상으로 바뀌었다. 마족의 전신에서 흘러나온 검은 기운은 크로칸 남작의 손을 치워내기 위해 거칠게 일렁였다. 그러나 크로칸 남작의 손은 요지부동이었다.

"끄으으으윽!"

그러는 사이 머리를 파고드는 손톱은 더욱 날카로워져 갔다.

"네놈은 나의 명령을 어겼다."

"사, 살려주십시오……. 다, 다시는 이런 일이……."

"그럴 순 없다. 네놈은 명을 어겼어. 그것은 주인님의 지고하신 하명을 무시했다는 얘기다."

"다, 다시는……!"

"다음은 없다."

크로칸 남작은 미처 마족이 변명을 하기도 전에 나직한 선고를 끝으로 입을 다물었다.

콰직!

수박이 으깨지는 것 같은 모습. 피가 분수처럼 튀었다. 끔찍한 광경이었지만 그것을 지켜보는 마족들은 조금도 당황하지 않았다. 이미 수도 없이 봐온 일이다. 명령을 거스르는 것은 곧 죽음을 뜻한다. 그가 비교적 순순히 죽음을 받아들였기에 이 정도에 그친 것이다. 만약 그가 크로칸 남작이 내리는 선고에 반기를 보이며 대항했다면 그는 죽음보다 더 끔찍한 고통을 맛보았을 것이다.

크로칸 남작은 죽은 마족에게는 관심도 없다는 듯 천천히 다시 원래 자리로 돌아갔다.

"여러 번 말했던 일이다. 이 모든 일은 주인님을 따르는 일이다. 그분의 명령은 항상 같으셨다. 이 모든 것은 곧 이 나라에 도래할 재앙의 때를 위한 것이다."

"예, 알고 있습니다."

"그런데 어째서 저런 어리석은 마족이 나타나는가? 인간의 죽음에서 거두어들인 강렬한 혼돈은 오로지 주인님의 것이다. 너희들이 그 혼돈을 거두어 자신의 힘으로 삼는다고 해도 주인님을 능가할 수 있는가?"

"그렇지 않습니다."

마족들이 일제히 그렇게 대답했다.

이곳에 있는 이들 모두가 검은 벼락을 보았다. 그 절대적인 파괴를 직접 보고도 감히 나설 수 있는 어리석은 존재는 없을 것이다. 자신의 욕망에 충실한 마족들에게 그 어느 것도 취하지 말라는 것은 고문에 가까운 일이었지만, 이곳에 남은 마족들은 모두 그것을 충실하게 이행하고 있었다.

"주인님은 지금 강대한 적과 싸우고 계신다. 그분의 피에 따르는 우리가 해야 할 것은 주인님께서 적을 몰아내실 수 있도록 보좌하는 것이다. 주제넘는 일이지만, 우리들이 해야 할 일이다. 그분께서 싸우고 계신 적은 그만큼 위협적이다."

강대한 적, 지크로트.

이곳에 있는 이들 중 지크로트를 모르는 자는 없다. 일개 남작이나 자작 급도 아니고, 위대한 50후작 중에서도 상위에 속하는 고위 마족 갈취의 지크로트를 어떤 마족이 모를 수가 있단 말인가.

그 강대한 적을 상대로 그들이 할 수 있는 이런 미약한 일뿐이다. 크로칸 남작과 그의 휘하 군단은 오로지 라트에게 귀속되었다. 라트의 승리가 그들의 승리이고, 라트가 강해지는 것이 그들의 힘이었다.

크로칸 남작은 지도를 펼쳤다. 실로스 관령에서 귀족 한 명을 죽이고 얻은 것이다. 지도 덕분에 비교적 빨리 세텐 관령을 찾을 수 있었다.

크로칸 남작의 시선이 한쪽에 꽂혔다.

"다음은 북쪽의 안토린 관령이다."

"결속의 주인인 나의 명령을 감히 거스르다니!"

쿠웅!

폭발처럼 퍼져 나가는 어마어마한 기운이 주위의 모든 것을 지배했다. 땅 위로 지나가는 곤충들은 모두 이 엄청난 힘에 움찔하며 그 자리에 멈추었다.

그의 공간 안에서는 모든 것이 그대로 멈춘 채 감히 움직이지 못했다.

고함을 내질렀음에도 라트의 화는 여전히 가시지 않았다.

"크아아아아아!"

다시 터진 그의 고함과 함께 몸에서 뿜어져 나온 검은 기운이 사방으로 폭사했다.

콰콰콰쾅!

돌산이 무너지고 땅이 푹푹 파였다.

마족 하나가 감히 그의 명령을 거슬렀다는 사실 때문에 참을 수가 없었다.

"나는 단죄자다. 모든 해악의 존재를 지우고 없애버릴 단죄자! 아무도 나를 거슬러서는 안 된단 말이다!"

혼돈으로 일그러져 있는 목소리가 다시 하늘 높이 치솟았다.

놀라운 모습이었다. 그가 라트가 맞긴 맞단 말인가?

스스로 선택하고 나아간 길에서조차 머뭇거리면서 상처를 받던 그 라트가 정말 맞는 것일까?

한 가지 분명한 것은 그의 등에 메여 있는 칠흑색의 검은 지크로트이자, 라겔이라고 불렸던 라트의 검이라는 것이다.

"그래, 모두 교단 때문이다. 모두 교단 때문이야! 모두 죽여야 돼. 그렇지 않으면 결속의 주인인 내 명령을 거스르는 악마들이 더 많아질 거야. 그럴 순 없다. 그럴 수는 없어!"

횡설수설하는 라트의 모습은 확실히 정상이 아니었다. 그는 자신이 무슨 말을 하는지도 모를 만큼 이성을 잃고 갈팡질팡하고 있었다. 그렇게 끊임없이 혼잣말을 늘어놓던 라트는 정했다는 듯 북쪽의 평원을 향해 즉시 몸을 날렸다. 자신이 해야 할 일이 무엇인지 불현듯 떠오른 것이다.

교단을 부수는 것! 그게 바로 자신이 해야 할 일이다.

목표는 쥬아튼 령의 공작 직할령 펠란트. 지금 라트가 있는 곳에서 가장 가까운 곳이다. 쥬아튼 영지의 중심이고, 이 영지를 다스리는 주인도 바로 그곳에 있다. 관령의 백작들이야 마족들에게 맡겨도 충분하지만 공작씩이나 되는 높은 자리에 앉아 있는 대영주는 자신의 손으로 직접 처리하고 싶었다.

라트는 바람을 가르며 기대된다는 듯 입술을 핥았다.

"……죽여야 돼. 귀족이라는 놈들은 모두 죽여야 돼! 그리고 교단은 남김없이 이 세상에서 지워버려야 해. 그게 내가 해야 하는 일이다. 크크큭! 사명…… 하늘이 내린 사명이야! 크하하핫!"

쩌렁쩌렁 울려 퍼지는 라트의 목소리에 피비린내가 흥건히 배어 있었다.

한편, 그의 등에 걸려 있는 칠흑색 검을 지배하고 있는 지크로트는 이 생각지도 못한 상황에 골머리를 썩는 중이었다.

'일이 이렇게 틀어질 줄이야…….'

눈을 번쩍 뜬 지크로트는 혀를 찼다.

"쯧쯧…… 일이 좋지 않게 되어 버렸어."

모든 상황이 자신 때문에 틀어졌다는 것은 그도 절실하게 통감하고 있었다.

"이미 지나가 버린 일은 어찌해도 돌이킬 수 없다. 중요한 건 이 일을 빨리 바로잡아야 한다는 것인데……."

지크로트는 턱을 괴었다. 그는 지금 라트의 깊숙한 곳에 뿌리내린 발루토의 권능을 가지고 싶어서 안달이 난 상태였다. 하지만 이미 이전의 싸움으로 라트가 지크로트의 힘 일부를 온전히 흡수하면서 그의 몸에 간섭을 행하기란 더욱 요원한 일이 되어 버렸다. 그러나 지크로트는 여기서 포기하지 않고 외적으로 내적으로 계속 라트의 몸에 간섭을 행했다.

그 결과가 바로 지금의 상황이었다. 그렇지 않아도 역류한 힘이 라트의 뇌에 자리 잡으면서 라트의 정신이 불안정한 상태였는데, 그것을 조금도 고려하지 않고 지크로트가 날뛰어 라트의 뇌에 잠든 어둠의 마력이 요동치기 시작했고 라트의 내면 깊숙한 곳에 있는 파괴 충동이 극에 달한 것이다.

"이래선 안 돼……. 이래서는 놈이 더욱 강해질 뿐이다."

문제는 바로 그것이었다.

본래 라트는 남을 해치고 상처 입히는 것을 못하는 성격이다. 그렇기 때문에 교단을 무너뜨린다는 목표를 잡은 상황에서도 그 과정에서 몇 번이고 고민하며 주저해 왔던 것이다. 지크로트가 잠깐 라트에게서 눈을 뗀 사이 제법 그 성격이 날카롭게 변해 있기는 했지만, 인간의 본질이란 쉽게 바뀌는 것이 아니었다.

그런데 현재의 라트는 자신 외의 다른 누군가를 죽이는 것에 대한 거부감이 거의 없다. 흡사 마족에 가까울 정도로 자신의 충동에 솔직하게 변했고 목적을 이루기 위한 과정에서의 주저는 사라지고 말았다. 지금 이 순간에도 수없이 많은 인간들이 라트의 손바닥 아래 죽어가고 있었다.

'괘씸하게 마족들을 부하로 삼고 그따위 짓을…….'

지크로트는 이를 뿌득뿌득 갈았다. 며칠 전, 라트의 신변에 이상이 생긴 것을 알아차린 크로칸 남작과 휘하 마족들이 찾아왔던 것이다.

"모두 죽여! 멈추지 마라! 지크로트를 완전히 몰아내기 위해서는 힘이 필요하다! 더욱 죽여라. 교단과 귀족들을 전부 죽여버려!"

그것이 라트의 입에서 나온 말이었다.

광기에 일그러진 그의 말은 지크로트로서도 예상하지 못한 것이었고, 지금 이 순간 수많은 인간들의 죽음이 피의 결속을 타고 라트의 몸으로 마구 흘러들어오고 있었다. 매 순간 라트는 혼돈을 집어삼키며 강해지고 있었다.

'이 이상은 곤란해.'

이미 지크로트의 힘까지 흡수한 라트가 아닌가, 더 이상 강해지게 둘 수는 없었다.

"쯧쯧, 별수 없군."

지크로트는 한 발 물러설 수밖에 없다는 생각을 굳혔다.

다시 눈을 지그시 감자 그의 의식이 하늘 높이 부유하다가 이내 마검으로 향했다.

마검의 깊숙한 공간.

암흑으로 뒤덮인 세상의 깊숙한 곳에 검은 불길이 보였다. 라트의 심상 세계와 흡사한 세상이었다.

'실로 흥미롭군.'

자신의 권능 아래 존재하게 된 마검에 불순물처럼 생겨난 어떤 거대한 자아가 있다는 사실을 지크로트가 모를 리 없었다. 그것이 지금에 이르러 검의 상당 부분을 차지하고 있기 때문에 감히 소멸시키려는 생각은 할 수 없지만, 마음만 먹으면 언제든지 억누를 수 있는 존재였다. 그래서 신경도 쓰지 않았다. 그런데 지금 보니 신기한 것이 사실이었다.

'완벽한 자아를 구성하고 있군. 어떻게 이런 일이 일어날 수 있지? 이것도 발루토의 권능이 일으킨 기적인가?'

모든 건 이 자아의 주인에게 물어보면 될 일이다.

"모습을 드러내라."

그러자 불꽃의 소용돌이 속에서 한 사람이 모습을 드러냈다. 그 사람이 갖추고 있는 형상을 보자, 지크로트의 눈이 가늘게 변했다.

"네가 이 세계의 주인이냐?"

"그렇다."

짧은 대꾸였다. 지크로트가 눈살을 찌푸렸다.

"건방진 놈. 사라지고 싶은 모양이지?"

"지금 당신의 능력으로는 그럴 수 없다는 걸 잘 알고 있어."

상대의 말투, 표정, 행동 등이 너무나도 익숙했다. 심상 세계의 모습과 얼굴, 목소리, 그리고 말투까지도 라트와 똑같았다. 라트의 수작인가.

"네 녀석, 정체가 뭐지, 라트인가?"

"내 이름은 라겔."

"라겔이라고? 무슨 수작을 부리는 거냐?"

"어째서 나의 모습과 이 세계의 모습이 라트의 것과 똑같은지 그걸 묻고 싶은 건가?"

지크로트가 생각하는 것쯤은 어렵지 않게 알 수 있다고 말하는 것 같은 라겔의 태도가 지크로트의 성질을 건드렸다.

"하등한 기생충 주제에 그따위 언행이 용서받을 수 있다고 생각하는 것이냐? 이 검과 함께 네놈을 없애버리는 것은 일도 아니야."

"그렇게 하면 지크로트, 당신도 이 세상과의 연결할 수 있는 방도가 사라지겠지."

여전히 담담한 라겔의 대꾸에 지크로트는 얼굴을 일그러뜨리다가 이내 낮게 웃었다.

"크흐흐흐, 건방진 놈…… 좋다. 지금껏 내가 네놈의 존재를 알면서도 아무런 간섭도 하지 않은 것은 네놈의 존재를 인정했기 때문이니까 말이야."

"지크로트, 당신은 왜 이곳에 왔지?"

"한 가지 협조해 줬으면 하는 일이 있어서 찾아왔다. 헌데 그전에 한 가지 궁금한 것이 있다. 뭔지는 내 입으로 설명할 필요가 없겠지. 이미 네 녀석 입으로 말한 거니까 말이야."

"무슨 설명이 필요하지? 나는 라트의 분신 같은 존재다. 말하자면 그의 자아가 흘러넘쳐 이곳에 뿌리를 틀었다고 할 수 있지."

라겔의 말은 충격적이었다. 그것은 이 세상의 질서를 거스르는 일이었다.

"그런 일이 가능하단 말이냐?"

"가능한지 불가능한지는 지금 당신 앞에 존재하는 내가 증명하고 있을 텐데."

"흥미롭군! 실로 흥미로워! 이것 또한 발루토가 가진 권능의 힘이란 말인가!"

"그렇다고는 장담할 수 없어. 나의 탄생은 우연, 그리고 기적이라고 표현할 만큼 기이한 일이니까."

자신의 일이지만 담담하게 표현하는 라겔은 많은 부분에서 라트와 닮아 있었다. 그러나 근본적인 부분에서 달랐다. 지크로트는 그걸 알 수 있었다.

"역시 차이는 존재하는가 보군."

"차이?"

"그렇다. 한없이 닮은 것 같지는 않군. 너는 습득하며 배워갈 수 없는 존재다. 항상 그 자리에 머물러 있지."

"틀렸다. 나는 배우며 성장한다. 라트가 겪는 모든 일을 보고 생각하니까."

"그렇지 않아. 네놈은 그저 존재할 뿐이다. 성장이 아니라 있는 그대로의 사실을 받아들일 뿐이지. 반면에 너의 원본인 라트는 매 순간 감정으로 받아들이고 느끼며 성장해 나간다. 이것은 결정적인 차이야."

"결정적인 차이……."

라겔은 눈을 가늘게 떴다. 과연 그랬던 것인가? 그래서 라트와 라겔의 사이에 거리가 존재했던 것인가…….

"어쨌든 흥미로운 일이다. 차이가 있든 없든 네놈은 확실히 이곳에 존재하고 있으니까 말이야."

지크로트의 작은 호기심은 이걸로 충족되었다. 이제 이곳에 온 목적을 말할 차례였다.

"네놈이 나서야겠다."

"무슨 말이지?"

"라트를 뇌에서 요동치는 어둠의 마력을 온전히 빼내란 말이다."

라겔은 눈을 가늘게 떴다.

"어째서 당신이 그걸 요구하는 거지?"

날카로운 질문에도 지크로트는 내색하지 않고 담담하게 대꾸했다.

"단순한 취미지. 지금의 라트는 재미가 없어. 지금의 모습이 일개 마족과 무엇이 다르단 말인가? 고뇌하고 슬퍼하고 고통 받지 않는다면 그것은 더 이상 인간이라고 할 수 없지. 인간성을 잃어버린 인간은 전부를 잃은 것과 다름없다."

"원하는 것은 발루토의 권능인가?"

"가짜 주제에 너무 주제 넘는다고 생각하지 않나?"

"가짜라고?"

지금껏 담담했던 라겔도 그 말에는 어지간히 화가 난 모양이었다. 사방에 이글거리는 불길이 일제히 솟구쳤다.

화아아악!

"흐흐흐흣…… 화도 낼 줄 아는군. 재미있군, 재미있어."

"내가 네놈의 명령을 따를 것 같으냐?"

라겔의 말은 언젠가 라트에게 들었던 것과 비슷했다.

"그렇다면 라트를 이대로 놔둘 셈이냐? 자신을 잃어버린 채, 힘에 사로잡혀서, 언젠가 다른 인간들의 손에 죽도록?"

"……"

검을 쥔 것은 지크로트였다. 지크로트의 의식이 천천히 떠올랐다.

"선택은 네 자유다. 그러나 라트를 더 이상 이대로 놔뒀다가는 그의 영혼은 붕괴되고 말 거야. 그 이후에는 아무도 그를 되돌릴 수 없겠지."

그 말을 끝으로 지크로트는 라겔의 세계에서 완전히 떠났다. 홀로 남은 라겔은 휘몰아치는 불길 속에서 눈을 지그시 감았다.

선택의 여지가 없었다. 지크로트가 굳이 말하지 않았어도 라겔은 지금까지 전면에 나설 순간만을 기다리고 있었다.

라겔의 의식이 천천히 떠올랐다. 라트의 등에 걸쳐진 칠흑색 검의 눈동자가 붉은빛으로 물들었다.

* * *

"모, 몬스터가 있다!"

"으아악! 몬스터가 악마들의 명령을 받는다!"

돌연 동시다발적으로 튀어나온 비명에 파토르의 눈이 매섭게 변했다.

'몬스터? 설마 아실반 산맥으로 온 것은 몬스터를 부리기 위해서였단 말인가!'

파토르의 검이 백열되고 이내 사방으로 쪼개지기 시작했다.

수많은 검형이 그대로 흙먼지 속으로 날아들었다.

콰콰콰쾅!

파토르가 전면에 나섰다는 것을 알 수 있는 빛의 폭발이 일어나면서 조금 전까지 악마들의 기습 공격에 당황하던 중앙 부대가 안정을 되찾기 시작했다.

앞으로 나선 파토르의 외침이 쩌렁쩌렁 울렸다.

"몬스터 따위를 두려워하지 마랏! 하찮은 악마들을 따르는 몬스터 따위가 언제 교단의 적이 되었단 말이냐!"

"광명의 이름으로!"

파토르의 외침이 부대의 사기를 진작시키자, 한 대장이 나서서 사기를 고취시켰다. 파토르의 등에 새겨진 낙인이 죄의 상징이 아닌 프로텔리아를 짊어진 광명의 대리인으로서의 증거가 된 것이다.

파토르는 몬스터를 두려워하지 않았다. 몬스터들을 두려하던 시대는 이미 지났다.

스거걱!

"크에에엑!"

배가 잘린 갈색 오크가 내장을 쏟으며 쓰러지고 검은 늑대가 몸이 양단되어 바닥에 나뒹굴었다.

"하찮은 인간, 흔적도 없이 갈기갈기 찢어주마!"

뇌성 같은 포효와 함께 몰아치는 렌타인의 기세가 무시무시했다. 손을 한 번 휘두를 때마다 강맹한 기운이 쏟아지면서 파토르를 압박해 왔다. 그러나 파토르는 조금도 당황하지 않았다. 그는 지극히 침착하고 냉정하게 대응했다.

스스스스!

쪼개지는 검형들은 폭풍처럼 주위로 휘몰아치면서 마족들을 학살해 댔고, 그 검기 속에 렌타인의 몸에 생채기가 늘어나기 시작했다. 간발의 차이로 치명상만은 피하고 있었지만 접전이 이어지면서 그것조차도 슬슬 한계인 듯싶었다.

푸욱!

"크으으윽!"

어깨를 관통한 새하얀 검형의 기운이 몸 깊은 곳으로 세차게 몰려드는 것을 느낀 렌타인은 통성을 내질렀다. 파토르의 검형에 맺힌 일말의 신성력이 그의 내부로 침투하고 있었다. 여세를 몰아 파토르의 검이 렌타인의 목을 베어 갈 때였다.

북쪽 방향에서 자신에게 엄청난 속도로 날아드는 기운에 파토르가 뒤로 급히 물러났다.

쾅!

"크아아악!"

파토르에게로 쏘아진 검은 기운에 적중된 전투 신관은 그대로 사지가 찢기며 죽었다. 전투 신관을 일격에 죽일 수 있을 만큼 위력적인 공격이라는 것이다.

파토르는 검은 기운이 날아온 방향으로 고개를 돌렸다. 허리를 구부정하게 구부린 한 노인이 저 멀리 보였다.

'저놈도 남작 급인가?'

필리안델의 정체를 알 리 없는 파토르는 그를 남작 급 악마라고 판단했다.

총 세 명의 남작 급 악마.

파토르의 시퍼런 시선이 어떻게든 일어서려고 안간힘을 쓰는 렌타인에게 닿았다.

'더 이상 손이 어지러워지기 전에 처리해야겠군.'

파토르는 필리안델을 향해 검형을 날리면서 동시에 렌타인에게 검기를 쏟아냈다.

쾅!

필리안델과 파토르의 힘이 부딪치며 폭발이 일어나는 것과 동시에 렌타인의 몸으로 파토르의 검기가 그대로 박혔다.

푸푸푸푹!

"끄아아아악!"

전신이 타오르는 것 같은 고통이 렌타인을 엄습했다. 이대로 가만히 놔둬도 분명히 그는 죽음을 면치 못할 테지만, 파토르는 더 이상 시간을 끌 생각이 없었다.

푸른 눈동자에 살기가 맺혔다.

"죽어라."

나직한 혼잣말이 흘러나왔을 때였다.

"네놈이야말로 그만 죽어라."

파토르의 눈이 부릅떠졌다. 연기를 꿰뚫고 필리안델이 모습을 드러낸 것이다. 그의 감각은 미처 필리안델을 잡아내지 못했다.

'이럴 수가!'

급하게 마력을 끌어 올린 순간 옆구리에 충격이 밀려왔다.

콰앙!

"큭!"

파토르의 몸이 붕 떴다가 뒤쪽으로 밀려났다.

"란볼, 렌타인을 데리고 빠져라."

"옛!"

항상 필리안델의 곁에 붙어 있던 란볼이 렌타인을 부축해 급히 그 자리를 빠져나갔다.

파토르의 안색이 굳었다.

'이 악마가 정말 남작 급이 맞는 건가?'

필리안델이 다시 파토르를 향해 쇄도해 왔다.

카가가각!

자신의 날카로운 손톱을 베어내려는 것처럼 밀어닥치는 파토르의 검을 필리안델은 인정할 수밖에 없었다.

'어설프게 상대해선 안 되겠군.'

『란볼, 라베인, 마르독. 모두 나서라. 이놈을 먼저 처리한다.』

필리안델의 목소리가 각 남작들에게 전해졌다.

필리안델이 별다른 명령을 내리지 않고 있었기에 다른 성기사들을 향해 공격하던 라베인도 혈궁을 다시 파토르에게 겨누었다. 붉은빛이 그녀의 오른손으로 몰려들었다.

스스스스슷!

"죽어라!"

그녀의 입술 사이에서 흘러나온 나직한 말과 함께 활시위를 떠난 붉은빛 화살이 대기를 가르며 파토르를 향해 쏟아졌다.

족히 수십 발이 이르는 화살은 맹렬한 기세로 파토르의 목숨을 앗아가기 위해 날아들었다.

슈슈슈슛!

"흡!"

필리안델과의 접전에 집중하고 있던 파토르는 돌연 저 멀리서 날아드는 엄청난 기운에 뒤로 물러나며 검형을 모조리 일으켜 방어했다.

콰콰콰콰쾅!

붉은빛의 마력이 몰아치는 가운데 필리안델의 몸이 쭈욱 미끄러지면서 파토르와의 거리를 좁혔다.

"제법이었다만 여기까지다!"

그의 양손에 맺히는 기운이 무시무시하게 압축되기 시작했다. 아직까지 라베인이 날린 화살의 폭발에서 헤어 나오지 못하는 사이 마침내 필리안델의 양손에 맺힌 기운은 완성되었다.

"크윽!"

그제야 파토르도 필리안델이 바로 지척까지 붙어 있음을 알고 검을 휘둘렀다. 그러나 급하게 휘두른 검이었기에 제대로 된 힘이 모두 깃들지 못했다.

카아앙!

체구가 조그마한 란볼이 오른손에 기운을 밀집한 채, 그의 검을 막아낸 것이다.

"키히힛! 네놈이 나의 왼팔을 가져갔겠다!"

파토르의 눈이 부릅떠졌다. 그의 등에 찍힌 낙인을 세상에 드러내게 한 악마가 눈앞에 있었던 것이다.

"이노옴-!"

그러나 파토르는 미처 분노를 터뜨릴 수 없었다. 필리안델의 양손에서 묵직한 기운이 발출된 것이다. 숨이 턱 막히는 듯한 감각과 함께 파토르는 있는 대로 힘을 모조리 끌어 올리며 방어에 집중했다.

콰아앙-!

지척에서 일어난 폭발과 함께 파토르의 몸이 그대로 튕겨 나갔다. 그때 동쪽에서 진격하던 마르독이 돌연 모습을 드러내 땅을 나뒹구는 파토르를 죽이기 위해 손톱을 세우고 달려들었다.

"이 돌프란을 무시할 수 있을 것 같으냐-!"

쩌렁쩌렁 울리는 돌프란의 목소리와 함께 그의 신형이 새하얀 궤적을 그리며 마르독에게 날아들었다.

마르독은 즉시 그 자리에서 물러났다. 돌프란의 전투력은 그가 감당할 수 있을 만한 것이 아니었다. 조금 전까지 라베인의 보조와 휘하 군단의 보조로 겨우겨우 버텼지만 돌프란과 그의 기사단의 실력은 도저히 버틸 만한 것이 아니었다.

"어디서 또 저런 인간이 튀어나왔단 말이냐?"

필리안델은 돌프란의 엄청난 움직임을 보면서 신음을 토했다. 그리고 즉시 몸을 날리며 마르독을 원조하기 시작했다.

"아직 중앙이 무너지지 않았어. 하지만 이래서는 병력이 좌우측면에서 공격을 받게 된다. 악마들의 수가 아무리 많아도 머지않아 무너진다. 신성군단의 실력이 월등히 뛰어나니까 말이지."

가슈인은 위쪽에서 냉정하게 전황을 분석했다. 그는 아랫입술을 질근질근 깨물었다.

"지금은 신성군단의 후방을 쳐야 할 때야. 그러면 막대한 피해를 입힐 수 있다. 승리가 바로 코앞에 있군."

확실히 지금 신성군단의 후방은 거의 무방비한 상태나 다름없었다. 중앙부대가 훌륭하게 버텼다고는 하지만 이미 반궤멸에 가까운 상태였고, 조금 전의 큰 폭발과 함께 지휘관 상태도 좋지 않은 게 확실했다. 그야말로 기회였다.

"하지만 제1폭룡대는 이미 궤멸에 가까운 상태입니다. 제2폭룡대나 일반 병력으로는……."

"그래도 해야만 돼. 전병력을 움직여! 놈들을 여기서 끝낸다!"

제피린의 병력이 움직이기 시작했다. 가슈인을 필두로 빠르게 후방에서 치고 들어가는 그들의 공세에 신성군단은 앞과 뒤로 적을 만나게 된 셈이었다.

"크윽! 이 더러운 놈들이!"

사실 제피린의 폭풍대는 숫자만 많은 허울 좋은 병력이었다. 반면에 신성군단의 병력은 실력자들로 이루어진 부대였다. 그렇다 보니 아무리 상황이 유리하다고 해도 접전에서 피를 흘리는 쪽은 가슈인의 병력 쪽이었다. 그러나 가슈인도 그냥 당하기만 하지는 않았다. 전투 부대인 제2폭풍대는 아직 건재한 상황이었다. 거기다가 가슈인까지 선두에 나서 무자비하게 도를 휘두르자 신성군단도 점점 가랑비에 옷이 젖듯 피해가 확산되기 시작했다.

"절대로 물러서지 마라! 여기서 놈들을 끝장내야 한다!"

"죽여라!"

"교단의 개들은 남겨두지 마라!"

"죽어라! 죽어라!"

가슈인의 외침에 호응하는 대원들은 미친 듯이 고함을 질렀다. 마음 깊은 곳에 오랜 시간 동안 쌓인 원한이 지금 이 순간 폭발하면서 그들의 영혼을 사로잡은 것이다. 죽음도 두려워하지 않고 달려드는 그들의 공격은 끈질겼고 집요했다.

푸욱!

"크악!"

신성군단의 후방을 견고하게 지키던 성기사가 드디어 쓰러지기 시작했다. 몸이 잘려나가도 발목을 붙잡고 늘어지는 폭풍대의 공격은 질릴 정도였다.

"악마에게 영혼을 판 사악한 놈들이!"

성기사들의 검에서 새하얀 빛이 일렁이며 단번에 서넛을 베어 나갔다. 그들의 무자비한 검을 버틸 수 있는 자는 없었다. 오로지 가슈인과 그가 친히 이끌고 있는 제2폭풍대뿐이다.

가슈인이 맹렬하게 도를 휘두르면서 적에게 공격을 퍼부었다.

카카카캉!

푸확!

"크아악!"

그를 상대하던 전투 신관의 어깨가 단번에 잘려나갔다. 그리고 동시에 쏟아져 오는 공격에 전투 신관의 몸은 갈기갈기 찢겨 바닥에 쓰러졌다.

가슈인은 강했다. 그의 도는 맹렬했고 묵직했으며 날카로웠다. 전투 신관들은 말할 것도 없었고 일반 성기사들도 그의 공세가 만만치 않음을 느꼈다.

전황은 조금씩이나마 기울어가기 시작했다.

바로 그때였다.

콰아앙!

빠르게 적을 베어 나가던 가슈인은 돌연 서쪽 진격 방향에서 일어난 커다란 폭발에 눈살을 찌푸렸다. 성기사들의 검기가 제아무리 강하다고 해도 이 정도의 커다란 폭발이 일어나지는 않는다.

'실력자가 나온 것인가?'

그렇게 되면 일이 골치 아파진다. 어쨌거나 지금은 동일한 적을 앞에 두고 있다는 것 때문에 이해가 맞아떨어진 상황이지만, 제대로 말하자면 가슈인과 악마들의 교섭은 결렬된 것이다. 그렇다 보니 악마들에게, 실력자 중 누가 후방으로 빠졌으니 더욱 공세를 퍼부으라고 할 수도 없는 노릇이 아닌가.

"서쪽 날개가 무너져서는 안 된다. 서쪽은 퇴각로다!"

가슈인이 막 발을 빼려고 할 때였다. 급하게 전령 하나가 달려와서 외쳤다.

"서쪽에서 거, 검은 로브가 아군을 돕고 있습니다."

"뭐라고? 검은 로브?"

"예! 돌연 나타난 네 명을 그렇게 부르고 있습니다."

가슈인의 얼굴이 밝아졌다.

"그자들이 또 우리를 돕는단 말이지?"

"예! 조금 전의 폭발은 검은 로브 중 한 명이 일으킨 것입니다. 아마도 마법이 아닌가 싶습니다."

가슈인이 낮게 웃었다.

"마법사! 그렇군. 마법사였기에 그토록 엄청난 화력을 가지고 있었던 것이야."

조금 전의 대폭발이 이해가 된다는 듯 고개를 주억거린 가슈인은 크게 웃으며 도에 마력을 불어넣었다. 도신에 일렁이던 푸른빛은 이내 새하얀 빛을 머금었다. 그의 실력이 결코 낮지 않음을 증명하는 빛이었다.

가슈인은 마력을 담아 외쳤다.

"검은 로브가 우릴 돕고 있다. 절대로 물러서지 마라!"

한편, 검은 로브라는 이름으로 불리는 아르니들은 현재 가슈인이 보고받은 것처럼 서쪽에서 치열한 접전을 벌이고 있었다.

콰콰쾅!

아르니는 연속적으로 마법을 시전하면서 적진을 흔들었고 드리카스와 발트몰은 전면에 나서서 성기사들을 상대로 분전했다.

'라트가 저곳에……!'

약해지려는 마음이 들 때마다 그녀는 자신을 그렇게 채찍질했다. 다시 그녀의 양손에서 맹렬한 검은 불꽃이 일렁이면서 그녀의 주위로 개수가 늘어갔다.

콰콰콰쾅!

연발적인 폭발과 함께 화기가 몰아쳤다.

짧은 숨을 몰아쉬는 아르니의 이마에는 작은 땀방울이 맺혀 있었다. 그렇게 다시 마력을 끌어 올릴 때였다.

"아르니!"

"후우, 텔리시아."

자신의 뒤에 다가온 이가 텔리시아임을 확인한 아르니는 겨누었던 흑염구를 다시 적에게 돌려서 날렸다. 그녀는 이곳에서 죽기라도 할 것처럼 사력을 다해 싸우고 있었다.

텔리시아는 파리한 안색으로 딱 잘라 말했다.

"이곳에는 라트가 없어."

"뭐……?"

끊임없이 아르니의 양손에서 몰아치던 마력이 그 순간 온데간데없이 사라졌다.

"라트는 이곳에 없어. 여기서 싸우고 있지 않아."

"그게 무슨 말이야?"

아르니는 불신 어린 눈으로 텔리시아를 노려보았다.

"우린 착각한 거야. 라트는 이곳이 아니라 동쪽에 있어."

아르니의 얼굴에는 믿을 수 없다는 빛이 역력했다.

"그걸 네가 어떻게 알아!"

"조금 전에 봤잖아."

텔리시아는 침착했다. 그녀가 흥분하거나 당황하는 모습을 보이는 것은 아르니에게 결코 좋지 않은 일이다.

"지크로트가…… 이 세상에 다시 나왔어."

"나도 알아!"

"그가 분노하고 있다는 것도 알아?"

아르니는 입술을 질근질근 깨물었다. 그녀의 몸에서 태어난 어둠 깊은 곳에서 지크로트의 이글거리는 분노를 엿보았던 것이다.

"그 분노가 향하는 건 내가 아니야."

그 순간 아르니의 얼굴이 창백해졌다.

"라트를 향한 분노야."

"그럼……."

"그래, 라트는 지크로트와 싸우고 있어. 지금 이 순간에도."

비명과 고함, 증오와 피 냄새가 뒤섞인 전장의 한가운데서 둘은 서로를 바라보며 말을 나누고 있었다.

그때 돌연 어둠을 꿰뚫는 쩌렁쩌렁 고함이 울려 퍼졌다.

"후퇴!"

"후퇴!"

"물러나랏!"

곳곳에서 울려 퍼지는 외침에 파토르의 얼굴은 완전히 일그러져 있었다. 이교도와 악마들에게 밀려서 신성군단이 지금 패퇴를 하는 것이다.

"용서할 수 없다. 이교도 놈들은 더더욱 용서할 수 없어-!"

분통을 터뜨린 파토르가 천천히 마음을 다스렸다. 이미 후퇴하고 있었고 중요한 것은 현재 신성군단의 전력을 얼마나 보존하면서 진을 다듬을 수 있을지, 그것이 관건이었다.

가장 뒤에서 부대를 방어하면서 물러나는 후위대의 피해가 막심했다. 일반적인 정설로도 본대가 빠져나가도록 시간을 버는 부대가 후위대가 아닌가. 지금 후위대의 본분을 맡은 자들은 아트라스 신성대와 백사자 기사단이다. 그들은 교황청 소속이었고 그들의 피해가 크다는 것은 파토르의 무능력함을 증명하는 일이었다.

'그렇게 놔둘 수는 없다!'

파토르는 벌게진 눈으로 마력을 끌어 올렸다.

"후위대를 최대한 보조해라! 아트라스 신성대나 백사자 기사단을 최대한 보조하란 말이다!"

파토르의 외침이 쩌렁쩌렁 울렸다. 어느새 그가 이끄는 제른의 부대도 퇴각 속도를 줄이기 시작하면서 전투는 더욱 치열해지고 있었다.

태양은 이제 온데간데없다. 완연한 어둠만이 굴바엔 지방에 드리웠다.

*　　*　　*

"흐아아아압!"

줄기차게 뿜어지는 어둠의 마력이 폭풍처럼 몰아치며 주위로 몰려드는 모든 생명의 목숨을 앗아 갔다.

콰콰콰쾅!

그저 내뿜어지는 기운만으로도 능히 병사들의 목숨을 취할 수 있었다. 압도적인 힘 앞에서는 그 누구도 거스를 수 없었다.

"내게 거스르는 네놈들은 모두 교단의 앞잡이가 틀림없다. 이 세상에서 사라져야 할 해악 중 하나! 크흐흐흐! 알고 있다. 모두 사라져라. 죽어 버려!"

라트가 검을 빼들자 검은 기운이 미친 듯이 일렁이면서 대기가 요동쳤다.

파지직!

칠흑색 검에서 방전하는 검은빛은 이내 빛줄기가 되어 그대로 뻗어 나갔다.

콰지지지지지지-!

요란한 굉음과 뇌성이 사방을 잠식했고 검에서부터 폭사하는 무시무시한 파고의 권능의 빛줄기가 되었다.

"하하하하핫!"

검은 벼락의 가공할 만한 파괴력에 라트가 미친 듯이 웃어젖혔다. 조금 전까지 그의 앞을 가로막던 같잖은 병사들이 그야말로 소멸해 버린 것이다. 파괴의 흔적을 걸어가는 라트의 입가에는 잔인한 미소가 맺혀 있었다.

"나를 막아서는 어리석은 짓은 하지 마라. 죄가 없는 자는 절대로 베지 않는다. 나는 죄악을 베려고 왔을 뿐이야! 다시 한 번 말하지만 나를 막지 마라. 나를 막는 것은 이 간악한 현

실에 편승한 사라져야 할 것들이야!"

쿠웅-!

그의 외침에는 무시무시한 힘이 담겨 있었다. 그의 외침만으로도 주위의 모든 것이 짓눌렸고 감히 거스를 수 없었다. 미처 도망가지 못한 영지의 신민들도, 검은 벼락이 쏟아지는 방향이 아닌 곳에 서 있다가 우연히 살아남은 병사와 기사들도, 모두 하나같이 몸을 덜덜 떨고 있을 뿐이었다.

라트는 입꼬리를 말아 올리며 혀로 입술을 핥았다.

무시무시하게 타오르는 라트의 시선이 거대한 성으로 향했다. 그들의 권력을 상징하듯 드높기 이를 데 없는 거대한 공작의 성이 바로 눈앞에 있었다.

공작은 지금 어떤 얼굴을 하고 있을까? 분노하고 있을까, 아니면 두려워하고 있을까?

"아, 보고 싶군! 보고 싶어 미치겠어!"

라트의 몸이 쭈욱 늘어나듯 뻗어 나갔다.

그를 억누르고 억압하던 모든 것은 이제 존재하지 않는다. 주저함도 불편함도 고통도 슬픔도 없다. 라트는 지금 이 순간 자신을 괴롭혔던 이 나라의 모든 악이 자신의 발아래 꿈틀거리고 있다는 생각에 극렬한 쾌감을 느끼고 있을 뿐이었다.

"크하하하하하!"

"아아아아아악!"

"더 이상 시끄럽게 굴면 더 고통스럽게 될 텐데."

나직한 경고가 들리자마자 비명이 거짓말처럼 사라졌다.

"크으윽…… 사, 살려 줘……. 내, 내게 무슨 원한이……."

"공작에게 개인적인 원한은 없어."

"뭐, 뭐라고? 그, 그럼 어째서……."

공작은 공포에 질린 얼굴이 되었다. 원한도 없는데 지금 이곳에서 이러고 있는 건 대체 어째서인가?

"대영주는 이 나라를 떠받들고 있는 한 기둥이잖아. 나는 그 기둥을 무너뜨리고 싶었을 뿐이야."

"그……그렇다면 수, 수도로 가면 될 게 아닌가……! 어, 어째서 지, 지방을……."

공작의 울부짖음에 라트는 눈을 동그랗게 떴다.

"과연 일리가 있군. 이곳에서 이렇게 시간을 보낼 필요가 없어. 하하하, 똑똑하군. 교단의 총단인 교황청을 무너뜨리면 그 아래 떨거지는 자연스럽게 무너질 텐데 말이야."

"그, 그래…… 그, 그러니까 나는……."

푸욱!

"꺽……!"

"더 이상 살려 둘 필요가 없지."

차갑게 중얼거린 라트는 공작의 목을 틀어잡은 왼손에 점차 힘을 가했다. 두터운 살을 꿰뚫고 라트의 손이 파고들었다.

"꺼거걱!"

공작은 거품을 물고 난동을 부리기 시작했다. 눈이 돌아가고 혀를 쭉 뺀 모습이 추하기 그지없었다.

"잘 어울리는 최후야."

우득!

이내 그의 목뼈를 부러뜨린 라트가 천천히 웃기 시작했다.

"하하핫!"

그 웃음소리가 점차 커지기 시작하더니, 이내 하늘을 찌를 듯 요란하게 변했다. 뇌성처럼 쩌렁쩌렁 울려 퍼지는 라트의 목소리에 사람들은 모두 숨을 죽였다. 이 거센 바람이 얼른 지나가기만을 바라는 것처럼 말이다.

"공작이라고 해서 뭔가 다를 줄 알았는데…… 다를 것 하나 없군. 병사나 기사나 귀족이나 영주나 대영주나…… 결국은 사람이야."

죽기 전 공작이 말한 것처럼 더 이상 이런 곳에서 시간을 보낼 필요가 없었다. 신성제국 아트라도엥은 교황청을 무너뜨리면 자연스럽게 무너질 것이다. 혼돈이 이 나라를 찾아올 것이다. 그러다가 문뜩 라트는 고개를 저었다.

"아니, 아니야. 나는 정리를 하고 싶다. 교황청뿐만이 아니야. 이 나라의 귀족들은 모두 죽여야 해. 그래야 비로소 정리라고 할 수 있지."

하지만 이 나라는 너무나도 넓다. 라트 홀로 하기에는 역부족이었다.

그때, 피의 결속을 타고 마구 흘러들어오는 힘을 느낀 라트의 입꼬리가 말려 올라갔다.

"크흐흐흐……."

『안토린 관령의 정리가 끝났습니다.』

"좋다. 모두 나를 따라라."

『예, 알겠습니다.』

라트는 펠란트에서 그리 떨어지지 않은 북쪽 대평원의 한가운데 섰다. 지평선 너머에서 불어오는 바람을 맞으며 라트는 크로칸 남작을 기다렸다.

해가 떠오르고 지고 어둠이 찾아왔다가 다시 해가 뜨기를 두 차례.

라트는 천천히 눈을 떴다.

"지금 도착했습니다, 주인님."

"이번에는 어리석은 놈이 없었던 모양이지."

"예, 이제 모든 마족이 자신을 다스릴 줄 알게 되었습니다. 다시는 그런 일이 없도록 할 것입니다."

"좋다. 남작, 내 앞으로 와라."

남작은 천천히 일어나 라트 앞으로 다가왔다. 라트가 다짜고짜 손을 뻗어 남작의 머리를 잡았다.

"주, 주인님……."

"두려워할 필요 없다."

그 순간 크로칸 남작은 머리로 흘러들어오는 막대한 어둠의 마력을 느끼며 몸을 부르르 떨었다. 순도 높은 어둠의 마력은 이내 그의 깊숙한 심저에 자리 잡기 시작했다. 그것은 그칠 줄 몰랐고, 크로칸 남작의 정신은 아득해져 갔다.

억겁의 시간이 지나고 마침내 라트는 크로칸 남작의 머리에서 손을 뗐다. 크로칸 남작이 거친 숨을 몰아쉬었다.

"허억허억……."

그는 힘을 살짝 일으켜 보았다. 온몸이 감각이 곤두서는 감각과 함께 이전에 없던 큰 힘이 느껴졌다.

크로칸 남작은 즉시 머리를 땅에 박았다.

"가, 감사합니다, 주인님……!"

그의 목소리가 희열에 떨렸다. 이전의 자신이 가진 힘과 비교할 때, 족히 두 배에 이르는 거대한 힘을 손에 넣게 된 것이다. 200년 이상은 꾸준히 모았어야 할 힘을 단번에 말이다.

원래 자작 급에 준하는 전투력을 가지고 있던 크로칸 남작이다. 그런데 이제 라트로부터 엄청난 힘을 받게 되었으니, 그는 이제 자작 급 마족과 엇비슷할 정도의 힘을 얻게 된 것이다.

"주인님, 저희에게도 은혜를……!"

수십 명의 마족들이 라트를 향해 머리를 박으면서 조아렸다.

"좋다."

라트가 짧게 대꾸했다. 크로칸 남작에게 힘을 줄 때부터 그를 따르는 마족들에게도 전부 일정 이상의 힘을 줄 생각이었다. 그들이 갸륵해서가 아니라 그가 원하는 것을 하려면 그럴 필요가 있었다.

크로칸 남작이 눈짓하자, 그를 따르는 충직한 부하인 디라엘이 앞으로 나왔다. 라트 앞에 선 그는 무릎을 꿇고 고개를 숙였다.

라트가 손을 디라엘의 머리에 올린 순간 공기가 요동쳤다.

어마어마한 양의 어둠의 마력이 주위로 일렁였다.

"오……!"

마족들이 이 어마어마한 마력에 고개를 감히 들지도 못하고 감탄사만 외치는 가운데 곧 어둠의 마력들이 그들의 몸으로 흘러들어 가기 시작했다.

스스스스스-.

크로칸 남작에게 힘을 줄 때처럼 실제로는 고작 몇 분도 걸리지 않는 시간이었지만, 힘을 받는 마족들이 느끼기에는 억겁의 시간 같았다. 내부 깊은 곳에서부터 몸의 모든 감각이 전부 활성화되어 일시적으로 정신의 인지 범위가 거대하게 확장되었기 때문이다.

이윽고 힘을 그 행위가 끝났을 때, 마족들은 눈을 천천히 떴다. 그들의 눈동자 깊은 곳에서 어둠이 강렬하게 휘몰아쳤다.

"감사합니다, 주인님!"

그들은 하나같이 고개를 땅에 박았다.

그들은 비로소 차원이 다른 라트의 힘에 완전히 굴복한 것이다. 이제 그들 중에서 라트의 명을 거스르는 자는 없을 것이다.

크로칸 남작에 이어, 수십 명에 이르는 마족들에게 힘을 나누어 분배한 만큼 라트가 조금 전에 쓴 힘은 대단히 강력하고 엄청난 양이었다. 쥬아튼에 온 이후 죽인 인간들의 혼돈을 전부 그들에게 주었다고 해도 과언이 아니었다.

하지만 라트는 아까워하지 않았다. 이미 그의 내부에는 그것과는 비교도 할 수 없을 만큼 거대한 힘이 있었다.

라트의 검은 눈동자가 무시무시하게 빛났다.

"나는 더욱 많은 마족들을 불러낼 것이다."

"주인님의 뜻대로 하십시오."

"그러나 그놈들에게는 피의 결속을 박지 않을 것이다."

크로칸 남작은 라트가 어째서 오늘 휘하의 마족들에게 이러한 힘을 하사했는지, 그 연유를 그제야 알아차렸다.

"알겠습니다. 주인님께서 염려하시는 일이 없도록 철저하게 관리하도록 하겠습니다."

"구체적으로 말해 봐라. 마족들은 어떻게 불러내지?"

라트의 물음에 크로칸 남작은 천천히 설명했다. 라트의 힘이 아무리 막대하다고는 하나, 그가 남작들을 수십 명씩 불러낼 수 있는 것은 아니었다. 그냥 문을 여는 것과 거대한 힘을 가진 마족들이 넘어올 수 있도록 문을 여는 것은 차원이 다른 일이기 때문이었다.

"남작 급 마족을 원하신다면 그리 많은 수를 불러낼 수 없을 것입니다."

"내가 원하는 것은 나의 수족이 되어 이 나라 전역에 퍼져 명령을 따를 놈들이다. 실력보다는 수가 많아야 해."

"예, 알겠습니다."

크로칸 남작은 다시 설명했고, 이를 전부 들은 라트는 곧 별것 아니라는 듯 어둠의 마력을 끌어 올리기 시작했다.

바람이 멎고 주위의 공기가 무겁게 변했다.

드드드드!

이어 땅이 미세하게 진동했고 사방을 잠식하는 검은 기운이 뱀처럼 일렁이며 주위를 휘감았다.

크로칸 남작은 라트의 힘을 보면서 마른침을 삼켰다.

'이것이 인간의 육체로 감당할 수 있는 힘이란 말인가.'

피부가 저릿저릿할 정도로 강한 어둠의 마력을 느끼면서 크로칸 남작은 천천히 뒤로 물러섰다. 그가 물러서자, 다른 마족들 역시 천천히 뒤로 물러섰다. 점차 밀도를 더해가는 라트의 공간에서 버틸 수가 없었던 것이다.

찌지지지직-!

천이 찢기는 듯한 기묘한 소리와 함께 라트 주위에 검은 고리 형태의 문이 만들어졌다. 천천히 그러나 확실하게 그 크기를 벌려가는 어둠의 문은 마계의 문이 확실했다.

"오너라! 어둠의 군단!"

거기까지 말했을 때였다. 라트의 얼굴이 돌연 일그러졌다. 핏줄이 툭툭 불거지기 시작한 그의 얼굴이 시뻘겋게 물들기 시작했다. 크로칸 남작의 표정도 다급하게 변했다.

"무, 무슨 일이십니까!"

"크으으윽……!"

흐트러짐 없던 라트의 신형이 천천히 무너졌다. 한쪽 무릎을 꿇은 라트는 양손으로 머리를 부여잡고 신음을 흘리기 시작했다.

"으으으……."

『미안하지만 더는 두고 볼 수가 없어.』

"라겔, 네놈……!"

라트의 입에서 뇌성 같은 목소리가 튀어나오며 주위를 쩌렁쩌렁 울렸다. 지금 이 순간에도 그의 주위에 일렁이는 어둠의 마력은 그 기세를 더하고 있었다. 라트의 주위로 반구형체로 일렁이던 어둠은 밀도를 더해가며 이내 라트의 몸을 감싸 안았다.

밖에서는 이제 라트의 모습을 확인하기도 어렵게 되어 버렸다.

크로칸 남작도 이 예상치 못한 상황에 당황한 기색이 역력했지만, 그는 피의 결속을 타고 느껴지는 라트의 건재함을 믿었다. 아직 그의 존재가 느껴졌고, 지금 눈앞에 있는 어둠의 마력은 그 기세를 더해가고 있었다.

크로칸 남작의 얼굴이 침착함을 찾아갔다.

"허둥댈 것 없다."

한편, 평원에 휘몰아치는 반구형 어둠의 공간 속에서 라트는 이를 뿌득뿌득 갈고 있었다.

"어째서냐! 라겔, 어째서 네놈이 내게 이러는 것이냐!"

『네 모습을 봐, 라트. 지금 네 모습이 얼마나 한심한지 보란 말이야!』

"멍청한 소리! 지금 이 순간 나는 그 어느 때보다 강하다. 이제 이 나라가 무너지는 것도 바로 코앞에 있단 말이다!"

『그게 네가 원하던 복수란 말이냐?』

라트의 흰자위가 붉게 물들었다. 평소라면 라겔의 영향력 따위는 힘으로 억누르면 그만이었지만, 지금은 상당량의 마력을 격발시켜서 외부로 뿜어내는 중이었다. 두 가지를 동시에 하는 것은 아무리 라트라 해도 쉽지 않은 일이었다.

"놈들은 곧 죽는단 말이다. 바로 내 손에! 그게 나의 목표다. 나를 가장 잘 이해하고 있을 네가 어째서 나를 방해하는 거냐!"

콰아아아!

몰아치는 어둠의 마력이 한껏 기세를 더했다.

『라트, 지금 너는 자신을 잃어 버리고 있어. 그건 네 모습이 아니야. 너는 인간으로서 이 나라를 단죄해야 해.』

"어리석은 소리! 분명하게 말하지. 나는 인간이다. 너는 지금 내가 인간이 아니라고 말하고 싶은 거냐?"

『그래, 지금 네 모습 어디가 인간답지? 너는 오로지 본능에 충실해서 움직이고 있는 거야. 죽이고 싶으면 죽이고, 화가 나면 그것을 참지 못하고 주위의 모든 것을 파괴해.』

"시끄러워! 나는 악마다! 악마라면 이런 것 따위는 우스운 일이란 말이다!"

라겔이 이렇듯 간섭하는 것이 참을 수 없었던 라트가 분노를 격발시켰다. 검은 벼락이 반응하며 막대한 힘을 주위로 내뿜었다.

"어둠의 군단, 내 앞에 나타나라. 이 가증스러운 세상을 피로 물들여라!"

라트의 악의로 일그러진 목소리가 마계의 문을 타고 그 아래로 흘러내려 갔다.

혼돈을 머금은 라트의 유혹을 뿌리칠 마족은 존재하지 않았다. 수십의 마족들이 그 일말의 틈을 향해 달려들기 시작했다.

스스스스!

어둠에서 천천히 모습을 드러내는 마족들의 모습을 보면서 라트의 입가에서 웃음이 흘러나왔다.

"흐하하하하핫!"

『난 이대로 두고 보지 않아. 네 머릿속의 어둠을 몰아내고 말겠어.』

"뭐라…… 컥!"

라트가 신경질적으로 대답하다가 이내 얼음처럼 굳었다. 라겔의 손길이 마침내 라트의 뇌로 흘러들어 간 것이다.

이 상황을 가만히 지켜보고 있던 지크로트가 혀를 찼다.

"쯧즛…… 놈은 저렇듯 쉽게 영향력을 행사할 수가 있단 말인가?"

이전 검은 벼락이 지크로트를 완전히 적대한 이후로부터 지크로트는 웬만한 힘으로는 라트를 온전히 제압할 수가 없었다. 물론 지금처럼 힘을 모두 뺀 상태에서는 가능한 일일지도 모르지만.

'위험성이 너무 큰 일이지…….'

아직 검은 벼락의 힘은 건재했다. 검은 벼락의 힘까지 밖으로 흘러나갈 때면 몰라도 아직은 시기상조였다. 자칫했다가는 그의 본신에 큰 타격을 입을지도 모르는 일이었다. 게다가 이미 라겔이 라트의 뇌에 접촉을 한 상태였다. 잘못 건들었다가는 정말로 라트가 완전히 미쳐 버릴지도. 그렇게 되면 마구 날뛰는 라트를 제어할 방법이 없었다.

눈앞에 맛있는 먹이가 있음에도 그저 바라만 봐야 하는 상황이었다. 지크로트는 입맛을 다시고, 다시 느긋하게 상황을 살피기로 했다. 그가 나설 시기는 머지않아 찾아올 것이다. 그 순간을 얼마나 잘 잡아내느냐, 그것이 관건이었다.

*　*　*

파르칼 령에서 일어난 신성군단과 마족군단, 그리고 은십자 기사단 제3십자대가 얽힌 싸움은 치열했다.

제피린에서 시작된 접전은 어느새 동쪽으로 훨씬 떨어진 지역에서 계속되었다. 이미 양쪽 진영의 숫자는 확연하게 줄어들어 있었다. 제피린에서 후퇴할 때만 해도 분개한 기색이 역력했던 신성군단의 기세는 어느덧 한풀 꺾여 있었다. 며칠 사이의 접전에서 피해가 만만치 않았던 것이다. 특히 아트라스 신성대의 대장이 어둠에서 몰아치는 필리안델의 공격에 그대로 적중 당해 즉사했다. 아트라스 신성대의 전투 신관들은 모두 엄청난 실력자들이었지만, 지휘관을 잃자 그 일사불란했던 움직임이 제빛을 발하지 못했다. 급하게 임시 대장이 선발되었지만, 이미 상당한 피해가 속출한 뒤였다.

그것은 백사자 기사단도 마찬가지였다. 도합 30여 명에 이르는 성기사단은 지금은 삼분의 일이 줄어 20여 명밖에 되지 않았다. 그것도 단장인 돌프란 노리스가드가 선두에서 필리안델을 상대했기에 그 정도였다.

적진과 약 1킬로미터를 사이에 두고 잠깐의 휴식을 취하는 가운데, 파토르는 이를 뿌득 갈았다.

'계속 이런 식으로 싸우다가는 피해가 더 커진다.'

펠레우피가 중상을 입은 것, 그리고 그 자신이 온전한 실력을 발휘할 수 있는 상태가 아니며, 또한 부상을 입었다는 것이 뼈아픈 타격이었다. 펠레우피나 파토르가 정상이었다면 이런 싸움이 되었을 리가 없었다.

탱탱탱―!

악마들의 침공을 알리는 종소리가 신성군단의 진영에 울려 퍼졌다.

"아, 악마다!"

"당황하지 마랏!"

돌프란의 뇌성 같은 음성과 함께 빛이 사방으로 일렁였다. 파도처럼 일어나는 그의 마력이 넘실거리며 쇄도해 오는 악마 열 명을 단숨에 베어 넘겼다.

콰콰콰콰―!

돌프란의 어마어마한 공격을 발견한 필리안델은 즉시 그곳으로 몸을 날렸다. 남작들 역시 필리안델의 움직임에 맞춰 몸을 날렸다.

"또 네놈인가!"

무섭게 다가오는 필리안델을 포착한 돌프란이 얼굴을 일그러뜨리며 검을 휘둘렀다.

쾅!

필리안델은 의도적으로 뒤로 빠지기 시작했다. 제삼자가 보기에는 그것이 돌프란이 필리안델을 몰아붙이고 있는 것처럼 보였다.

실제로 돌프란도 드디어 승세를 잡았다는 생각에 노도처럼 밀어붙이고 있었다.

콰앙!

필리안델의 얼굴이 일그러졌다. 미처 다 흘리지 못한 공격에 적중되자 내부가 거칠게 진동했던 것이다.

신성력이 무시하기 어려운 위력을 가지고 있음을 절감하면서 필리안델은 빠르게 주위를 살폈다.

'크흐흐, 미처 깨닫지 못한 모양이군.'

필리안델은 사방에 포진한 남작들의 기운을 느끼면서 얼굴에 미소를 그렸다. 쭉 찢어진 눈과 주름진 얼굴에 미소가 떠오르자, 그의 얼굴은 사악해 보이기 그지없었다.

돌연 웃는 그를 목격한 돌프란은 정신이 번쩍 드는 것 같았다. 급하게 주위 상황을 살핀 그는 어느새 적진 안으로 너무 파고들었음을 통감했다.

'아차! 놈의 계책에 놀아난 것인가!'

돌프란은 이를 갈면서 급하게 몸을 뒤로 뺐다.

"어딜!"

필리안델이 이를 두고 볼 리가 없었다. 그의 신호에 맞춰, 남작들이 일제히 그의 퇴로를 막으며 달려들었다. 세 명의 남작과 자작 한 명을 상대하는 것은 제아무리 돌프란이라고 해도 무리였다.

"크읏!"

돌프란은 이를 갈면서 마력을 있는 대로 끌어 올렸다. 사방에서 넘실거리는 유형의 기운이 이내 파도가 되어 쏟아지기 시작했다.

콰콰콰콰콰콰!

밀려오는 마력의 파도에 대항하면서 필리안델은 빠르게 몸을 날렸다.

"도망가도록 놔둘 줄 아느냐!"

필리안델의 양손에서 검은 기운이 연달아 발출되었다.

"도망이라 했느냐!"

돌프란은 노성을 내지르며 몸을 반전하였다. 그리고 백열된 검을 마구 흔들며 필리안델의 공격을 튕겨냈다.

바로 그 순간 필리안델의 입가에 미소가 맺혔다.

"끝이다."

돌프란의 눈이 부릅떠졌다. 바로 뒤에서 날아드는 공격이 그제야 그의 기감에 포착되었다. 급하게 마력을 있는 대로 끌어 올린 순간!

퍼퍼퍼퍼펑!

"크아악!"

돌프란이 비명을 내지르며 튕겨 나갔다.

"끝이다!"

필리안델이 웃으며 바닥에 나뒹구는 돌프란에게 달려들었다.

중앙 제1성기사단, 통칭 백사자 기사단이라고 불리는 위대한 신성제국의 검이 여기서 꺾이고 마는 것이다. 돌프란은 흙먼지로 범벅된 채 피를 토하면서도 분함을 참을 수 없었다.

'크으으윽! 이 돌프란이 이런 곳에서!'

울컥 흘러나오는 검은 피를 보면서 돌프란이 눈을 천천히 감았다. 돌프란의 머리를 향해 필리안델의 검은 손톱이 날아들고 있었다.

슈우우우욱!

그때 빛줄기 하나가 어둠을 꿰뚫고 필리안델의 몸을 노리고 날아들었다.

"으음!"

전혀 생각지도 못한 공격이었기에 필리안델은 눈을 부릅뜨며 급하게 몸을 뒤로 뺐다. 날아드는 일격에 밀집된 마력의 양이 결코 만만치 않음을 느낀 것이다.

'설마 그놈인가!'

필리안델은 이전에 돌프란을 죽이려 할 때, 방해했던 또 한 명의 성기사를 떠올리면서 얼굴을 일그러뜨렸다. 신성군단의 수장, 파토르 베르즈!

"또다시 방해받진 않겠다!"

필리안델은 몸을 튕기면서 돌프란을 향해 손을 휘둘렀다. 검은 기운이 일렁이며 돌프란에게 쏟아졌다.

그 순간 다발의 빛줄기가 필리안델을 향해 날아들었다.

"이익!"

필리안델은 방해하도록 놔두지 않겠다는 듯 검은 구체 다발을 연속으로 쏘았다.

콰콰콰쾅!

"악마들 중에서도 자작 급에 달하는 놈이 있었군. 하긴 그렇지 않고서야 돌프란 경 같은 실력자가 악마들 손에 이렇게 휘둘리지는 않았겠지."

나직한 목소리에 필리안델의 눈이 홱 돌아갔다. 조금 전 폭발이 있던 곳에서 몇 미터 떨어진 곳이었다.

"웬 놈이냐!"

필리안델은 속이 바짝 타들어가는 것 같았다. 정체를 알 수 없는 자가 한 명 더 나타난 것이다. 그것도 상당한 힘을 가진 것으로 보이는 자가 말이다.

필리안델의 눈이 새로 나타난 자의 모습을 찬찬히 살폈다. 검은색 로브로 전신을 감추고 있었지만 바람에 펄럭이는 왼팔 쪽이 이상했다.

'팔이 하나 없는 것인가.'

"단장님!"

격전을 벌이던 백사자 기사단이 이윽고 마족들을 베어 넘기며 지척까지 당도했다.

"이곳이다!"

검은 로브의 사내의 입에서 쩌렁쩌렁한 외침이 울려 퍼졌고, 곧 백사자 기사단이 빠르게 이곳으로 달려왔다.

"다, 단장님!"

"괜찮으십니까?"

"나는 괜찮다……. 약간 다쳤을 뿐이야."

돌프란은 수치심으로 붉게 달아오른 얼굴로 그렇게 대꾸했다. 부하에게 부축을 받으며 뒤로 물러나는 돌프란은 검은 로브의 사내를 지그시 바라보았다.

'도대체 누구지? 적은 아닌 것 같은데 정체를 알 수가 없군.'

"당신은 도대체 누구요? 정체를 밝혀주시오."

"이미 죽은 자요. 돌프란 경."

목소리에 깃든 중후함은 돌프란과 연배가 비슷함을 느끼게 했다. 잠깐 깊게 생각하던 돌프란의 얼굴이 점차 놀라움으로 바뀌었다.

"설마, 경은……."

"기사단은 뭘 하고 있나. 단장님을 이끌고 그만 진영으로 돌아가게."

기사단원들은 고개를 끄덕였다.

돌프란은 부단장의 부축을 받으며 진영으로 돌아가는 순간에도 믿을 수 없다는 기색이 역력한 얼굴로 검은 로브의 사내를 가만히 바라보고 있었다.

'설마, 그란 말인가? 하지만 어째서 지금까지 모습을 감추

고……….'

필리안델은 다 잡은 적을 이렇게 가만히 두고 볼 수밖에 없음에 이를 뿌득뿌득 갈았다. 그의 분노를 대변하듯 그의 주위로 공기가 이글거리며 타올랐다.

필리안델은 즉시 정체불명의 사내에게 달려들었다.

콰쾅!

땅이 푹푹 파이고 남작들 역시 그때부터 움직이기 시작했다. 백사자 기사단을 막는 것은 바로 남작들의 몫이었다.

쩌엉!

"크윽!"

공기가 요동치고 싸움이 심화되어 갔다.

필리안델의 어마어마한 공격 속에서 새롭게 나타난 정체불명의 사내는 엄청난 신위를 보여 주었다.

콰쾅!

격전 속에서 마침내 사내의 후드가 벗겨졌다. 갸름한 턱선과 짧게 깎은 새하얀 머리칼, 그리고 거칠게 자른 수염이 인상적인 남자였다. 중년쯤 돼 보이는 그가 매서운 얼굴로 필리안델을 상대했다. 사내의 검은 찬란한 빛을 머금으며 이내 섬광이 되어 쏟아졌다.

콰콰콰콰콰쾅!

"크읏!"

조금 전까지 주고받던 공격과는 차원이 다른 일격에 필리안델은 급히 마력을 끌어 올리며 방어할 수밖에 없었다. 어둠의 벽 위로 쏟아지는 기운은 너무나도 강력했다.

'크으으으윽! 이 빌어먹을 놈이!'

어둠의 벽에 금이 갔다.

그러나 계속 당하고 있을 필리안델이 아니었다. 그의 주름진 이마에 핏줄이 툭툭 불거져 나왔다.

한편, 공격해 오는 적들을 상대하던 파토르는 이상하게도 적의 핵심이라고 할 수 있는 남작들이 보이지 않음을 이상하게 여기고 있었다.

'어째서지?'

그러다가 문뜩 돌프란이 이전 적진에서 쓰러질 뻔했던 것을 떠올린 파토르는 안색이 창백해졌다.

"돌프란 경은 어디에 있느냐!"

적의 피로 흠뻑 젖은 성기사 한 명에게 달려간 파토르가 다짜고짜 외쳤다.

"남작들과 싸우고 있습니다!"

"뭐, 뭣이?"

파토르가 즉시 몸을 날리려는 순간이었다.

"군단장님!"

무언가에 단단히 놀란 제른을 본 파토르가 답답하다는 표정을 지었다.

"무슨 일인가! 서둘러 말해라. 돌프란 경이 위험하단 말이다!"

"이교도가 남쪽 방향에서 공격해 오기 시작했습니다. 아트라스 신성대가 무너지고 있습니다. 그곳으로 가셔야 할 것 같습니다!"

"뭐, 뭣이? 이교도가……!"

참으로 시기적절했다. 정말로 놈들은 파토르를 파멸시키기 위해 수단과 방법을 가리지 않으려 했다.

이런 순간에 나를 붙잡고 늘어지다니!

파토르의 눈이 분노로 시뻘겋게 물들고 있었다.

"백검의 성기사가 나타났다!"

누군가의 외침이 울려 퍼지자, 가장 선두에서 싸우고 있던 가슈인의 안색이 창백해졌다.

"크윽, 놈이 이곳으로 왔단 말인가?"

악마군단이 신성군단을 몰아붙이고 있었는데 설마 저런 실력자가 이곳으로 올 줄이야.

가슈인은 계산이 다소 어긋났음을 순순히 인정하고 천천히 뒤로 물러나기 시작했다. 며칠간의 접전을 통해 파토르의 무시무시한 전투력은 이미 뼈저리게 느꼈다.

'저자만 죽일 수 있으면 이 싸움도 끝이라고 할 수 있건만……'

백색으로 이글거리는 파토르의 검이 현란한 변화를 일으키며 가슈인을 육박해 갔다.

콰콰쾅!

"크윽!"

부딪치는 검에서 줄기차게 내뿜어지는 검형의 폭풍에 가슈인은 내부가 진탕되는 것을 느꼈다. 슬슬 버티기 어려워지고 있었다. 힐끗 살핀 폭풍대는 여전히 아트라스 신성대와의 접전에서 발을 빼지 못하고 있었다.

피해는 가랑비에 옷이 젖듯 확산되어 갔고, 지금 폭풍대의 주전력인 제2폭풍대의 피해 역시 조금씩 늘어가고 있었다.

'더 이상 시간을 끌어선 곤란하다!'

가슈인이 이를 뿌득뿌득 갈았다.

바로 그때였다.

슈우우욱!

"흡!"

가슈인을 몰아붙이던 파토르가 어둠 속에서 맹렬한 속도로 날아드는 위험한 감각을 느껴 바로 검을 퉁기면서 뒤로 훌쩍 물러났다.

콰앙!

이글거리는 화기가 파토르의 앞을 스쳐 그대로 땅에 직격했다.

"그들이 와줬군!"

가슈인이 미소 지었다. 불과 며칠밖에 되지 않은 제피린의 대회전에서 가슈인은 검은 로브의 네 명과 접촉했다. 그리고 그들의 정체를 알 수 있었다.

'라트, 그와 함께 있던 자들이다!'

파토르는 자신의 손발이 점차 어지러워지는 것을 느끼고 있었다. 지속적으로 날아드는 흑염구는 피하지 않으면 안 될 만큼 위력적이었다. 하지만 그가 피할 때마다 아트라스 신성대의 대원들이 적중되어 죽어나갔다.

콰쾅!

"끄악!"

결국 파토르가 검기를 발출해서 원거리에서 날아드는 마법을 폭발시켰는데, 가슈인이라는 만만치 않은 상대를 앞에 두고 지속적으로 검기까지 날리다 보니 빨리 지칠 수밖에 없었다.

콰콰쾅!

후방에서 날아드는 화기를 느낀 가슈인은 다시 뒤쪽으로 물러났다. 파토르는 다시 이글거리는 눈빛으로 검기를 발출했고, 또다시 폭발이 일어났다.

어느새 파토르의 숨이 거칠어졌다.

"후우, 후우……."

그의 상태를 본 가슈인의 입가가 더욱 말려 올라갔다.

'머지않았군.'

다시 가슈인이 도를 휘두르며 파토르를 공격해 들어갔다.

카캉!

파토르의 검에서 힘이 상당히 빠졌다. 가슈인은 여기서 조금 더 욕심을 낼 생각으로 도에 힘을 실었다. 손을 타고 흐르는 마력이 넘실거리고 기묘한 울음을 토했다.

쿠오오오-!

가슈인이 마침내 전력을 다했다. 일렁이는 기운이 휘몰아치고, 베어오는 도의 스피드가 한껏 더 강렬해졌다.

콰앙!

"크윽!"

가슈인의 표정이 날카롭게 변했다.

어둠 저편을 노려보는 가슈인의 눈이 곧 부릅떠졌다. 순식간에 거리를 좁혀오는 엄청난 적의 속도를 본 것이다.

"큭!"

콰앙!

가슈인의 도와 적의 검이 부딪치면서 마력이 휘몰아쳤다.

"네, 네놈은 누구냐!"

"이교도 따위에게 알려줄 이름 따위는 없다."

차가운 목소리가 후드 아래서 흘러나오고, 그 순간 검에서 새하얀 빛이 폭사했다.

"저, 저 녀석은……."

바렌트 안에 잠들어 있는 드리카스도 상당히 놀란 것 같았다.

“아제릴 지하의 그 성기사…….”

드리카스는 바렌트의 몸으로 들었던 라트의 증오에 일그러진 고함을 기억해 냈다.

“베이론, 분명히 베이론이라고 하는 성기사 놈이 틀림없습니다.”

텔리시아는 이런 곳에서 아제릴에서 싸웠던 성기사를 다시 보게 될 줄은 상상도 못했기에 얼굴을 일그러뜨렸다. 이런 기구한 악연이 어디에 있단 말인가!

“후퇴, 후퇴한다!”

신성군단은 다시금 후퇴를 입에 담을 수밖에 없었다. 텔리시아 일행이 전면에 나서면서 아트라스 신성대가 빠른 속도로 무너짐과 동시에 파토르의 목숨마저 위험해진 것이다. 거기다가 백사자 기사단의 돌프란도 얕지 않은 상처를 입은 상황이었다.

“어서 물러납시다!”

백사자 기사단원 누군가가 외쳤다.

그러나 정체불명의 사내는 묵묵부답으로 공격해 오는 마족들과 싸울 뿐이었다.

“나는 이곳에서 물러나지 않는다. 경들은 서둘러 물러나라.”

“어떻게 우리끼리 물러날 수가 있단 말입니까!”

그러자 사내의 눈이 날카롭게 변했다.

“아제릴 제4성기사단의 단장, 마르타스 호글이 명한다. 이곳에서 벗어나라! 이 어리석은 것들!”

마르타스 호글! 아제릴 붕괴 당시 행방불명된 마르타스가 지금 이곳에 모습을 드러낸 것이다. 펠레우피가 이 사실을 알았다면 기절했을 것이다. 그는 죽지 않았다. 그는 살아남은 것이다. 백발이 성성한 마르타스는 이전의 단정한 모습은 온데간데없이 거칠고 투박한 모습이었지만, 그 기세는 조금도 사그라지지 않았다.

“마, 마르타스 경……?”

“아제릴 성기사단의!”

기사단원들은 너나 할 것 없이 모두 놀란 표정이었다. 아제릴 성기사단에 관한 이야기는 그들도 이미 익히 들어 알고 있던 것이다. 거기다가 그중, 제4성기사단은 봉인석을 직접 지키는 엄청난 실력자 집단이라고 말이다.

조금 전까지 그들의 눈에 떠올라 있던 고집이 순식간에 사라지는 것을 본 필리안델은 더는 두고 보지 않았다. 놈이 계속 떠들었다가는 놈들이 빠져나가려고 발악할지도 몰랐다. 필리안델은 다시 자세를 가다듬으며 소리쳤다.

“닥치고 죽어라, 인간!”

검은 기운이 줄기차게 내뿜어졌다. 마르타스는 다시 자신의 성명인 섬영을 펼쳤다. 새하얗게 물든 검이 빗살처럼 찔러가면서 검기를 발출했다.

쿠콰콰콰콰쾅!

둘 사이의 공간에서 다시 어마어마한 폭발이 일어났다.

"당장 물러나란 말 못 들었느냐!"

"하, 하지만 마르타스 경을 어떻게 이곳에 두고……."

"그럴 수는 없습니다!"

마르타스의 고함에 의지가 흔들리기는 했지만, 그가 자신을 희생하여 백사자 기사단을 구하고자 한다면 그들은 더더욱 이곳에서 도망갈 수 없었다.

"저희들은 이곳에서……."

"어리석은 소리! 교단의 신성을 짊어진 자들이 악마들에게 무너져도 좋다고 생각하는 것이냐! 그게 프로텔리아를 짊어진 자들이 해도 되는 일이란 말이냐! 교단의 군대는 결코 무너져서는 안 된다는 걸 어찌 모르나! 경들이 이곳에서 이 사악한 악마들에게 쓰러지는 순간, 신성군단이 무너지게 된다는 걸 어째서 모르느냔 말이다!"

"닥쳐라!"

거칠게 내뱉는 필리안델의 음성이 들렸다. 필리안델의 몸에서 흘러나오는 기운은 그 기세를 더해갔다. 백사자 기사단의 수를 줄여놔야 했다. 그들이 만약 도망이라도 치려고 한다면!

그러나 이미 늦었다. 마르타스가 한 말은 그들의 심장에 그대로 박혔다.

"크으으윽, 백사자 기사단, 전원은 이곳에서 물러난다!"

"이런, 빌어먹을! 저놈들을 놓치지 마라!"

"어딜!"

쫓기 시작했다. 그러나 마르타스가 그것을 두고 볼 리가 없었다. 드디어 그가 바라던 상황이 되었다.

검 끝에 맺힌 빛줄기가 폭사하며 남작들을 향해 쇄도했다.

콰콰쾅!

"크으윽!"

렌타인이 적중 당하여 땅에 나뒹굴었다. 미처 피할 새도 없는 무시무시한 공격이었다.

쿠콰콰콰쾅!

"흐으읏!"

방비하고 있던 라베인이 신음을 토하자, 필리안델은 놈이 남작들을 노리기 시작하면 순식간에 주요 전력을 잃을지도 모른다는 생각에 이를 갈았다.

"빌어먹을! 저놈만이라도 없앤다. 뒤쫓는 걸 중지해! 저놈만은 반드시 죽인다!"

마르타스의 입가에 미소가 떠올랐다.

"좋다. 네놈들은 내가 모두 죽인다."

후퇴하는 도중 파토르는 자신을 뒤따르는 베이론의 모습을 보면서 얼굴이 딱딱하게 굳었다. 잊을 수 없는 얼굴이었다. 라트가 그랬던 것처럼 파토르 역시 결코 잊지 못한 얼굴이었다.

동일한 적을 두고 싸우고 있지만, 결코 같은 편일 수는 없는 자가 지금 적과 싸우고 있다.

베이론 오르바스.

파토르는 이내 고개를 휘저었다. 그는 지금 신성군단의 군단장이다. 낙인자였던 파토르가 아니다.

아트라스 신성대의 후퇴는 백사자 기사단에 비하면 비교적 쉬운 편이었다. 다행히 마지막 교전 중에 이교도의 수장인 가슈인에게 중상을 입히는 것도 성공했다.

파토르와 베이론의 지휘 아래, 아트라스 신성대는 동북쪽으로 향했다. 아트라스 신성대는 세 시간이 채 되지 않는 동안 100명도 안 되는 인원이 되어 버렸다. 총인원이 200명에 달하는 아트라스 신성대였다. 절반 이상을 잃은 것이다.

아제릴 접전에서 40여 명을 잃고 이곳에서 60여 명의 전력을 손실했고, 그 외에 소속되지 않은 전투 신관들 30여 명이 더 죽었으니 신성군단의 피해는 실로 막심했다.

그나마 다행인 것은 베이론의 예상대로 가슈인이 쓰러진 직후, 폭풍대의 진격은 멈추었다는 사실이다. 그들과 함께 움직이던 아르니 일행도 더는 추격해 오지 않았다.

한편, 북쪽의 마족군단과 마르타스의 싸움도 막바지에 이르고 있었다.

"허억, 허억……."

피투성이가 된 마르타스는 숨을 헉헉댔다. 그의 막대한 힘으로도 어둠의 마력이 침투하는 것을 막지 못했는지, 그의 전신에서 살이 타는 것 같은 기묘한 소리가 들리고 있었다.

"끈질긴 놈."

필리안델은 자신을 비롯하여 수많은 마족들을 상대로 아직까지 숨이 붙은 채 대항하는 마르타스의 저력에 솔직히 감탄했다. 홀로 이만한 대군을 상대로 분전하고 있었던 것이다. 그러나 그것도 이제 곧 끝이었다.

마르타스도 그것을 느끼고 있었다. 하나밖에 남지 않은 팔에 거의 감각이 없었다. 란볼을 공격하는 사이 필리안델의 손톱이 날아들어 팔뚝 깊숙이 베어내고 만 것이다.

'아무래도 여기까지인가 보군.'

필리안델은 단번에 가슴팍을 날려 버릴 생각으로 기운을 쏘았다. 제아무리 마르타스라고 해도 이 거리에서 자신의 공격을 받으면 무조건 죽을 것이다. 그가 어떻게든 피하고자 몸을 뒤튼 순간, 남작들이 그에게 최후의 일격을 날릴 터였다.

하지만 그것은 필리안델의 생각대로 되지 않았다.

"네놈만은 끌고 가겠다!"

푸우우욱!

"끄어어억!"

콰아아아!

가슴팍이 꿰뚫리는 감각에 필리안델은 울컥 피를 토했다. 필리안델의 생각과 달리 마르타스는 그의 공격을 피하지 못하고 직격으로 맞았다.

"자, 자작님!"

찰나에 벌어진 일이었기에 남작들과 마족들이 놀라며 다가왔다. 마르타스는 이미 검게 변해 있었다. 얼굴을 알아볼 수 없을 만큼 까맣게 타버린 그는 결코 검에서 손을 놓지 않았다.

"크으으윽, 이, 이 하찮은 놈이……!"

필리안델은 빛을 잃은 검을 단숨에 빼냈다.

푸확!

필리안델은 주춤주춤 뒤로 물러섰다. 꿰뚫린 상처가 빠르게 아물고 있었다. 검에 꿰뚫리는 것 정도로 마족은 죽지 않는다. 하지만 그런 것치고 필리안델의 모습이 조금 이상했다.

"우웨에엑!"

피를 울컥 토하는 필리안델이 쓰러지려고 하자, 렌타인이 다가와 그를 부축했다.

"끄으으……."

필리안델은 마르타스의 검에 가슴팍이 꿰뚫려 극심한 상처를 입었다. 마르타스가 죽기 직전 검을 통해 필리안델의 내부로 어마어마한 양의 신성력을 쏟아 부은 것이다. 그게 일순간에 불과했기에 이 정도지, 만일 그가 조금만 더 버텼다면 필리안델 역시 살아남지 못했을 것이다.

"시건방진…… 이 하찮은 인간 따위가!"

필리안델은 고함을 내지르며 까맣게 타버린 마르타스의 몸을 걷어찼다.

마르타스 호글. 아제릴 제4성기사단의 단장은 죽는 그 순간까지 자신이 믿었던 신념을 품에 안았다.

백사자 기사단은 파토르와 합류했고, 소속되지 않은 성기사들과 전투 신관들은 즉시 동쪽으로 향했다. 이제 머지않아 쥬아튼 령의 땅을 밟게 될 것이다. 신성군단의 수는 초라하게 줄어들어 있었지만, 그들과 치열한 접전을 벌이던 폭룡대도, 마족군단도 그들을 바로 쫓지는 못했다. 가슈인과 필리안델의 부상 때문이었다.

그러나 그 누가 예상했을까?

파토르도 베이론, 신성군단의 어느 누구도 쥬아튼 령이 마족들의 손에 피로 물들고 있었음을 감히 짐작도 하지 못했다.

제4화
어둠의 군단

쥬아튼 령의 대지에는 붉은 피가 강이 되어 흘렀다.

크로칸 남작 휘하 50마족들은 최상위 서열의 마족이 되어 있었다. 놀라운 일이었다. 여태껏 피의 결속을 이런 식으로 썼던 마족은 없었다. 점차 뿌리를 뻗어 나가는 결속에 자연스럽게 계급이 만들어졌고 마족들은 모두 이 새로운 체계에 거스르지 않고 충실히 따랐다.

크로칸 남작이 생각한 이 새로운 지휘 체계는 마족들 사이에선 혁명적인 일이었다. 하지만 이 체계 속에서도 본능을 절제하지 못한 몇몇 마족들이 나왔다. 그러나 피의 결속으로 뿌리가 내려진 이상, 휘하 마족이 하는 모든 행동을 주인은 느낄 수 있었다. 사사롭게 인간들의 죽음에서 힘을 취하기라고 한라면 단 한 명도 예외 없이 모두 처단될 뿐이었다.

먼저 폐허가 되어 버린 곳은 펠란트였다. 공작령에서도 가장 큰 직할령인 펠란트의 사람들은 마족들의 손아귀에서 벗어나지 못했다. 그들은 죽음의 공포를 마주한 채 갈기갈기 찢겨나갔다.

크로칸 남작은 라트의 명령에 충실했다. 라트의 증오는 인간들을 향한 것이었고, 크로칸 남작은 먼저 이 영지의 인간들부터 모두 죽이는 것을 그들 계획의 시작으로 삼았다.

크로칸 남작의 새로운 지휘 체계 아래, 이 거대한 영지의 수많은 사람들이 죽음으로써 생성된 어마어마한 어둠의 마력은 격류처럼 라트의 몸으로 흘러들어오고 있었다. 크로칸 남작을 비롯한 50마족에게 힘을 나누었을 때와는 비교도 할 수 없을 만큼 막대한 양이 라트의 몸으로 흘러들어왔다.

"끄으으으으으으!"

라트의 입술 사이로 신음이 새어 나왔다. 끝도 없이 흘러들어오는 어마어마한 어둠의 마력에 전신에 과부하가 걸린 것이다. 하지만 그의 내부에 깃든 검은 벼락은 이미 이런 급변에 익숙해져 있었다.

다시 그릇이 확장되며 검은 벼락은 격렬하게 흘러들어오는 어둠의 마력을 익숙하게 받아들였고 그 크기를 더욱 키워 갔다. 도대체 라트는 얼마나 큰 힘을 가지게 된 것일까?

분명한 것은 검은 벼락의 의지가 라트의 의지는 아니라는 사실이었다. 라트의 육체는 이미 인간이라고 볼 수 없을 정도로 변화해 버렸지만, 그의 뇌는 아직까지 인간의 그것이었다. 방대한 뇌의 허용량은 매 순간 쥬아튼 령에 살아가던 인간들의 공포와 두려움을 받아들이고 있었다.

"으아아아아아!"

미쳐도 이상하지 않을 감정의 격류가 라트를 헤집고 있었다. 그는 강해졌지만, 정신은 매 순간 나락의 구렁텅이로 빠져들었다.

들끓는 어둠의 마력이 외부로 흘러나가 마계의 문을 만들고 마족들을 불러냈다. 막대한 양에 비례하듯 이번에 열린 구멍으로는 남작 급 마족들이 기어 나왔다.

남작들은 크로칸 남작을 비롯한 50마족들의 어마어마한 힘을 느끼면서 전율했다. 이곳이 마계도 아니건만, 어찌 이런 감각이 그들을 사로잡고 있단 말인가.

"너희들을 이 세계로 부르신 주인님 앞에 무릎을 꿇어라."

"뭣이?"

냄새는 분명히 같은 남작 급이었다. 열 명의 남작 얼굴이 일그러졌다. 크로칸 남작에게 굴복하지 않겠다는 의지가 다분했다. 그러나 크로칸 남작의 얼굴은 조금도 변화가 없었다. 지금껏 수많은 마족들이 그래 왔다.

크로칸 남작이 움직이기도 전에 50마족들이 움직였다. 그야말로 순식간에 제압당한 남작들은 계급도 없는 일반 마족에게 패배했다는 사실이 믿기지 않는다는 듯 눈을 부릅떴다.

"어, 어떻게 일반 마족 따위가 그런 거대한 힘을 가질 수가 있는 거지?"

"그것이 주인님의 힘이다."

일반 마족이 가진 그릇을 훨씬 초월한 힘이다. 인간이나 마족이나 그릇 이상의 힘을 품어 봤자 아무런 의미가 없다. 그릇을 넘어선 힘은 다른 곳으로 흘러나가거나, 그릇을 깨뜨려 버리니 말이다. 하지만 50마족들의 그릇은 남작 급에 이르는 그 거대한 힘을 모두 온전히 품고 있었다.

어떻게 된 일일까? 간단한 이야기였다. 검은 벼락이 그것을 가능하게 만든 것이다. 검은 벼락은 이미 수차례 라트가 죽지 않도록 그릇을 확장하는 일을 반복했다. 그리고 이전에 라트는 크로칸 남작과 50마족의 힘을 키울 때에도 무의식에 그런 방법을 쓴 것이다.

압도적인 힘 앞에 남작들은 모두 무릎을 꿇었다.

* * *

신성군단은 마침내 쥬아튼의 땅을 밟았다. 그들은 즉시 펠란트로 향했다. 은십자 기사단과 마족군단의 추격에서 한결 자유로워진 그들의 이동속도는 빨랐다. 그러나 텔리시아 일행이 빠르게 그들의 뒤를 쫓고 있었고, 그 뒤를 필리안델의 마족 군단이 뒤쫓고 있었다.

"이, 이게 무슨 상황이란 말인가?"

펠란트에 당도한 신성군단의 누군가가 내뱉은 말이었다.

펠란트는 살아 있는 사람이 단 한 명도 보이지 않는 유령도시가 되어 있었고, 곳곳에서 썩은 악취가 진동했다.

모두가 말을 잇지 못하는 가운데, 정신을 번쩍 차린 파토르가 말했다.

"모두 정신 차려라! 서둘러 대영주를 찾는다! 생존자가 있는지 찾아라. 그리고 만전을 기해라! 악마들이 우리보다 먼저 앞질러 왔을 가능성이 있다!"

파토르의 외침에 그제야 신성군단이 일사불란하게 움직였다. 그러나 생존자가 있을 턱이 없었다. 라트의 통제를 벗어난 마족들은 귀족과 일반 평민들을 가리지 않았고, 무차별적인 습격을 감행했던 것이다.

파토르는 수색 나갔던 신성군단의 일원들이 돌아와 하나같이 똑같은 내용의 보고를 하자 얼굴을 일그러뜨렸다.

"씹어 먹어도 시원치 않을 놈들……!"

씹어뱉듯 중얼거린 파토르는 신성군단을 집결시켰다.

"카자스 대교구로 간다. 이교도와 악마들이 힘을 합친 이상, 우리 신성군단 역시 만전을 기하여 다시금 싸워야 한다."

펠란트에서 잠깐 쉬면서 경상자와 중상자들을 돌보며 다시금 증원 요청을 할 셈이었던 파토르의 생각은 쥬아튼 공작령에서 좌절되고 말았다. 설마 공작 직할령이 이 모양이 되어 있을 줄은 상상도 못했던 것이다.

“하지만 좀 이상합니다. 시체나 피의 흔적을 보건대, 적어도 수일 이상이 지났습니다.”

베이론이 조심스럽게 말하자, 파토르의 안색이 딱딱하게 굳었다. 그는 급하게 건물에 튄 혈흔에 다가가 손을 문질러 보았다. 과연 하루 이틀 된 피가 아니었다.

‘이게 어떻게 된 일이지? 설마 다른 마족들이 있다는 얘긴가?’

만일 그렇다면 이런 곳에서 조금도 지체할 수 없다는 생각을 했다. 정말 이곳을 습격한 악마들이 지금 나타나기라도 한다면, 신성군단은 앞뒤에서 적을 맞이하여 싸워야만 한다. 그리고 만약 그렇게 되면…….

“서둘러 카자스 대교구로 간다.”

광명의 보살핌이 있는 걸까, 펠란트에서 라트의 마족군단이 집결한 곳은 그리 멀지 않았다. 그럼에도 신성군단은 마족들과 별다른 교전을 벌이지 않고 그곳에서 빠져나갈 수 있었다.

하지만 베이론의 표정은 딱딱했다.

“정찰하던 악마들이 틀림없습니다.”

“그건 알고 있다.”

베이론이 다급하게 말하자, 파토르는 고개를 끄덕이며 행군을 재촉했다. 이미 반년 가까이 되는 기간 동안 이어진 싸움으로 파토르는 악마들의 경이로운 이동속도를 알고 있었던 것이다.

"행군을 서두른다. 놈들과의 접전은 피할 수 있는 한 피해야 해!"

파토르의 거센 외침이 나직하게 울렸다.

그러나 악마들의 추격은 없었다. 신성군단은 유유히 카자스 대교구로 빠져나가고 있었고, 조금 전 보고를 받은 크로칸 남작은 아무런 대답도 하지 않았다.

"놈들을 쫓는 건 용서하지 않겠다."

여태껏 마족들이 사람들을 습격하는 것까진 눈을 감아 준 크로칸 남작이었다. 단, 인간들의 죽음에서 얻은 어둠의 힘은 모두 주인인 라트에게 바치라는 것이 조건이었다. 크로칸 남작은 주인의 힘이 더욱 강해지질 바랐던 것이다.

라트는 여전히 반구형 어둠에서 깨어나질 않고 있었다. 크로칸 남작은 그 이유를 알지 못했지만, 자신의 주인을 믿고 있었다. 가만히 눈을 감고 다시 나흘이 더 흘렀을 때였다.

크로칸 남작의 눈이 번쩍 떠졌다.

"지척까지?"

그는 단숨에 몸을 날렸다. 절벽 아래로 맹렬하게 튀어 나가는 그의 속도는 엄청났다.

"웬 놈이냐!"

아르니의 두 눈이 매섭게 변했다. 돌연 앞에 나타난 정체불명의 마족 때문이었다. 아르니의 내부에서 전의가 활활 불타오를 때, 텔리시아가 앞으로 한 걸음 나섰다.

"라트를 찾으러 왔다."

텔리시아가 라트의 이름을 언급하자, 크로칸 남작의 눈가가 살짝 떨렸다.

"무슨 관계지?"

"그러는 너는 라트와 무슨 관계지? 그리고 라트의 주변에 이렇게 어마어마한 어둠의 마력이 넘실거리고 있는 거지?"

대답 여하에 따라 가만두지 않겠다고 말하는 것 같은 텔리시아의 기세가 무시무시했다. 크로칸 남작은 눈앞에 있는 텔리시아의 작위를 도저히 짐작할 수 없었다.

'남작은 아니다. 하지만 자작도 아니야. 어떻게 된 거지? 이런 이상한 느낌이 드는 마족이…….'

"나는 그분께 피의 결속을 받았다."

크로칸 남작의 말에 텔리시아가 당황한 표정을 지었다.

"뭐, 뭐라고?"

"피의 결속?"

아르니가 의문을 토했지만 텔리시아는 설마 라트가 악마들에게 피의 결속을 맺었을 거라고는 생각지도 못했기 때문에 한동안 당황한 기색을 지우지 못했다.

"그분과 무슨 관계냐고 물었다."

"나는……."

텔리시아는 한동안 말을 잇지 못했다.

그들은 무슨 관계일까? 정확하게 관계를 정의하기가 어려웠다.

"라트가 계약한 마족과 피의 결속을 맺은 마족이다."

"뭣이?"

크로칸 남작의 눈이 대번에 날카로워졌다.

"지크로트의 피의 결속을 받았다는 말이냐?"

"진정해. 우린 원래 라트와 함께 다니고 있었어. 아제릴에서 라트가 봉인석을 파괴하면서 헤어진 거야."

크로칸 남작에게서 살기가 줄기줄기 흘러나오자, 텔리시아는 급히 덧붙였다. 그녀는 여전히 싸울 태세가 아니었다. 그러나 크로칸 남작은 믿기 어려웠다.

"결속을 받은 자가 주인의 명령을 거스를 수 없는 법이다. 결코 주인님 곁으로는 보내지 않겠다. 당장 이곳에서 꺼져라."

텔리시아는 입을 다물었다.

바로 그때 땅이 진동했다.

구구구궁!

크로칸 남작과 텔리시아 일행의 시선이 한곳으로 옮겨 갔다. 어마어마한 양의 어둠의 마력이 너울거렸다. 그리고 그것은 이내 송곳처럼 생긴 탑의 형태가 되어갔다.

"주인님!"

크로칸 남작이 급히 몸을 날리는 순간, 아르니도 동시에 몸을 날렸다.

"자, 잠깐 아르니!"

텔리시아가 급하게 그녀의 뒤를 따랐다.

『멈춰라.』

"헉!"

급하게 사슬을 죄어 오는 감각에 텔리시아의 몸이 기우뚱 앞으로 무너졌다. 그 사이 아르니는 저 멀리 멀어졌다.

"아, 아르니……."

텔리시아는 숨이 막히는 목소리로 말했다. 그녀의 머릿속에선 지크로트의 낮은 웃음소리가 울려 퍼졌다.

『좋아, 좋은 기회군.』

"라트!"

쏜살같이 달려나간 아르니의 양손이 형상을 갖추는 송곳 탑에 닿았다. 그 순간 그녀의 양손은 빨려 들어가듯 안으로 들어가 버렸다.

"이, 이런!"

뒤늦게 그 모습을 본 크로칸 남작이 손톱을 세우고 달려들었지만, 이미 때는 늦었다.

*　*　*

야심한 시각.

한 치 앞도 보기 힘든 어둠을 뚫고 나아가는 마차가 있었다. 마차는 여느 귀족 마차와 하등 다를 바 없는 평범한 것이었다. 그리고 마차를 호위를 하는 10여 명의 사람들 역시 마찬가지였다. 하지만 자세히 보면 이 마차의 주인이 여간 평범하지 않은 사람임을 알 수 있었다. 호위하는 이들의 차림새가 비록 남루하기 그지없었지만, 하나같이 그들의 눈동자에 감도는 예기가 범상치 않았다.

달조차 구름 속으로 숨어 버린 오늘 같은 날, 도대체 이 마차는 어디로 향하고 있는 것일까. 그렇게 한참 동안 나아가던 마차가 저 멀찍이 조명석이 빛을 발하고 있는 것을 발견했다. 마부는 일단 마차를 멈추었다. 그는 품속에서 조명석 하나를 꺼내 들어 손으로 빛을 감추었다 폈다가를 몇 번 반복했다. 그러자 멀찍이 희미하게 보이는 조명석 역시 몇 번 깜빡였다. 또다시 마부가 빛을 가렸다가 보였다가를 반복하자, 역시 마찬가지로 멀찍이 보이는 빛 역시 그것을 반복했다. 마부와 저 멀찍이 떨어진 곳에서 조명석을 켜놓은 사람 사이의 암호가 틀림없었다.

마침내 그렇게 몇 번을 주고받은 이후, 마부는 조심스럽게 마차 안의 인물에게 뜻을 전달했다.

"맞사옵니다. 사전에 말했던 대로 오늘은 흑영(黑影)께서 직접 오신 모양입니다."

"음."

마차 안의 인물은 짧게 대답했다.

마부는 고개를 깊이 숙이고 다시 마차를 몰았다. 조명석이 점차 가까워졌다.

그럴수록 마차를 보호하는 호위하는 이들의 얼굴이 날카롭게 굳어갔다.

마침내 마차가 멈춘 곳은 몇 년 전에 문을 닫은 허름한 음식점이었다. 을씨년스러워 보이는 음식점의 바깥에는 조명석으로 암호를 전달한 사내가 서 있었다.

"어서 오십시오. 안에서 기다리고 계십니다."

"총 몇 명이냐?"

사내의 말에 대답한 자는 호위를 맡은 이들의 수장이었다. 날카로운 물음에도 사내는 여전히 표정 없는 얼굴로 고개를 숙이며 대답했다.

"다섯 명입니다."

수염을 멋지게 기른 사내가 기감을 돋우었다. 전신에서 가닥가닥 일어나는 기운들이 당장이라도 무너질 것 같은 건물을 에워쌌다가 이내 온데간데없이 사라졌다.

"그녀가 와 있는 모양이군."

"그분의 수족이나 다름없는 분이십니다. 오른팔을 떼고 다닐 수는 없는 노릇이지요."

태연한 대답에 사내는 영 마음에 안 든다는 표정을 지었다. 다섯 명 중 기척이 거의 느껴지지 않는 한 명이 있었다. 그의 감각에서 달아나려고 하면 언제든지 달아날 수 있는 괴물이 있다는 얘기다.

"매번 그렇게 경계할 필요가 있는지 모르겠군요."

사내의 시선이 문에서 느긋한 걸음으로 걸어 나오는 여인에게 향했다. 거의 10년 만의 만남임에도 여인의 모습은 조금도 달라진 게 없었다.

"상대가 상대인 만큼 경계하는 게 당연한 일 아니겠소?"

"동맹을 신뢰하지 못하다니, 참으로 애석한 일이군요."

"동맹이라, 썩 듣기 좋은 말은 아니구려."

여인의 부드러운 대답에도 사내는 여전히 퉁명한 태도를 보였다. 하지만 이런 일이 한두 번도 아니었기에 여인은 그저 미소를 지을 뿐이었다. 꽃이 피어나는 것 같은 아름다운 미소였다.

"여전히 아름다운 미모로군……."

들려오는 목소리에 여인의 시선이 천천히 마차로 돌아갔다. 그녀는 한쪽 무릎을 굽혔다.

"과찬의 말씀이시옵니다."

"아니, 아니야. 과찬이라니…… 느낀 그대로 솔직하게 말한 것뿐이야. 좀 더 가까이에서 그대의 얼굴을 보고 싶군."

"저 여인은 위험한 인물이옵니다. 통촉하여 주시옵소서."

"으음, 경은 걱정이 너무 많아 탈일세."

"교…… 백광(白光) 님의 안전을 위한 일이오니, 신을 불충을 용서하시옵소서."

"용서랄 게 뭐가 있겠는가? 자, 이곳에서 이럴 게 아니라 안으로 들어가기로 하지. 오늘은 흑영이 직접 이곳에 온다고 하지 않던가."

"예, 안에서 기다리고 계시옵니다."

여인이 옆으로 물러서자, 백광이라 불린 중년인은 고개를 끄덕이며 여인의 곁을 스쳐 지나갔다.

건물 안은 바깥만큼이나 어두웠다.

"여전히 어두운 곳을 좋아하는 친구로군."

"이 만남에 밝아서 좋은 것이 뭐가 있겠습니까?"

백광의 중얼거림에 안에 있던 흑영이 유들유들하게 대답했다.

"그래, 그건 자네의 말이 맞아."

탁자 위에서 촛불 하나가 힘겹게나마 어둠을 밝히고 있었다. 흑영은 반대편에 가만히 앉아 있었다. 그의 얼굴은 어둠에 휩싸여 보이지 않았다.

"오랜만에 보게 되는군, 흑영."

"저야말로 백광 님을 오랜만에 뵙습니다."

부드러운 공기가 둘 사이에 감돌았다. 하지만 백광의 뒤에서서 긴장을 늦추지 못하는 사내의 얼굴은 딱딱하게 굳어 있었다. 백광과는 달리 그는 극한의 수련으로 이런 어둠은 익숙해진 지 오래였다.

흑영의 뒤에 서 있는 풍성한 금발을 드러낸 채 미소 짓는 여인이 그에게 말을 전했다.

'너무 긴장하지 마요.'

그렇게 말하곤 윙크하는 그녀의 태도에 사내의 얼굴은 와락 일그러졌다.

"흑영, 나를 보자고 한 이유가 무엇인가? 단순히 내 얼굴을 보기 위해서 불러낸 것은 아닐 텐데 말이야."

"이런, 바로 본론으로 들어가시는 겁니까?"

능청떠는 흑영의 태도에 백광이 미소 지었다.

"자네도 알다시피, 내가 오랜 시간 자리를 비우면 일이 커지게 된다는 것은 잘 알고 있지 않나."

"마치 제게 하실 말씀은 없다는 듯 들리는군요. 제 용건을 들으러 이곳까지 오셨을 리가 없을 텐데요."

"오호. 내가 자네에게 무슨 말을 해야 할 상황인 모양이지?"

흑영은 후드 아래에 짙은 미소를 그렸다.

"백광 님께서 하실 말씀이 없으시다면야 저야 마음 편하게 이야기를 할 수 있겠습니다만."

"내가 혹 자네를 추궁해야 하는 일이 최근 파르칼에서 일어나는 일과 관련이 있는 건 아닐 테지."

서글서글한 미소를 짓고 있던 백광이 날카롭게 찔러왔다. 그러나 흑영은 눈 한 번 깜빡이지 않았다. 오늘 만남에서 이 정도는 충분히 예상했던 일이었다.

"무슨 말씀을 하시는지 모르겠군요. 파르칼의 일은 악마들이 벌인 일입니다. 그게 어찌 저와 관련이 있겠습니까?"

"그 일이 악마들에 의해서만 일어났다면 상관없겠지만 말이야. 최근 흉흉한 소문이 들리고 있네."

"소문이라니요? 백광 님 같은 분이 소문을 믿으시면 안 되지요. 소문이란 꾸며내기 좋아하는 자들이 멋대로 떠드는 이야기니까요."

능청스럽게 대답하는 흑영의 태도에 백광은 너털웃음을 터뜨렸다.

"물론 소문이란 것은 믿을 만한 게 못 되지. 헌데 내 귀가 그렇다고 하니 나는 믿을 수밖에."

"만일 그렇다면 정말 큰일이로군요. 저는 최근 이 나라 곳곳을 여행하던 참이라 아무런 얘기도 듣지 못했습니다. 그저 시장 바닥에서 굴러다니는 소문 정도나 듣고 있으니 말입니다."

"여행을 말인가? 무엇 때문에 돌연 여행이지?"

"하하, 그렇게 무서운 표정을 지으실 필요가 있겠습니까? 그저 요즘 세상이 어떻게 변했는지 궁금했던 것뿐입니다."

"세상이 어떻게 변했는지는 자네의 수족들이 보고할 텐데 뭐하러 그런 수고를 했는가?"

"수족들이 보고 느낀 것과 제 눈으로 직접 보는 것과 같겠습니까? 직접 보고 느끼니, 비로소 제가 살아 있는 기분이 들더군요."

"그건 참 잘 된 일이군. 하지만 조심하는 게 좋아. 흉흉한 시기니까 말이야. 어디서든 비명횡사할지도 모르니까 말이야."

어둠 속에서 웃고 있던 흑영의 눈가가 별안간 날카롭게 변했다. 조금 전의 말은 협박에 가까운 말이었다. 하지만 흑영은 반응하지 않았다.

"백광 님, 우리가 함께한 게 몇 년이나 되었습니까?"

"음, 갑자기 그건 왜 묻는가? 한 20년쯤 되지 않았을까 싶군."

"참 오래되었군요."

"오래는 무슨, 앞으로도 같이 갈 길이 태산일세."

"절 좋게 봐주시군요. 하긴 저와 백광 님은 지금껏 잘 지내왔지요. 서로 돕고 도움을 받으며 말입니다."

"빛과 어둠으로 각자의 역할을 하며 이 나라를 이만큼이나 훌륭하게 키워 왔지. 지금껏 수많은 흑영이 그래 왔고, 수많은 백광이 그래 왔어. 그렇게 신성제국 아트라도엥이 탄생한 게 아닌가."

"좋은 말씀이십니다. 백광과 흑영이 같이 만든 나라라는 말씀은 정말 듣기 좋군요."

"단순히 듣기 좋으라고 한 말이 아닐세. 실제로 그래 왔고, 앞으로도 그렇게 이 나라는 존재할 테니까 말이야."

"신성제국은 백광과 흑영이 떠받드는 이상 영원불멸하단 말씀이십니까?"

"굳이 말로 표현할 필요도 없는 말이지."

단호하게 말한 백광은 거기서 말을 잠깐 끊고 유감스럽다는 표정을 지었다.

"헌데 최근 굴바엔 지방에서 들리는 소식은 영 기분이 좋지 않다네. 빛의 땅인 신성제국의 국토가 어둠에 물들고 있지 않은가? 조화가 깨져서야 이 나라의 안녕이 어찌 되겠는가?"

"글쎄요. 최근 신성군단이 잘 싸우고 있다고 들었는데 말입니다."

"자네 역시 이 어둠이 서둘러 물러나는 게 좋다고 보는 모양이지?"

"당연한 일 아니겠습니까? 어둠이 이 나라를 덮길 바라는 사람이 어찌 이 나라에서 살아가는 사람이란 말입니까?"

흑영의 말에 백광의 얼굴에 만족스러운 미소가 떠올랐다.

"그렇다면 어서 그 어둠이 가담한 반역자들을 자체적으로 처리해 주지 않겠나? 여기서 일을 더 크게 벌였다가는 신성제국의 국가적 이미지 손실은 돌이키기 어렵게 되고 말 것이야."

그러나 흑영은 그의 말을 전혀 못 알아듣겠다는 표정으로 되물었다.

"무슨 말씀이십니까? 반역자라니요?"

"더 이상 시치미 떼지 말게. 뻔히 보이는 거짓말은 서로에게 득이 되는 길이란 것은 잘 알잖나?"

백광의 눈은 여전히 웃고 있었지만, 눈동자는 싸늘하게 번뜩이고 있었다.

"시치미를 뗄 게 뭐가 있겠습니까? 저는 듣지 못한 이야기입니다."

"허허, 어찌 일을 어렵게 만들려고 하는가? 악마들과 파르칼의 이교도들이 힘을 합쳐 신성군단을 격퇴했다는 이야기가 내 귀까지 들어온 상황인데."

"그렇습니까? 이거 참, 일이 생각지도 못한 방향으로 치닫고 말았군요."

능청스러운 흑영의 거짓말을 들으면서 백광의 눈가가 살짝 떨렸다.

"늦진 않았네. 서둘러 일을 정리해 주게. 내 쪽에서 악마들을 소탕할 테니 말이야."

"정말 생각지도 못했습니다. 정말로 은십자 기사단이 악마들과 힘을 합쳤단 말입니까?"

흑영이 정말로 믿기 어렵다는 얼굴로 그렇게 묻자, 백광의 미간은 조금씩 찌푸려졌다. 그의 거짓말에 더 이상 어울려 주기 싫었던 것이다.

“시치미는 그만…….”

“그게 사실이라면 어쩔 수 없군요. 저와 백광 님의 관계는 여기까지인 모양입니다.”

시종일관 부드럽게 웃고 있던 백광의 얼굴이 돌처럼 굳었다.

“그게 무슨 말인가?”

그러나 흑영은 여전히 여유로운 얼굴이었다.

“만일 그게 사실이라면 저는 백광 님의 신의를 저버린 게 되어 버립니다. 그런데 이 관계가 어떻게 유지되겠습니까?”

“네놈, 그게 무슨 뜻이냐!”

백광의 뒤에 가만히 서 있던 사내가 고함을 지르며 줄기줄기 기운을 흘렸다.

“무례하군, 백광 님이 앞에 계신데 큰소리를 내다니.”

흑영의 목소리는 차분했지만 사내를 압도하는 힘이 있었다. 무엇보다 백광이 앞에 있는데 감히 큰소리를 낸 것은 명백한 그의 실수였다.

“흑영, 자네가 한 말이 무슨 뜻인지 알고 하는 것이겠지?”

백광이 딱딱하게 굳은 목소리로 다시금 물었다.

“설마 제가 한 말의 뜻도 모르겠습니까? 말 그대로의 의미입니다. 흑영은 이제 역사 속으로 사라지겠다는 얘기입니다.”

"그렇다면 더는 우리가 같은 길을 걷는 우군이 아니라는 뜻이 될 텐데, 괜찮겠나?"

흑영은 피식 웃었다.

"저는 괜찮습니다. 제가 아니라 백광 님께서 괜찮으신지 그걸 여쭙고 싶군요."

백광은 자리에서 벌떡 일어섰다. 그는 싸늘하게 식은 눈으로 흑영을 가만히 쳐다보았다.

"내 걱정할 필요가 있을까? 나는 그 어느 때나 찬란하게 이 세상을 비추시는 광명의 보살핌을 받고 있을진대."

"아 참, 그걸 잊었군요."

"우리의 만남이 이걸로 마지막이라니, 생각지도 못했기 때문에 더욱 아쉽군."

"예, 저도 참 생각지 못한 상황이라 아쉽습니다. 영원불멸한 신성제국 아트라도엥의 숨은 공로자가 되고 싶었는데 말입니다."

그 말을 끝으로 백광과 흑영은 아무런 말도 하지 않았다.

백광은 흑영의 얼굴을 가만히 노려보다가 이내 몸을 돌렸다.

"한 가지만 얘기해 주지. 빛은 어둠을 몰아낼 수 있어도 어둠은 빛을 몰아내지 못해. 빛이 스스로 가라앉기 전까진 말이야. 자신의 위치를 혼동하는 일이 없는 게 좋을 거야."

"끝까지 좋은 말씀을 해주시는군요. 가슴에 새기겠습니다."

백광은 무시무시한 얼굴을 한 채, 마차에 올라타고 바로 그 자리를 떠났다.

흑영은 백광의 마차를 보면서 나직이 중얼거렸다.

"백광, 당신의 말은 맞는 말이지만, 애초에 전 어둠이 될 생각이 없습니다. 그 역할은 다른 이가 맡아주기로 했거든요."

그의 곁으로 금발의 여인이 천천히 다가왔다.

"저 사람 여전히 기분 나쁘네요."

"시간이 지날수록 더 기분 나쁜 사람이 될걸?"

"상상만 해도 끔찍하네요. 그냥 여기서 처리하는 게 어땠을까요."

"아니, 그건 내 역할이 아니야."

흑영은 입꼬리를 말아 올렸다.

"가엾게도 백광은 모르고 있어. 신성제국 아트라도엥은 이미 저물어 버린 태양이라는 걸 말이야."

"태양이 저물었다는 말은 지금은 밤이 찾아왔다는 말인데, 조금 전에 어둠이 될 생각이 없다고 하시지 않으셨나요?"

흑영은 여인의 어깨를 휘감았다. 그는 여전히 여유로운 얼굴로 말했다.

"로시티니, 밤의 시간은 중간 지점을 지나 이제 끝을 향해 나아가고 있어. 이제 어두운 시기가 찾아오고 그 뒤에 머잖아 개벽이 온다. 그때 나는 새롭게 떠오르는 태양이 되는 거야."

"혁명의 은십자라는 이름으로 말인가요?"

흑영의 눈동자에 뜨거운 야망이 꿈틀거렸다.

신성제국 아트라도엥의 드러나지 않은 이면에서 서로를 도우며 이 나라를 이끌어가던 백광과 흑영이란 이름은 신성제국의 역사에는 끝까지 기록되지 않은 채, 깊어 가는 어둠 속에서 천천히 지워져 갔다.

* * *

붉은 하늘이 가까운 드높은 검은 첨탑의 위에 한 사내가 서 있었다. 그는 지그시 눈을 감은 채, 돌처럼 굳어 있었다. 그렇게 얼마나 시간이 흘렀을까, 돌연 사내가 눈을 떴다. 보고 있는 것만으로도 혼이 나갈 것 같은 혼돈이, 휘몰아치는 눈동자가 그곳에 있었다.

"이거 생각지도 못한 손님이 와계셨군요."

아찔할 정도로 아름다운 사내는 혼잣말을 중얼거렸다. 이 첨탑 위에는 그를 제외하면 아무도 없었다. 지금 그는 누군가에게 말을 하는 걸까?

그때 그의 눈앞에 거대한 화염이 이글거리면서 만들어졌다.

『지크로트.』

"오랜만입니다. 실버론 님. 이곳까지 직접 행차하시다니 무슨 연유입니까?"

놀라운 일이었다. 지크로트는 50후작 중에서도 상위 서열의 마족이었다. 그가 존대를 하며 이렇게 낮은 자세를 보이는 것은 흔치 않은 일이었다.

『내가 왜 이곳까지 왔느냐고?』

불꽃이 일렁이며 사람의 얼굴 형상으로 바뀌었다. 매섭게 지크로트를 노려보는 불꽃은 당장이라도 그를 집어삼킬 듯했다.

"너무 화내지 마십시오."

『내 앞에서 더 이상 까불지 않는 게 좋아, 지크로트. 나는 기분이 썩 좋지 않아.』

"이거 참, 실버른 님께서 기분이 좋지 않으시다니 어째서인지 모르겠군요."

『나는 고등 마족이다.』

"예, 물론이지요. 저도 잘 알고 있습니다."

『그런 내가 인간과 계약 하나를 이행하지 못하고 있어.』

"……."

실버른이 매섭게 노려보면서 직접적으로 이야기를 하자 지크로트는 내심 입맛이 썼다.

"그건 죄송하게 되었습니다."

『우린 사전에 분명히 계약을 했어, 그렇지?』

"그렇지요."

지크로트는 다소 떨떠름하게 대답했다.

『네 녀석이 발루토의 힘을 취할 수 있도록 놔둔 것은 그에 상응하는 일을 해주길 바랐기 때문이야.』

"예, 알고 있습니다. 그 이야기에 관해서는 이미 말씀하시지 않으셨습니까?"

여유롭던 지크로트의 얼굴도 어느새 굳어 있었다.

『그런데 어째서 네놈은 이곳에서 아무 짓도 하지 않는 것이냐!』

실버론의 불꽃이 당장이라도 지크로트를 삼킬 것처럼 거대해졌다. 실버론이 지금 화를 내고 있었다.

"저도 예상하지 못했습니다."

『뭐라고?』

불꽃의 기세가 조금씩 누그러졌다.

"발루토의 힘 중 가장 중요한 파괴의 권능이 제 손에 없습니다."

『무슨 소릴 하는 거냐. 이제 와서 그따위 소리를 지껄이면 통할 줄 알았느냐? 어리석은 마족 같으니!』

실버론이 같잖다는 듯 싸늘한 웃음을 터뜨렸다. 그러자 지크로트의 얼굴이 붉게 달아올랐다. 그도 이런 얘기는 하고 싶지 않았다. 하지만 상황이 썩 좋지 않았다.

"한 치의 거짓도 없는 사실입니다."

『발루토의 힘은 분명히 그곳에 있었어. 허튼수작은 통하지 않는다.』

"제 계약자의 손에 들어갔단 말입니다."

『뭣이? 무슨 말을 하는 거냐?』

"발루토가 가진 힘은 컸습니다. 저 세계로 보낸 부하 한 명의 몸에 심은 입구, 그리고 매개체를 통해서 힘을 취했지만 마계와 저 세계의 경계가 그리 허술하지 않기에, 흘러들어오는 힘을 모두 받아들이려면 집중을 할 수밖에 없었습니다. 그렇게 모든 힘을 갈무리하고 보니 가장 중요한 핵이 없었습니다."

『설마, 인간의 몸에 흘러들어 갔단 말이냐?』

"발루토의 농간이겠지요. 미처 신경을 쓰지 못했습니다. 그가 마지막에 그런 짓을 할 줄은……."

『어리석은……! 그래서 지금까지 이러고 있단 말이냐? 50 후작의 일원이라는 마족이 겨우 인간 따위에게서 그 힘을 못 빼앗는단 말인가!』

"저 세계에 간섭할 수 있는 최대한의 힘으로도 지금 제 계약자를 지배할 수가 없습니다."

그러자 불꽃의 눈이 가늘게 변했다.

『어떻게 인간 주제에 그런 큰 힘을 가질 수 있는 거지?』

"마족들을 통해 인간들의 영혼으로 힘을 빨아들이고 있습니다."

『으음…… 과연, 그 방법인가.』

"거기다가 검은 벼락의 힘까지 더해지면서 도저히 어떻게 건들 수 있는 상황이 아닙니다."

『그렇다면 더더욱 이상한 일이 아닌가? 분명히 네 녀석의 계약자는 교단을 향한 복수심으로 계약했다고 들었다. 그런 큰 힘을 가지게 되었다면 교단을 무너뜨리는 데 전력을 다해야 옳은 것이 아닌가?』

사실 그렇게만 되었다면 실버론이 이곳에 와서 지크로트에게 화를 내는 일 따위는 없었을 것이다. 이와 같은 상황에 대해서도 알지 못했을 것이고 말이다.

"일이 꼬여 버리면서 그 인간이 탑으로 변해 버렸습니다."

『탑? 설마, 마족들의 탑을 말하는 것인가?』

"예, 그렇습니다."

『그럴 리가…… 탑으로 변할 수 있는 건 백작 급에 육박하는 거대한 어둠의 마력을 가진 마족들만이 가능한 일이다.』

"놈에겐 그 정도의 힘이 있습니다. 제가 놈을 집어삼키기 위해 발현시켰던 힘을 놈이 절반가량을 취했고, 이후 수없이 많은 인간들의 죽음이 모두 놈의 힘이 되었습니다."

『그렇다면 지금 굴바엔 지방의 마족들이 전부…….』

"예, 맞습니다. 제 계약자의 결속에 사로잡힌 마족들이지요."

실버론은 흥미롭다는 표정이 되었다.

『대단하군. 고작 인간의 몸으로 그런 일들을 해내다니…….』

“예, 매번 예상치 못한 일만 일어나서 후작으로서는 부끄러운 일입니다만, 모두 말씀드렸던 대로 제 힘으로는 손을 써볼 수가 없는 상황입니다.”

『…….』

지크로트의 얘기를 모두 들은 실버론도 아무 말도 할 수가 없었다. 상황이 그렇다면 지크로트가 할 수 있는 건 그의 말처럼 아무것도 없었던 것이다.

가만히 실버론을 바라보던 지크로트가 별안간 눈을 빛냈다.

“하지만 걱정하지 마십시오. 조금만 기다려 주시면 될 것 같습니다.”

『무슨 방법이라도 있는 것이냐. 이미 탑이 되어 버렸다고 했지 않나. 피의 결속으로 이어진 이상 그곳의 마족들은 네 명령을 따르지 않는다.』

“그런 방법이 아닙니다. 지금 한 명의 인간이 탑 안으로 들어갔습니다.”

『어리석은 소리로군. 탑은 거대한 혼돈의 덩어리. 마족도 빨려 들어가면 살아나오지 못하는 혼돈의 공간이다. 인간 따위는 순식간에 휩쓸려 사라지고 말 것이다.』

지크로트도 처음에는 실버론의 말처럼 그렇게 생각했다. 하지만 실상은 그렇지 않았다. 라트가 만든 탑은 매 순간 점차 약해지고 그 힘을 잃어가고 있었다. 놀랍게도 탑이 점차 사라져가는 것이었다. 그 변화는 바로 아르니가 탑 안으로 들어간 이후부터 천천히 진행되고 있었다.

"실버론 님도 저와 같은 생각을 하시는군요. 하지만 상황은 그렇지 않습니다. 놀랍게도 탑은 느린 속도지만 사라지고 있습니다."

『뭐이? 탑이 사라지고 있다고?』

"예, 탑이 모두 사라진 그 이후에 계약자가 할 일은 애초에 저와 실버론 님의 계약을 이행하는 방향이라고 생각합니다만……."

『그게 사실이라면 정말 재미있는 일이로군.』

실버론의 기분이 풀린 것 같자 지크로트는 여기서 쐐기를 박기로 했다.

"실버론 님, 모든 것이 끝난 이후에 저의 계약자의 몸으로 빨려 들어간 발루토의 검은 벼락을 회수하는 데 약간의 도움을 주실 수 없겠습니까?"

『도움이라……』

실버론은 달갑지 않다는 목소리를 흘렸다. 그는 지크로트 이상으로 유희에 손을 쓰는 것을 좋아하지 않는 마족이었다. 그는 쾌락이라는 다른 이름을 달고 있을 정도로 자신의 규칙에 엄격했다. 만약 규칙에 어긋나는 일이 있다면 목숨을 버릴 정도로 말이다.

지크로트가 급히 덧붙였다.

"간단한 얘깁니다. 실버론 님의 계약자에게도 놈의 존재는 귀찮아지지 않겠습니까?"

『흐음, 그건 그렇겠군.』

"저는 저의 계약자가 힘을 다해 죽을 때, 녀석의 몸 안에 깃든 발루토의 힘만 받아들이면 되는 겁니다."

『크크크, 그 정도의 일이라면 그리 어려울 것도 없지. 어지간히도 발루토의 권능이 탐나는 모양이군.』

"모든 마족이 그렇지 않겠습니까? 실버론 님처럼 고풍스러운 취미를 가지신 마족을 제외하면 말입니다."

『좋다. 지크로트, 네가 나와의 약속만 잘 지켜준다면 넌 그 힘을 얻을 수 있을 것이다.』

"걱정하지 마십시오. 실버론 님의 즐거움이 엉망이 되는 일은 없을 겁니다."

*　　*　　*

시간이 흘렀다.

그 누구도 예상하지 못했던 일이었다. 성전은 장기전으로 치닫고 말았다. 특히나 신성군단의 패퇴는 교황청을 비롯한 제국 신민들에게 큰 충격으로 다가왔다. 그들은 카자스 대교구로 후퇴했다. 그리고 며칠이 지나지 않아 파토르는 교황청의 소환 부름을 받았다.

"저분이 바로 지금 제국에서 가장 촉망받는 성기사인가?"

"하지만 아직 젊군."

"고작 이십 대 중반도 안 되어 보이는데……."

"듣자하니 등에 성흔을 짊어지고 계신다던데?"

"그건 못 들어봤는데, 그게 사실인가?"

"음, 나도 들은 얘기긴 하지만 그렇다고 하더군."

"그럼, 낙인자라는 말 아니야?"

"어떻게 낙인자가……."

군중들 사이의 웅성거림이 더욱 커졌다. 낙인자가 촉망받는 성기사라는 것은 받아들이기 힘든 일이었다. 낙인자는 어디까지나 비천한 계급이었다.

"바보 같은 소리를 하고 있군. 저 성기사님이 낙인자이기 때문에 더 대단한 게 아닌가?"

군중들 속에 한 사람이 그렇게 말했다. 모두가 이해할 수 없다는 얼굴로 그를 바라보았다. 평범한 인상의 사내였다. 도시 어디에서나 한두 번씩은 봤을 법한 얼굴.

"그게 무슨 소리지? 그러니까 더 대단하다니, 죄인들이 뭐가 대단하다고 떠받든단 말인가."

"낙인자들은 죄를 짓고 비로소 광명을 위해 육신과 인생을 바친 이들이 아닌가. 그들 중 성기사가 탄생했다는 것은 광명 앞에 진정으로 회개했다는 뜻이 아니고 무엇이란 말인가?"

사내는 신실한 교인인 듯싶었다. 그의 말에 몇몇 사람들이 경건한 표정을 지으며 조용히 고개를 숙이고 기도를 하는 모습까지 보였다.

"자비로우신 광명께서는 죄를 지은 어리석은 종이라 할지라도 굳건한 믿음을 가지고 빛을 따르고자 한다면 언제든 그 위대하고 찬란한 빛을 내려주시기 마련이지."

이윽고 반발하던 사내들마저 더 이상 아무 말도 하지 못했다. 대다수가 무릎을 꿇고 광명께 기도를 올리는데, 그들이 또 초를 칠 수는 없었다. 그렇게 했다가는 이교도로 몰릴지도 모른다.

곁에서 그의 말을 가만히 듣던 노인 한 명이 다가와 사내에게 고개를 깊이 숙였다.

"정말 은혜로운 말씀을 하시는군요."

"별 말씀을 다 하십니다. 저는 그저 일개 교인일 뿐이니, 고개를 숙이실 필요는 없습니다."

"아닙니다. 광명을 따르는 데에 나이가 무슨 의미가 있겠습니까. 모두가 같은 광명의 어리석은 종일진대."

사내는 인자하게 웃었다. 그는 이내 이제 멀찍이 보이지 않는 곳까지 나아간 백검의 성기사의 뒷모습을 바라보며 거룩한 얼굴로 고개를 숙였다.

파토르의 행보는 놀라운 것이었다. 헬파스텐 추기경은 파토르를 봐줄 생각이 없었기에 교황청의 소환 부름에 팔짝 뛰며 반응했지만 그것뿐이었다. 교황청의 결정은 번복되지 않았다.

파토르는 회심의 미소를 지었다.

그는 브라디로스 교황청에 입성하였고, 교황 앞에서 무릎을 꿇었다. 마침내 파토르가 교황청의 성기사로서 거듭나는 순간이었다.

* * *

한편, 쥬아튼 공작령의 중앙에서 조금 북쪽에 둥지를 튼 마족군단은 돌연 탑의 기운이 무너져가는 것을 느끼며 모두 한참 떨어진 옆으로 물러났다. 탑이 붕괴되면서 일어날 마력 폭풍에 휘말리면 자칫 소멸될지도 몰랐던 것이다.

"탑이 붕괴되고 있다니……."

필리안델 휘하의 남작이었던 렌타인을 비롯한 세 명의 마족들이 믿을 수 없다는 표정을 지었다.

그것은 크로칸 남작과 50마족들, 그리고 그 휘하 수백, 수천의 마족들 역시 마찬가지였다.

1년 전과는 비교도 할 수 없을 만큼 수가 많아진 마족군단이었다. 거기다가 약 8개월 전쯤, 돌연 나타난 필리안델이 이끄는 마족군단과의 격돌에서 필리안델을 죽이면서 남작 셋과 500여 명의 마족을 다시 흡수하면서 지금은 수가 더욱 불어난 마족군단이었다.

돌연 검은빛으로 일렁이는 기운이 사방으로 퍼지다가 한곳으로 모여들었다.

송곳 형태의 탑이 크게 출렁였다.

드드드드드드드-!

지축이 흔들리고 어둠의 마력이 탑을 중심으로 소용돌이치면서 거대한 폭풍을 일으켰다. 점차 그 기운이 농후해지자, 마침내 50마족도 전부 물러났다. 크로칸 남작은 피부가 저릿할 정도로 어마어마한 마력의 폭풍 속에서 마른침을 삼켰다.

"주인님……."

나직한 부름 속에서 송곳 모양이 천천히 가라앉았다. 마침내 처음 라트가 마족들을 불렀을 때와 같은 반구 형태의 어둠으로 바뀌었다.

콰콰콰콰콰!

몰아치는 바람은 더욱 강맹해졌다. 마침내 크로칸 남작도 제자리에서 버티기 어려워 뒤로 물러섰다.

주위를 자욱하게 덮었던 검은 안개가 바람에 휩쓸리며 흩어졌고 이내 탑의 일대가 훤히 드러났다.

수를 헤아릴 수 없을 정도로 엄청난 수의 마족들이 이 상황에 넋을 놓은 채, 가만히 바라보고 있었다.

그리고 마침내 일렁이던 어둠이 하늘을 꿰뚫을 듯 치솟았다. 곧이어 고막이 터질 듯한 굉음이 뒤따랐다.

콰지지지지지직!

하늘로 치솟는 어둠의 빛을 목격한 크로칸 남작이 두 눈을 부릅떴다. 50마족 역시 마찬가지였다. 그들은 조금 전의 빛을 알고 있다. 모든 것을 무로 돌리는 파괴의 권능이 다시 이 세상에 나타난 것이다!

"검은 벼락!"

크로칸 남작은 열망이 일렁이는 눈으로 흥분을 감추지 못했다.

"주인님이……!"

탑이 존재했던 언덕에는 이제 새까만 기류가 감돌고 있었다. 그 기류는 탑을 감싸고 있던 어둠의 마력이 무너지면서 생긴 것이 틀림없었다. 어떤 형태를 갖출 만큼 밀집한 어둠의 마력에 텔리시아조차도 감히 다가서지 못했다.

"조금 전의 그건……."

검은 벼락의 정체를 알 리 없는 텔리시아는 조금 전 하늘로 치솟은 검은빛에 전율을 느꼈다. 가늠하기 어려울 만큼 폭발적이고 파괴적인 힘이었다.

"이게 설마 라트의 힘?"

"그럴 리 없습니다. 이렇게 엄청난 힘을 일개 인간이 가질 수 있을 리가……."

발트몰이 믿을 수 없다는 표정을 짓는 순간이었다. 다시금 기류가 한가운데로 빨려 들어갔다.

지지지직!

그러자 다시 어둠의 빛이 주변으로 방전했다.

텔리시아는 털이 삐쭉 곤두설 만큼 거대한 힘이 모이고 있음을 느꼈다.

“또다.”

만약 저 빛이 텔리시아가 있는 방향으로 쏟아진다면 이 거리에서는 피할 수 있을지 없을지도 미지수였다. 그만큼 그 공격은 빨랐고 파괴를 일으키는 폭을 가늠하기도 어려웠다.

파지지지지지직!

굉음이 진동하고 다시금 검은빛이 하늘로 솟구쳤다. 하늘을 찢어발길 것 같은 검은 벼락의 모습에 텔리시아는 만약 저게 라트의 힘이라면 탑을 만든 것도 충분히 말이 된다는 것을 알았다.

주변을 잠식한 검은 기류가 빠르게 가운데로 빨려 들어갔다. 검은빛을 쏘면서 비게 되는 그릇은 외부에 넘실거리는 힘을 마구 빨아들일 것이다. 그것은 다시 말하면 하늘로 치솟은 저 검은빛은 상상하기 어려울 만큼 막대한 양의 어둠의 마력이 있어야 한다는 것이다.

파지지직!

또다시 검은빛이 방전했다.

어째서 같은 행위를 반복하고 있는 것일까? 지금 저 가운데에 있는 건 라트가 아니란 말인가?

텔레시아는 당장이라도 저곳으로 달려가고 싶은 마음이 굴뚝같았지만, 저 농후한 어둠의 마력에 휩쓸리지 않을 자신이 없었다. 한때 탑을 구성했을 정도로 강렬한 혼돈을 머금은 마력이니까 말이다.

크로칸 남작을 비롯한 마족들, 그리고 텔리시아 일행이 생각하는 것처럼 드디어 라트가 검은 탑에서 나왔다. 그러나 검은 탑의 형태만 무너졌을 뿐, 들끓는 어둠의 마력은 라트의 육신을 부수기 위해 밀려들고 있었다. 혼돈 속에서 육신의 형태는 무의미했다. 다시 말해 육체는 존재할 수 없는 것이었다.

"이이이이익!"

라트는 자신의 품에 안긴 아르니 역시 엄청난 고통을 겪고 있을 것이라는 생각을 하며, 한계까지 어둠의 마력을 끌어모았다.

구구구구궁!

폭발적인 어둠의 마력에 체내에서 들끓으며 온몸을 헤집어 놓았다. 라트의 육신이 한계에 치달아 가면서 그의 입가에 주륵 피가 흘러내렸다.

『검은 벼락이야. 검은 벼락으로 이 마력들을 없애는 거야!』

별안간 들려온 라겔의 목소리에 라트는 오른손을 뻗었다. 어둠 속에서 마침내 익숙한 손잡이가 만져졌다. 라트는 시뻘겋게 충혈된 눈으로 무거움이 느껴지는 검을 잡아 하늘로 겨누었다.

"으으으으으읏!"

검은 벼락을 일으키자, 체내 혼돈의 마력이 순식간에 전부 검신으로 모여들며 방전했다. 악문 라트의 이 사이로 연신 피가 울컥울컥 흘러나왔다. 검을 든 오른손이 덜덜 떨릴 정도로 엄청난 마력이 모여들었다.

『너도 그렇겠지만 더는 한계야.』

라트가 눈을 부릅떴다. 이글거리며 방전하던 검은빛이 그 순간 엄청난 반발력과 함께 하늘 높이 치솟았다. 굉음이 사방을 잠식했고 라트는 숨을 헐떡였다. 하지만 쉴 새가 없었다. 주위에 있던 어둠의 마력이 다시금 아르니와 자신을 향해 몰려들었던 것이다.

라트는 다시금 검은 벼락을 쏘아낼 수밖에 없었다.

한계에 가까울 정도로 힘을 모았다가 검은 벼락을 발사하는 것은 라트의 육체에도 엄청난 부담이 되는 일이었다. 약 다섯 번가량 검은 벼락을 발사했을 때, 비로소 주변에 깔렸던 어둠의 마력 양은 확연히 줄어 있었다.

"라트, 너무 무리했어……."

아르니가 창백한 얼굴로 쓰러지려는 라트의 몸을 가만히 껴안았다. 남아 있는 어둠의 마력은 라트의 몸과 라겔의 검신으로 빨려 들어갔다. 이제 검은 탑이 이곳에 존재했음을 알리는 것은 시꺼멓게 죽어 버린 대지뿐이었다.

마침내 검은 기류가 사라지고 라트와 아르니의 모습이 드러났다. 근 1년의 시간 동안 둘의 모습은 많이 변해 있었다. 일단 둘 다 초췌한 기색이 역력했다. 생물로서 살아갈 수 있는 최소한의 생명만이 겨우 유지되고 있었으니 당연한 일이었다.

라트의 검은 머리칼은 어느새 길게 자랐고 수염 역시 덥수룩하게 자라 있었다. 원래 왜소한 몸에는 이제 앙상한 뼈만 남아 있었다. 그는 10년 이상 더 나이가 든 모습이었다. 아르니 역시 라트처럼 마른 것 같았지만 예전과 그리 크게 다르지는 않았다. 라트는 삭막하게 가라앉은 눈을 푸른색 하늘로 옮겼다. 하늘이 너무 눈부셔서 눈살을 찌푸리고 말았지만 시선을 떼지 못했다.

"하늘이 이렇게 아름다웠구나."

"정말 다행이야. 저곳에서 나올 수 있어서……."

라트는 비로소 아르니의 온기를 느꼈다. 검은 탑에서는 결코 느낄 수 없었던 사람의 온기를 몸으로 느낄 수 있었다. 품안에 들어오는 아르니의 온기, 냄새, 느낌이 라트의 황폐해진 마음을 어루만지고 있었다.

제5화
일어나는 은십자

마지막으로 신성군단과 붙었던 교전에서 아군을 많이 잃은 것, 그리고 정작 지휘관인 가슈인이 쓰러지자 폭풍대는 별수 없이 전장에서 물러날 수밖에 없었다. 거의 일주일 이상의 행군을 마치고 제피린에 돌아왔다.

은십자 기사단 제3십자대의 전력은 이전과 비교할 수 없을 정도로 처참하게 망가졌다. 부상을 입은 가슈인은 돌아오는 길에 수많은 생각을 하면서 실의에 빠졌다. 그의 야망은 컸지만 문제는 그 야망을 이루기 위한 손과 발이 터무니없이 부족했다는 것이다.

"어떻게 한들 결국 이곳까지였단 말인가."

자신을 한심하다는 듯 중얼거리던 가슈인은 제피린에 도착해서 약 일주일 동안 두문불출했다. 그 누구도 만나려고 하지 않았고, 식사도 제대로 하지 않았다. 실바레티를 비롯한 간부들은 가슈인의 이러한 행동을 심각하게 걱정했다. 그가 여태 이런 모습을 보여준 적은 단 한 번도 없었기 때문이다.

그렇게 일주일이 지나고 딱 8일째가 되던 날, 가슈인은 수염을 자르지 않고 퀭한 모습으로 방에서 나왔다. 건장한 그의 체구가 그간 많이 수척해진 것 같았다.

"괜찮으십니까?"

"난 괜찮다. 그보단 아군의 피해 보고와 전력 보고를 듣겠다."

가슈인은 평소와 같은 빠른 발걸음으로 회의실로 가 간부들과 실바레티를 불러 모아, 현재 제피린에 있는 아군의 상황에 대해서 들었다. 모든 보고를 들은 이후 가슈인은 씁쓸하게 중얼거렸다.

"처참하군."

"이제 어떻게 하시겠습니까?"

"지금 우리는 큰 지도를 그리고 있을 수 없게 됐다. 그건 모두 알고 있겠지?"

가슈인은 침착하게 말을 이었다. 그동안 두문불출하면서 그는 앞으로 나아갈 방향에 대해 심각하게 생각을 해본 모양이었다.

"지금은 신성군단의 병력을 증원하느라 갈락실의 힘이 모두 빠진 상태다. 그래서 이곳에 아무런 간섭도 하지 않는 거겠지."

"예, 맞습니다. 이미 파르칼을 비롯한 굴바엔 지방 전 영지의 전력은 형편없는 수준까지 떨어진 상황입니다."

"우리가 파고들 틈은 바로 그곳이다."

가슈인은 짧게 대답하고 지도 위에서 손을 옮겼다. 그가 가리킨 곳은 굴바엔 지방의 중심이었다.

"악마들과 신성군단은 이곳으로 향했다. 이곳의 정보를 몽땅 가져와라. 우리가 봐야 할 것은 이후 신성군단과 악마들의 싸움이 어떻게 되었는가다."

만약 신성군단이 싸움에서 이겼다면 가슈인은 폭룡대가 나아갈 방향을 다시 정해야 한다. 갈락실을 손에 넣는다고 해도 지금 그들은 신성군단을 이길 힘이 없으니까 말이다.

가슈인은 어떻게든 지금 이 상황을 만회해서 기회로 삼아보려고 했다. 쥬아튼의 정보를 들은 이후, 그는 주먹을 불끈 말아 쥐었다.

"신성군단도 악마들을 막지 못했단 말인가?"

이렇게 되면 한동안 악마들과 교단 사이에서 싸움이 지속될 것이다. 그동안 가슈인은 배후에서 움직이면 된다. 그리고 그게 여의치 않다면 곳곳에 퍼져 있는 은십자 기사단을 모으면 된다. 연합되지 않는 은십자 기사단은 그의 큰 뜻을 따라 모여들 것이다.

'나를 중심으로 은십자 기사단은 다시 태어날 수 있다.'

하지만 상황은 생각지도 못한 곳에서 꼬이고 있었다.

"이게 뭐지?"

"……서신입니다."

"그딴 건 나도 알고 있어. 내 눈이 장식인 줄 알고 있나!"

버럭 고함을 지른 가슈인은 그의 앞에 놓인 서신을 보면서 이를 뿌득뿌득 갈고 있었다. 서신의 중앙에는 은색 십자가 인장이 찍혀 있었다.

"이런 시기에 고작 서신 따위를……."

가슈인은 눈을 가늘게 뜨며 봉투를 우악스럽게 찢고 서신의 내용을 읽어 내려갔다.

'……(전략)……이번 제3십자대가 저지른 만행은 결코 용서받을 수 있는 행위가 아니다. 따라서 제3십자대의 대장, 가슈인을 비롯한 간부들 전원은 즉시 그 자리에서 물러날 것을 명하며, 이를 거부할 시에 은십자 기사단과 척을 지는 것으로 간주하여 대가를 치르게 될 것이다. 조속한 시일 내에 총단의 서신에 쓰인 모든 내용을 수행할 것을 명한다.'

서신을 들고 있는 가슈인의 손이 분노로 덜덜 떨렸다. 주위 공기가 그의 마력에 경화되면서 무거워져 갔다. 서신을 꾸겨 버린 그의 눈은 매섭게 타올랐다.

"이 따위 내가 명령을 따를 것 같은 모양이지."

"총단의 명령을 따르지 않으시겠습니까?"

맹렬하게 타오르는 가슈인의 시선이 한쪽으로 향했다. 여느 때처럼 차가운 얼굴을 한 실바레티가 그곳에 서 있었다.

"총단의 명령? 이 서신의 내용이 어떤 건지 알면 그따위 소리는 하지 않을 거야."

가슈인은 사납게 외치며 꾸겨진 서신을 던졌다. 실바레티는 앞에 떨어진 서신을 주워서 천천히 읽었다. 마지막까지 읽는 동안 그의 표정에는 변화가 없었다.

"과연, 이게 총단의 명령이로군요……."

"그따위 명령을 내가 따를 것이라 생각한 건가?"

"그래도 따르시는 것이 좋지 않겠습니까?"

"뭐라고?"

가슈인이 눈살을 찌푸리며 고개를 돌렸다. 실바레티가 어느새 서신에서 눈을 뗀 채 그를 가만히 바라보고 있었다.

"지금 무슨 소리를 한 거지?"

"그 자리에서 물러나시는 게 좋겠다는 말씀을 드렸습니다."

"그러니까 지금 그게 무슨 소리냔 말이다!"

가슈인이 분노를 터뜨렸다. 하지만 그는 이내 흥분을 천천히 가라앉혔다. 실바레티는 아무 생각도 없이 저런 말을 할 사내가 아니다.

"어째서 그래야 하는 건지 차근차근 설명하게."

실바레티는 가슈인이 어떻게든 이야기를 들으려고 하는 태도를 보면서 입술을 씰룩거렸다.

"그럴 시기가 온 겁니다. 총단의 명령을 따르지 않는다면 제3십자대는 무너질 겁니다. 총단에는 그만한 힘이 있으니까요. 당신의 역할은 이제 끝났습니다."

"네놈이-!"

가슈인이 땅을 박차고 실바레티를 향해 달려드는 순간이었다. 목 언저리를 타고 느껴지는 스산한 감각에 그는 미처 달려들지 못했다.

"더 이상 움직이지 않는 게 좋을 겁니다."

"실바레티, 네놈 정체가 뭐냐."

가슈인은 어느새 자신을 중심으로 검은 로브를 걸친 다섯 명의 실력자들이 칼을 겨누고 있음을 알았다. 그가 조금 전에 느낀 감각은 살기였다.

"정체랄 게 뭐가 있겠습니까? 전 실바레티입니다. 당신의 보좌관이고 은십자 기사단의 일원입니다."

"지금 이 상황은 뭐냐? 더 이상 말을 빙빙 꼬지 마라."

가슈인은 피가 싸늘하게 식는 기분이었다. 믿어 의심치 않았던 실바레티가 지금 자신을 향해 칼을 들이대고 있었다.

"말씀드리지 않았습니까? 당신은 똑똑한 사람입니다. 저는 그걸 곁에서 모두 보았지요. 제가 왜 이러는지는 당신도 잘 알고 있을 텐데요."

"네놈, 총단의 개였나?"

그러자 실바레티가 낮게 웃음을 터뜨렸다.

"개라니, 듣기는 썩 좋지 않습니다만 정답입니다."

"언제부터였느냐, 언제부터!"

"언제부터라는 말은 무의미합니다. 저는 처음부터 총단을 따르는 명예로운 은십자 기사단이었습니다."

"뭐, 뭣이!"

"당신의 야망은 큽니다. 그건 총단에서도 익히 알고 있었습니다."

"네놈, 네놈이 모든 사실을 고하고 있었단 말이냐!"

가슈인은 쓰디쓴 배신감에 치를 떨었다. 자신의 생각을 진심으로 이해하는 것은 실바레티뿐이라는 생각을 해왔다. 그만은 신뢰할 수 있다고 생각했던 것이다.

"예, 저는 당신의 모든 정보를 총단에 바쳤습니다. 당신이 은십자 기사단의 일원으로서, 그리고 십자대장으로서 부하들을 어떻게 이끌어 나가는지부터 당신이 신성군단에 대항하는 그 순간까지도 말입니다."

"죽여 버리겠다. 네놈을 죽여 버리겠다!"

"냉정하게 생각하십시오. 아직도 모르시겠습니까? 당신은 처음부터 이 상황을 위한 존재였단 말입니다."

"뭐, 뭣이?"

가슈인의 얼굴이 다시 싸늘하게 식는 걸 보면서, 실바레티의 입가에 미소가 맺혔다.

"이 모든 상황이 총단이 원하고 있던 시나리오란 말입니다."

"무슨 소리를 하고 있는 거냐? 나는 내 의지대로 나의 야망을 펼친 것일 뿐이다. 총단과는 아무런 관련도 없어!"

"과연 그럴까요? 생각해 보십시오. 저는 총단에 당신의 모든 행보에 대한 정보를 올리고 있었습니다. 아시겠습니까? 총단은 처음부터 모든 사실을 알고 있었음에도 지금까지 당신의 행보를 못 본 척하고 있었습니다. 어째서 그럴 필요가 있었겠습니까?"

"무, 무슨 소리를 지껄이는 거냐. 닥쳐, 그만 닥치란 말이다!"

"가슈인, 당신도 이제 알고 있을 겁니다. 총단이 바로 당신이란 존재를 지금까지 이용해 왔음을 말입니다."

"닥쳐라! 나는 이용당하지 않는다. 나는 가슈인이다! 그 누가 나를 이용할 수 있단 말이냐!"

"하지만 당신은 이용당했습니다. 당신은 총단이 그리는 시나리오를 척척 해냈습니다. 아니, 그 이상을 해냈는지도 모르겠군요. 총단에서도 이렇듯 아제릴의 붕괴가 빨리 일어날 줄은 예상하지 못한 일이었으니 말입니다."

"크아아아아아!"

가슈인이 마침내 이성을 잃었다. 그는 마력을 끌어 올리며 사방으로 내뿜고 실바레티를 향해 달려들었다. 이곳에서 자신이 죽더라도 실바레티만큼은 용서할 수 없었다.

카아아앙!

실바레티의 빛이 일렁이는 오른손이 막혔다.

"안타깝게 되었군요."

실바레티는 그렇게 중얼거렸다.

"제압해라."

그의 나지막한 명령에 검은 로브의 사내들이 날렵하게 움직이며 가슈인을 제압했다. 뛰어난 실력을 지닌 가슈인이라고 해도 변변한 반격조차 할 수 없었다. 그들의 실력은 하나같이 가슈인과 비등하다고 할 만한 실력이기 때문이었다.

포박된 채, 제자리에 꿇어앉은 가슈인은 이를 뿌득뿌득 갈고 있었다.

"이럴 수는 없다. 나는 가슈인이야. 폭룡대의 대장이다. 모든 걸 주도했어. 신성군단과 싸워왔다. 나는, 나는……!"

"끌고 가라."

실바레티는 더 이상 가슈인의 혼잣말을 듣고 싶지 않다는 듯 짧게 명령했다. 로브의 사내들은 일제히 고개를 살짝 숙이며 가슈인을 이끌고 데려갔다. 가슈인의 허탈한 목소리는 이내 어둠 속으로 지워져 갔다.

그곳에 홀로 남은 실바레티는 어느새 찾아든 침묵을 자신의 발소리로 깨면서 가슈인이 앉아 있던 자리에 몸을 실었다. 조금 전까지 이곳은 가슈인의 자리였다.

“하지만 지금은 내 자리다.”

실바레티는 입에서 새어 나오는 웃음을 참지 않았다. 이제는 참을 필요가 없었다. 그는 오랜 시간 동안 인고의 나날을 참아내, 드디어 이 자리에 앉게 되었다.

“어둠에 가려져 있던 은십자의 이름이 이제 역사의 전면에 드러날 때다. 바로 그때 나의 이름도 역사의 한 편에 기록될 것이야.”

실바레티의 두 눈이 탐욕으로 번뜩였다.

*　　*　　*

파토르가 브라디로스의 교황청에서 교황의 앞에 머리를 숙인 뒤, 수일이 지나지 않아 교황청에서는 대대적인 신성군단 징집령을 내렸다. 드디어 교황청이 전면에 나서서, 일을 주도하게 된 것이다.

이 사실은 주변 국가들에도 알려지게 되었다. 굴바엔 지방에서 일어나고 있는 일이 범상치 않음을 알고 있던 주변 국가들도 비로소 신성제국이 성전을 선포하는 것에 사태가 심각해

짐을 느끼고 긴장하기 시작했다.

과거 발루토가 이 세상에 재앙을 몰고 왔을 때와 같은 일이 반복됨을 두려워한 것이다. 각 국의 사자가 하루를 넘기지 않고 줄줄이 아트라도엥으로 향했다.

"거듭 말씀드리지만 사태는 각 국가들이 가진 정보와는 다르다는 것을 미리 밝혀 두겠소. 굴바엔 지방에서 일어난 이번 일은 악마왕이 나타났을 때와는 그 경우가 다르다는 것이외다. 악마왕은 여전히 봉인되어 있고 그들은 과거 항마전쟁에서 미처 죽이지 못한 악의 흔적들에 불과하오."

신성제국의 공식적인 입장이었다.

더 이상 협력의 손길을 내뻗어도 그들은 한사코 고개를 저을 뿐인 것이다. 그러나 주변 국가들은 알고 있었다.

아제릴 붕괴 이후, 악마들이 급속도로 그 지방을 점령하면서 지금 이 사태까지 오게 된 것임을 말이다. 아제릴은 악마왕의 일부가 잠들어 있는 장소다. 신성제국에 눈과 귀를 박아 놓은 주변국은 이번 사태가 이후에 있을지도 모를 악마왕의 재림과 이어지지 않을까 우려했다.

이윽고 아트라도엥은 외국과의 교역을 완전히 중단하는 것으로 잠정적인 폐쇄를 결정한다.

바로 이 무렵부터 신성제국은 삐꺽거리는 소리를 내기 시작했다. 징집령이 떨어진 이후, 에피스토렐 지방과 크리벨레지 지방의 성기사와 전투 신관들이 속속들이 아트라스로 올라오면서 수도, 브라디로스는 거룩한 기운이 감돌았다. 여기까지는 교황청의 생각대로였다.

문제는 바로 이후다. 크리벨레지 지방과 에피스토렐 지방의 전력이 빠진 이후, 곳곳에 숨어 있던 은십자 기사단이 동시다발적으로 일어난 것이다.

"이렇게 빨리 움직일 줄이야……."

장막 안, 교황은 나직이 신음했다.

은십자 기사단의 움직임이 생각 이상으로 빨랐다. 그들은 이제 은십자 기사단을 억누르면서 동시에 악마와 싸워야 한다. 전력을 하나로 모으지 못하면 싸움에서 이길 수 없다.

"아즈라브 추기경."

"예, 하명하시옵소서."

"참모관과 파토르 경, 그리고 단장들을 모두 집합시키게."

"예, 알겠사옵니다."

교황의 하명에 의해서 열리게 된 회의에서는 이런저런 논의가 오고갔다. 주된 이야기는 역시나 이번 은십자 기사단의 움직임에 관한 것이었다.

"은십자 기사단을 누르는 것이 우선이외다. 놈들이 발칙하게도 이런 시기에 발맞춰 움직였다는 것 자체가 이미 악마들과의 결탁을 증명하는 일이 아니겠소?"

"하지만 그러는 사이 악마들이 움직인다면 어떻게 한단 말이오?"

"악마들은 움직이지 않고 있소. 놈들은 지금 굴바엔 지방에 한정하여 움직이고 있단 말이외다."

"지금 그게 무슨 소리인지 알고 하는 거요? 굴바엔 지방의 신민들이 악마 놈들의 손에 죽어나가고 있단 말이오!"

"은십자 기사단은 이 시기를 틈타, 각지의 관령과 직할령에서 활개를 치고 있단 말이오! 이러다간 국가의 기반이 흔들릴 지경이오. 조금만 생각해 보면 간단한 일이외다. 이미 굴바엔 지방의 태반이 악마들에 손에 들어간 상황이오. 더 이상 나빠질 것도 없소."

"그, 그런 망발을!"

"망발이라니? 말조심하시오!"

애초부터 선택은 두 가지 중 하나뿐이었다. 악마를 앞에 두고 은십자 기사단을 먼저 누른 이후에 싸우느냐, 그렇지 않으면 은십자 기사단을 무시하고 악마들을 소탕한 이후에 은십자 기사단을 누르느냐.

가만히 지켜보던 파토르가 나직이 입을 열었다.

"엘너프리 단장님의 말씀에 찬성하는 바입니다. 두 가지 모두 잡을 수는 없는 법이지요. 반란군이나 다름없는 은십자 기사단을 무시하고 움직이기에는 놈들의 저력을 무시할 수 없습니다."

"음, 제국의 영웅께서 상황을 잘 보는군."

"흐흠!"

조금 전까지 신중론을 얘기하던 사내의 얼굴이 붉게 달아올랐다. 아직 새파랗게 젊은 파토르에게 무시당했다는 생각이 든 것이다.

교황은 젊은 파토르를 보면서 고개를 주억거렸다. 눈앞의 희생에도 눈 하나 깜짝이지 않는 그는 결단성과 과감함을 두루 갖추고 있었다.

교황은 이쯤에서 회의를 정리해야겠다는 생각을 했다.

"추기경."

"예, 성하. 무엇이든 하명하시옵소서."

교황은 아즈라브 추기경을 통해 자신의 뜻을 밝혔다. 아즈라브 추기경의 입을 통해 전해진 교황의 뜻에 조금 전까지 언성을 높여가며 싸우던 이들이 모두 하나가 되어 부복했다.

"성하의 뜻을 받들겠사옵니다."

파토르를 비롯한 백사자 기사단은 즉시 북서쪽의 크리벨레지 지방으로 향했다. 그 외에 제국 제1기사단인 라이안트 기사단과 교왕의 중앙 제2성기사단은 남동쪽의 에피스토렐 지방으로 향하여 혼란을 일으키는 은십자 기사단과 대적했다. 두 개의 군단에는 전투 신관들이 각각 천여 명씩 그들을 보조했으니, 과거 굴바엔 지방의 전력에 비할 수 없는 강력한 신성군단인 셈이었다.

그러나 은십자 기사단은 이 강력한 신성군단에 정면으로 맞서는 바보 같은 짓은 하지 않았다.

멀리서 빠른 속도로 진격해 오는 파토르의 신성군단을 발견한 은십자 기사단원은 즉시 호루라기를 불었다.

"퇴각!"

그들은 수가 많다는 것을 철저하게 이용했다. 정예 중에서도 정예로 이루어진 신성군단은 지방 전체에 산재한 은십자 기사단과 제대로 된 싸움을 할 수가 없었다.

징집령 이후 주전투력이라고 할 수 있는 전투 신관들과 성기사들이 수도로 빠져 있는 동안, 은십자 기사단은 껍데기만 남은 병사들과 기사들과 정면으로 부딪쳐 그들의 전력을 깎는 것에 주력했고, 약 열흘이 지난 지금 영주들과 대영주는 은십자 기사단의 유격전에 제대로 된 대응을 하지 못할 정도로 전력 약화 상태가 되어 버렸다.

100년의 시간 동안 아트라도엥의 내부에 차근차근 숨어들어 궐기의 때를 지켜보던 은십자 기사단과 부패한 평화의 과실을 삼키며 나태해진 제국 병사들의 싸움에는 차이가 있을 수밖에 없었다.

싸움은 장기전의 양상을 띠었다. 이렇다 할 승리도 없었고, 저렇다 할 패배도 없었다.

"놈들은 싸울 생각이 없는 것 같군."

파토르는 씁쓸한 목소리로 중얼거렸다.

"여기서 병력을 나눠 퍼지는 게 낫지 않겠소?"

돌프란의 말에 파토르는 고개를 끄덕였다.

약 보름이라는 시간 동안 그들이 크리벨레지 지방에 와서 한 것이라고는 도망치는 은십자 기사단 수십 명을 격퇴시킨 것밖에 없었다. 그들은 절대로 100명 정도의 수로는 움직이지 않았고, 설사 교전에 들어간다고 해도 크게 피해를 입지 않는 인원수로 한 팀을 이루었다.

이렇게 된 이상, 파토르로서도 전력을 나누어 튀어나오는 적들을 박살 내는 수밖에 달리 도리가 없다는 것을 실감했다. 바로 이것이 적의 노림수라는 것을 알면서도 말이다.

"놈들이 노리고 있는 건 각개격파가 틀림없습니다. 이렇게 유격전을 벌이면서 우리가 전력을 분산시키는 것을 기다렸다가 야금야금 전력을 약화시켜 나가겠다는 것이지요."

"음, 그렇다면 군단장은 어떻게 하는 게 좋다고 보는 것이오?"

돌프란은 그의 판단을 믿었다. 이전 굴바엔 지방의 신성군단 때부터 그는 파토르의 능력을 인정했고, 그것은 지금도 마찬가지였다. 아니, 악마의 탑에서의 싸움 이후 더욱 그를 인정하고 있었다.

"저라고 달리 방법이 있는 것은 아닙니다. 놈들은 아주 교활하게 움직이고 있습니다. 우리가 할 수 있는 것은 돌프란 경의 말처럼 전력을 분산시켜서 놈들을 해치울 수밖에 없지요."

"으음……."

돌프란이 심각한 표정을 지었다. 그러자 파토르가 입가를 살짝 말아 올렸다.

"선택지가 없는 이상, 놈들을 꾀어낼 수밖에요."

"꾀어내다니, 무슨 말인가?"

"놈들의 작전을 역이용하는 것입니다. 놈들은 각개격파를 원하고 있습니다. 신성군단의 전력이 분산되면 해볼 만하다는 것이겠지요."

"흥, 제까짓 놈들이 감히!"

"제게 생각이 있습니다."

파토르는 뇌리를 번뜩 스치는 생각을 돌프란, 그리고 베이론과 펠레우피에게 전했다. 파토르의 이야기를 듣는 그들의 얼굴은 점점 놀라움으로 바뀌었다.

크리벨레지에서 유격전을 벌이고 있는 은십자 기사단은 제7십자대와 제8십자대였다. 오랜 시간 어둠 속에서 잠자코 힘만 쌓으면서 영주에게 파고든 지 근 수십 년째였다. 이번 사태 이후 그들은 드디어 이 나라가 바뀐다는 생각을 하고 있었다.

영주 아래에서 관리되는 은십자 기사단원들은 신성군단의 움직임이 있을 때마다 동료들에게 서둘러 알리는 식으로 최대한 신성군단과의 접전을 피해 왔다.

덕분에 신성군단은 좀처럼 은십자 기사단과의 교전을 벌일 수가 없었던 것이다.

그렇게 약 보름 정도가 흘렀을 때, 마침내 신성군단의 전력은 분산되었다.

그들이 20명이 채 되지 않는 인원을 한 개의 조로 나누어 움직이는 것, 그리고 실력이 다소 처지는 전투 신관들은 50명의 조로 나누어서 움직인다는 정보는 순식간에 제7십자대, 제8십자대에 알려졌다.

"전투 신관부터 노린다. 놈들의 꼬리부터 하나하나 잘라내다 보면 결국 놈들이 할 수 있는 건 아무것도 없게 되는 거야."

두 십자대장의 명령은 같았다. 파토르의 생각대로 은십자 기사단은 바로 이 순간만을 기다리고 있었던 것이다.

각지에 퍼져있는 은십자 기사단원들은 분산된 신성군단의 정보를 빠르게 전달했다. 각지에서 지금껏 퇴각만 반복해 온 전투 부대들은 잔뜩 독이 오른 얼굴로 정보를 바탕으로 하여 분산된 신성군단을 쫓았다.

먼저 교전에 들어간 것은 제7십자대의 제6, 7전투 부대였다. 한 개의 부대의 인원이 총 40명으로 이루어져, 총인원이 80명이 넘는 부대가 언덕 인근을 지나가는 전투 신관들의 뒤를 급습한 것이다.

"교단의 개! 죽어랏-!"

카앙!

"씹어 뱉어도 시원찮을 이교도 놈들, 모두 죽어라!"

싸움은 치열했다. 그동안 힘을 키워온 전투 부대의 힘은 전투 신관들 이상이었다. 거기다가 지리적인 이점까지 있었다. 그들은 언덕 같은 높은 지형에서 급습을 감행했다.

"됐다! 놈들을 잡았다!"

"하하하핫, 좋구나!"

제6, 7전투 부대의 대장들이 크게 웃음을 터뜨렸다. 지금껏 동료들을 마구 베어온 놈들에게 복수한다는 생각에 절로 웃음이 흘러나오는 것이다. 하지만 그 웃음은 길게 이어지지 못했다.

쓰걱-!

"끄악!"

서걱!

"꺽!"

돌연 접전의 양상이 바뀐 것이다.

크게 웃고 있던 제6부대의 대장 얼굴이 딱딱하게 굳었다.

"뭐, 뭣들 하는 거냐? 적은 겨우 전투 신관들에 불과하다!"

그때까지도 웃고 있던 제7부대의 대장도 그제야 상황이 뭔가 이상함을 깨달았다.

"어이, 뭔가 이상해. 저놈들 움직임이……."

그때 제6부대의 대장의 눈이 휘둥그레졌다.

"퇴, 퇴각-! 퇴각햇!"

"갑자기 무슨!"

"놈들의 함정이다. 이놈들은 전투 신관이 아니야!"

제6부대 대장은 비명에 가까운 소리를 내질렀다. 하지만 이미 때는 늦었다.

"정답, 우린 전투 신관들이 아니다."

어느새 바로 지척까지 다가온 전투 신관이 입가를 말아 올리며 웃었다. 기척을 느낄 새도 없는 엄청난 속도였다.

쓰걱!

"컥!"

단숨에 허리가 양단된 제6부대 대장은 내장을 흘리며 무너졌다. 창졸간의 일이었다. 방어할 틈도, 공격할 틈도 없었다. 적은 너무나도 빨랐고 검을 휘두르는 궤적은 쫓을 수도 없었다.

"네, 네놈은 서, 성기사……!"

서걱!

적은 대답하지 않았다. 싸늘한 미소를 본 순간 제6부대 대장은 시야가 붕 뜨는 걸 느꼈다. 쓰러지기라도 한 것일까, 아무런 말도 나오지 않았다. 그리고 그 순간 그의 의식은 영원히 끊겼다.

머리와 목이 분리된 채 쓰러진 제6부대 대장을 뒤로한 채, 신성군단의 일원은 몸을 날리며 대장을 잃은 오합지졸의 은십자 기사단을 사냥했다.

처음부터 끝까지 불과 30분이 채 걸리지 않는 짧은 싸움이었다.

"후…… 끝났군."

적의 피로 범벅된 얼굴을 닦은 성기사는 지쳤는지 한숨을 쉬었다.

"아군 피해자는 몇이나 되지?"

"전투 신관 열 명을 잃었습니다."

"쯧……. 그렇게나 잃었단 말이야?"

"적의 실력이 생각 이상으로 출중했습니다."

"우리가 있었음에도 열 명이나 잃은 건 변명이라고 말할 만한 게 아니다."

"죄송합니다."

"어쨌든 다음 관령으로 간다. 조금 전의 교전을 보고할 대원 하나를 뽑아서 단장님께 보내라."

"예."

그들은 그곳에 동료의 시체와 적의 시체를 놔둔 채 서둘러 말에 올라탔다. 싸움 중에 몇 마리 말이 죽거나 도망치기는 했지만, 모두 열 마리 안팎이었다.

그들은 다음 관령으로 향했다. 아직 적을 더 꿰어 내야 했다. 이번 작전이 어디까지나 단발성 작전임을 생각할 때, 정보가 퍼지기 전에 더 많은 적을 처리해야 했던 것이다.

파토르가 생각한 작전은 바로 이것이었다. 그는 은십자 기사단이 각개격파를 시도할 때, 먼저 노리는 것은 실력이 다소 처지는 전투 신관들이 될 거라는 것을 직감했다. 예전부터 크리벨레지 지방이나 에피스토렐 지방은 은십자 기사단의 활동이 거의 없다고 봐도 무방했던 곳이다.

그런 곳에서 이처럼 대규모의 움직임을 보인 것으로 미루어 볼 때, 그들은 오랜 시간 어둠 속에서 힘을 길러왔다고 봐야 했다. 그들이 보유한 전투 부대는 전투 신관들을 압도할 정도의 힘이 있다고 봐야 할 것이다.

'그렇지 않고선 이처럼 단시간 내에 영주들이 무력화된 것을 설명할 수가 없다.'

파토르는 바로 이 점을 노렸다. 성기사의 복장과 전투 신관의 복장에는 커다란 차이가 있다. 화려한 정도나, 가슴팍의 프로텔리아가 바로 그것이다. 그 차이는 멀리서 봐도 한눈에 알아볼 정도였으니, 파토르는 전투 신관과 성기사의 옷을 바꿔 입게 한 것이다.

그리고 오히려 실력이 처지는 전투 신관들 사이에 성기사들을 배치하는 것으로 오히려 적을 꿰어 내어 조금 전과 같은 접전을 벌여 적을 일거에 소탕하려고 한 것이다.

결과는 대단히 성공적이었다.

습격해 온 적의 전투 부대 네 개를 궤멸시키고, 일반 부대로 판단되는 두 개의 부대를 격퇴한 것이다. 그간의 접전을 만회하기라도 하듯 훌륭한 성과였다.

파토르는 속속들이 앞으로 올라오는 보고를 읽으며 싸늘한 미소를 그렸다.

"자, 다음엔 어떻게 나올 셈이지."

*　　*　　*

후세의 역사에는 은십자 혁명의 시기, 신성 붕괴의 시기라고 불리는 싸움은 당초 압도적으로 은십자 기사단을 누를 것이라는 교황청의 기대와는 달랐다. 에피스토렐, 크리벨레지, 두 지방에서 동시에 일어난 은십자 기사단이 피어올린 불꽃은 좀처럼 진압되지 않았다.

"예상하지 못한 일이야……."

혼잣말을 중얼거리는 중년인의 얼굴은 잔뜩 일그러져 있었다.

"그가 생각 이상으로 준비를 많이 한 모양이군."

이미 이런 사태가 오리란 것은 짐작했다. 그가 자신과의 관계를 끊었던 그 순간부터 말이다.

'너무 안이하게 생각을 했어.'

그 자리에서 적어도 그를 죽일 각오를 해야 했다. 거기서 경고 따위나 하면서 물러나는 게 아니었다. 바로 그때부터 이미 이 상황은 예견되어 있었던 것이다.

은십자 기사단과의 싸움이 앞으로 얼마나 더 길어질지는 알 수 없다. 벌써 불만의 소리가 그의 귓가에까지 들려오고 있었다. 프로트 교단의 뜻이 지금 이교도라는 장애물에 막혀서 앞으로 나아갈 생각을 하지 못하고 있는 상황이었다. 싸움의 피해는 다른 누구도 아닌 제국의 신민들이 입게 된다.

이 상태가 지속될수록 교단은 믿음을 잃어가게 된다.

자신의 대에 와서 신성제국을 무너뜨리는 일은 결코 할 수 없다. 그런 치욕은 결코 감당할 수 없었다.

그는 크리벨레지 지방의 파토르와 에피스토렐 지방의 라이셀에게 각각 보내는 서신을 써내려갔다. 서신의 내용은 이교도 토벌을 서두르라는 것이었다.

교황청의 편지는 빠르게 파토르와 라이셀에게 전달되었다. 파토르는 교황이 친히 쓴 서신을 받아들고 고개를 깊이 숙이며 서신을 읽어 내려갔다.

서신을 모두 읽은 파토르의 표정은 딱딱하게 굳었다. 그 내용은 알 만한 것이었기에 곁에서 그를 보좌하는 베이론은 별다른 말을 하지 않았다.

"성하께서 이교도 토벌을 서두르라고 명하셨다."

파토르의 시선이 탁자 위에 놓인 크리벨레지 지방의 지도로 향했다.

은십자 기사단과의 장기전을 벌이며 현재 신성군단의 거점이 된 곳은 이 지방에서 무조건 지켜야 할 우선순위에 둔 봉인의 땅이었다. 다행히 봉인의 땅이 있는 코발 령은 막대한 전력을 보유한 성기사단이 지키기 때문에 은십자 기사단도 감히 손을 대지 못했다.

"마르벨라드 직할령과 길라슈엔 령, 그리고 하엘른 령……."

마르벨라드에서는 거의 모든 이교도를 몰아냈다고 해도 과언이 아니다. 안비란 대교구와 인접한 곳인 만큼, 은십자 기사단도 점점 피해가 커지면서 물러날 수밖에 없었던 것이다. 반년도 더 된 이야기였다.

그 이후 정확히 5개월 전에 남쪽의 길라슈엔 령의 동쪽에서 마침내 놈들의 거점을 급습하는 것으로 궤멸에 가까운 타격을 입히면서 대승을 거두었다. 이미 거점을 잃은 길라슈엔의 은십자 기사단은 뿔뿔이 흩어져서 대항했지만 지휘 체계의 구축이 늦어지면서 차례대로 신성군단의 칼에 목숨을 잃어갔다. 물론, 아직까지 은십자 기사단은 루쉬벨 령으로 이어지는 산을 타고 산발적인 유격전을 벌이고 있었지만 그곳에서 주둔하고 있는 백사자 기사단원에 의해 번번이 수가 줄어가고 있는 판국이었다.

하엘른 역시 약 한 달 전에 비슷한 상황 속에서 서쪽까지 쫓았지만, 이후 산을 타고 빠르게 모습을 감추어 놓쳐 버릴 수밖에 없었다.

파토르는 루쉬벨 령으로 시선을 돌렸다. 산세가 험한 이곳은 코발에서는 들어갈 수 없었고, 마르벨라드에서는 긴 협곡을 통해야 진입이 가능했다. 하엘른을 통해서는 큰 강을 지나가야 했으며, 길라슈엔을 통해서는 산을 올라가야 했다. 어느 쪽 길이든 편하지 않은 길이었다.

"이곳이 마지막이다."

실로 긴 싸움이었다. 장장 1년에 가까운 시간이 걸렸다. 교황청에서 이런 서신을 보내는 것도 무리는 아니었다.

파토르 역시 이곳에 처음으로 왔을 때에는 빠르게 은십자 기사단을 물리치고 굴바엔 지방의 악마들과 맞서 싸울 것이라고 의심치 않았으니까 말이다.

하지만 크리벨레지 지방의 은십자 기사단은 신속했고 절대로 정면으로 맞붙지 않았으며, 철저하게 정보를 교란시키는 것으로 싸움을 전개해 왔다.

당연히 싸움은 길어졌다. 신성군단은 적을 격퇴하기 위해서는 철저하게 눈과 귀를 깔고 위치를 잡아내면서 싸움을 해갈 수밖에 없었다.

더욱이 문제는 그렇게 싸움이 지속되면서 파토르는 한 가지 사실을 알았다.

'내부에 놈들의 눈과 귀가 있다.'

은십자 기사단의 신속한 이동속도는 바로 거기서 기인한 것이 틀림없었다. 그들이 놈들의 위치를 알고 덮칠 때면 이미 빠져나간 후인 경우가 상당히 많았던 것이다.

그 이후, 파토르는 거점을 코발 북쪽에 따로 두고 각지의 인물들 몇 명을 포섭하여 영주들이나 대영주들의 도움 없이 독

자적으로 정보를 파악하며 움직였다. 그렇게 지금까지 온 것이다.

적은 이미 궁지에 몰려 있었다.

"전령을 불러라."

파토르의 명령에 베이론이 막사 밖으로 나가서 전령 셋을 불러왔다.

세 명 모두 왜소하고 날렵한 체구의 사내들로, 막사 안으로 들어와서 일제히 부복했다.

"신성군단의 모두에게 전해라. 하엘른, 마르벨라드, 길라슈엔 세 지방의 진입로를 통해 루쉬벨 령의 목을 죌 것이다."

"예, 알겠습니다!"

그리고 크리벨레지 지방의 싸움은 마침내 끝났다.

루쉬벨 령에서 최후의 최후까지 분전하던 은십자 기사단은 이윽고 파토르의 신성군단 앞에서 무너지고 말았다. 긴 시간 지겹게도 신성군단을 괴롭혀 왔던 은십자 기사단과의 싸움이 끝났다.

그러나 바로 이곳에서 물러날 수는 없었다. 마지막까지 항전하던 은십자 기사단의 기세가 워낙 만만치 않았기에 부상자들도 많았을 뿐더러, 또 어디에서 은십자 기사단들의 잔당이 움직일지 알 수 없었던 것이다.

파토르는 서신을 써서 교황청으로 보냈다.

"후우……."

피로로 얼룩진 한숨을 길게 내뱉은 파토르는 의자에 몸을 기댔다. 드디어 은십자 기사단과의 싸움이 끝났다는 생각에 긴장이 한풀 꺾인 것이다.

눈을 천천히 감자, 지겹게 달려들던 은십자 기사단원들의 모습이 생생하게 눈앞에 스쳤다. 자신의 목숨을 내던지며 싸우던 그들은 자신들이 틀렸다는 것을 모르고 있을 것이다. 그렇기 때문에 은십자 기사단이 이 나라를 구원해줄 거라는 절대적인 믿음을 가지고 스스로의 목숨을 바치는 것이겠지.

'어리석은 자들 같으니.'

파토르는 냉소할 뿐이었다. 이것으로 은십자 기사단은 끝이다. 악마들과 손을 잡고 움직였다는 명분으로 이제 남김 없이 뿌리 뽑히고 말 것이다.

돌연 봉그리드의 무거운 얼굴이 뇌리를 스쳤다.

'스승님께서는 틀리셨습니다. 스승님은 그걸 알고 스스로 물러난 거겠지요. 스승님은 자신이 온 길이 틀렸다는 걸 아는데도 그 길로 나아가는 어리석은 사람이 아니죠.'

이제와 생각해 보면 봉그리드가 물러났던 건 바로 그 이유가 아닐까, 하는 생각이 들었다. 봉그리드는 도중 깨달은 것이다. 은십자 기사단의 편에 서서 싸우는 건 바보 같은 짓임을 말이다.

"천검……."

파토르의 입술 사이로 나직한 목소리가 흘러나왔다. 천검의 주인이라는 명명을 있게 한 기술을 직접 눈으로 본 것이다. 무수히 많은 검의 편린. 그것을 직접 견식함으로써 파토르는 비로소 나아가야 할 길을 알게 되었다.

바리엘 분검식이 궁극적으로 도달해야 할 단계, 천형(千形).

그것이 그의 스승인 봉그리드가 이룬 지고한 경지인 것이다. 파토르는 천천히 바닥에 정좌하여 심상 세계로 시선을 돌렸다.

크리벨레지 지방의 은십자 기사단이 전멸했다는 소식은 교황청에 전해진 후, 순식간에 에피스토렐 지방에까지 알려졌다. 에피스토렐 지방에서 아직까지 은십자 기사단과 접전을 벌이던 신성군단에게는 속이 뒤틀리는 일이 아닐 수 없었다.

"갈리시드 님의 재림이라고 하더니, 아직 젊음에도 엄청난 실력이군……."

"교황 성하께서 아직 젊은 그에게 군단장의 직위를 내리신 이유가 있었어."

지지부진하게 계속되는 싸움 속에서 이미 크리벨레지 지방의 싸움이 끝났다는 이야기는 신성군단을 위축하게 했다.

이런 분위기를 군단장 직위를 맡은 라이셀이 모를 리 없었다.

"겨우 그만한 일 가지고 호들갑 떨 필요 없다! 그 파토르라는 애송이는 백사자 기사단을 대동하고 있었다고 들었다. 돌프란 경씩이나 되는 인물이 곁에 있다면 그런 것쯤은 간단한 일이지. 백사자 기사단이 중앙 제1성기사단이라는 걸 잊지 마라."

라이셀의 외침에 처진 기사들의 어깨가 조금씩 펴졌다. 군단장의 말처럼 백사자 기사단은 신성제국 제1의 기사단이라고 봐도 무방했다. 거기다가 백사자 기사단의 단장, 돌프란 노리스가드는 그 위력적인 검술로 정평이 나 있는 인물이었다.

"놈은 이제 겨우 스물밖에 되지 않은 애송이다. 제아무리 산전수전을 다 겪었다고 해도 그것은 백사자 기사단이 있었기에 가능했던 일이야. 결코 놈의 실력이 아니다."

라이셀은 파토르를 폄하하는 데 주저없었다. 직접 파토르의 실력을 보지 않은 이상 그는 믿을 수가 없었던 것이다. 젊은 나이에 그렇게 엄청난 실력을 갖췄다는 것도 그만한 일들을 했다는 것도 말이다.

'백사자 기사단만 내 손으로 부릴 수 있었어도 이교도 놈들 따위와 이렇게 길게 싸우고 있을 턱이 없지.'

파토르와 같은 상황이라면 자신이 훨씬 잘할 자신이 있는 라이셀이었다. 하지만 이런저런 생각을 해도 한 번 치밀어 오른 화가 쉽게 가라앉지 않았다.

"에잇! 아직도 본거지를 찾지 못했단 말이냐!"

라이셀은 애꿎은 부하에게 화를 냈다.

『지크로트가 나설 것이다.』

"믿을 수 있는 거겠지?"

흑영의 싸늘한 물음에 실버론의 사념이 부르르 떨렸다.

『감히 날 누구라고 생각하는 것이냐.』

"실버론, 지금까지는 잘해왔다만, 정작 중요할 때 제대로 못 하면 곤란하지. 나는 악마들이 날뛰어야 한다고 말했다."

『말하지 않았느냐, 지크로트가 나설 것이라고 말이다.』

"글쎄, 그 말은 그 전에도 들었던 것 같군. 더 이상 기다리고 있을 수 없다."

그 말을 끝으로 흑영은 실버론과의 의식 연결을 일방적으로 차단해 버렸다. 애초에 라트처럼 깊은 계약이 아니라, 실버론과 흑영은 서로에게 도움이 될 정도의 간단한 계약을 맺은 것이 다였기 때문에 이런 의식 차단 같은 게 가능했다.

"직접 나서야 할 때인가."

흑영, 은십자 기사단의 단장 디스에른은 나직한 목소리로 말했다.

제6화
개벽의 아침

라트는 탑에서 나온 뒤, 근 일주일 이상을 그 자리에서 꿈쩍도 하지 않았다. 탑이 아니라, 밖에 나온 순간부터 자신이 그간 벌인 일들에 대한 모든 기억이 그를 괴롭히고 있었던 것이다. 아르니 역시 그 자리에서 꿈쩍도 하지 않고 그를 껴안아 주고 있었다. 아르니는 탑 안에서 라트의 모든 것을 지켜보았던 것이다.

그렇게 일주일이 지났을 때, 마침내 라트는 그 자리에서 천천히 일어났다. 초췌하기 그지없는 그의 모습에 텔리시아가 측은한 얼굴로 조심스럽게 다가왔다.

"라트……."

"시간이 없어."

라트가 갈라지는 목소리로 말했다.

"뭐?"

텔리시아가 이해하지 못하는 사이 라트는 손을 뻗어 그녀의 손을 잡았다. 그러자 텔리시아는 의식이 붕 뜨는 것처럼 순식간에 라트의 안을 살펴볼 수 있게 되었다.

'헉!'

영혼이 갈기갈기 찢긴 참혹한 광경을 목격한 텔리시아는 눈살을 찌푸렸다. 라트가 천천히 손을 떼자 그녀의 의식도 다시 원래대로 돌아왔다.

"라트, 너……."

라트는 아무 말 없이 고요한 눈으로 그녀를 바라볼 뿐이었다.

"교단을 없애야겠어."

"뭐……?"

"그게 내가 존재했다는 유일한 증명인 것 같아."

여전히 바람 하나 일지 않는 고요한 목소리로 말하는 라트를 가만히 바라보던 텔리시아는 아랫입술을 질끈 깨물고는 고개를 나직이 끄덕였다. 그리 길지 않은 시간이었다. 그 힘을 라트가 쓰고 싶은 대로 두는 것이 옳은 일일 것이라고 생각했다.

처음에는 비교적 느린 걸음으로 나아가던 라트가 조금씩 속도를 붙였다. 뒤처지는 이는 없었다. 아르니도 이제 누구의 도움을 받지 않고도 마족 이상으로 빠르게 움직일 수 있었다.

모든 마족군단이 하나가 되어 그를 뒤따랐다. 그들은 검은 벼락의 힘을 보았고 압도적인 힘 앞에 굴복했다. 검은 벼락의 위대한 파괴의 힘 앞에서 그들은 한 줌의 재도 남지 않고 사라진다는 걸 안 것이다.

멀리서 보면 그것은 마치 먹구름과도 같았다. 거센 강풍에 휩쓸려 가는 먹구름 말이다.

쥬아튼의 동쪽까지 순식간에 주파한 라트는 고작 이틀 만에 마르비엔 령의 끄트머리를 지나치고 있었다.

"아, 악마들이다!"

마르비엔 령의 사람들은 구름처럼 몰려드는 어마어마한 수의 마족들을 보면서 비명을 질러댔다. 순식간에 관령이 아수라장이 되었다.

바로 이웃 영지, 그것도 그리 멀지 않은 곳에 위치한 이 관령에는 왜 아직까지 이렇게 많은 사람들이 있는 것일까?

쥬아튼 령에서 살아남은 생존자들은 각지로 흩어졌고 마르비엔으로 흘러들어온 사람들도 있었다. 굴바엔 지방에 악마들이 나타나 사람들을 무차별적으로 죽이고 있다는 소문은 금세 펴졌다. 문제는 그 이후였으니, 소문이 확산되면서 사람들이 도망을 치기 시작한 것이다.

가만히 놔두면 영지민들이 모두 빠져나가겠다는 생각에 마르비엔의 영주는 공고문을 붙였다. 영지에서 허락받지 않고 도망치는 자들은 이후 모두 이교도로 간주하겠다는 것이었다.

상황이 이렇게 되니, 사람들은 바로 얼마 떨어지지 않은 곳에 있을 악마들로부터 도망도 치지 못하고 그렇다고 가만히 있자니 악마가 언제 쳐들어올지 몰라 전전긍긍 속만 태우고 있었다.

사람들의 기척이 느껴지자 마족들의 눈빛이 흉흉하게 바뀌었다. 만약 라트가 검은 탑에서 깨어나기 전이었다면 분명히 마족들은 이곳의 인간들을 남기지 않고 모조리 죽였을 것이다.

"절대 손대지 마라."

"모든 마족은 들어라. 인간들에게 손을 댔다간 죽음을 각오해야 할 것이다."

크로칸 남작이 라트의 뜻을 즉시 전하자 모든 마족이 아쉬움을 뒤로하고 흐트러짐 없이 라트의 뒤를 따랐다. 라트의 명령은 절대적이었다. 그들은 철저하게 힘을 숭상했고 감히 대적할 수 없는 검은빛에 매료되어 있었다.

"으아아아악!"

마족들의 모습이 흡사 도시를 향해 다가오는 것처럼 보였기 때문에 사람들은 이내 비명을 내질렀다. 애초에 그들이 아무리 전력으로 도망쳐 봐야 마족들의 이동 속도에 비할 바가 아니었다.

마침내 바로 지척까지 다가온 마족들을 본 사람들은 곧이어 닥쳐올 죽음에 눈을 질끈 감았다. 하지만 이게 어떻게 된 일인가, 아무리 시간이 지나도 죽음은커녕 일말의 고통도 없었던 것이다.

조심스럽게 눈을 뜬 사람들은 어느새 그 엄청난 수의 악마들이 보이지 않음에 안도하면서도 고개를 갸웃했다.

"어떻게 된 거지? 내가 환각이라도 본 건가?"

"저, 저기다."

한 사람이 고개를 돌리다가 어느새 저 멀리까지 떨어진 마족을 보고 소리쳤다. 그러자 나머지 사람들도 그곳으로 시선을 돌려서 관령에서 멀어져 가는 마족들의 뒷모습을 보았다.

"어째서지?"

"왜……."

사람들은 결코 이해하지 못할 것이다. 그들이 마족들에게 그 이유를 들을 수 있는 날은 오지 않을 테니 말이다. 그들은 이해할 수 없다는 표정을 지으며 그저 악마들의 변덕으로만 생각할 뿐이었다.

마족들이 마르비엔 령에 나타났다는 이야기는 금세 영지 전역에 확산되었다. 영주를 비롯한 모든 관리들이 경악하며 호들갑을 떨었다.

"당장 악마들의 공격에 대, 대응해야 합니다!"

"벼, 병사들을 모아라! 놈들이 노리고 있는 건 내, 내가 틀림없다. 나를 노리고 있어!"

영주가 하얗게 질린 얼굴로 고래고래 소리를 질렀다.

그 이후 며칠간 개미 한 마리 들어오지 못할 것 같은 삼엄한 경계가 직할령 안팎으로 이루어졌다. 그러나 영주가 염려한 악마들은 이미 마르비엔 령의 동북쪽 땅 끄트머리를 지나 카자스 대교구의 땅을 밟고 있었다.

하지만 카자스 대교구의 분위기는 마르비엔 령과는 확연하게 차이가 났다. 카자스 대교구과 마르비엔 령의 경계에서부터 이미 상당수 병사들이 흉흉한 눈빛을 뿌리며 지키고 있었던 것이다.

"간특한 악마 놈들. 이곳부터는 네놈들 마음껏 하게 두지 않는다."

"순순히 물러서면 죽이진 않겠다."

라트가 검은색 후드와 로브로 전신을 감춘 채, 나직하게 말했다.

병사들은 마른침을 삼켰다. 척 봐도 그에게서 흘러나오는 위압감이 보통이 아닌 것을 알아본 것이다. 병사들은 곁에 서 있는 흉흉한 기운의 마족들의 수장이 바로 그임을 알 수 있었다.

"닥쳐라! 겨우 죽음 따위가 두려울 것 같으냐? 우리는 신성제국을 지키는 방패들이다. 방패가 어찌 적의 검을 받아내는 것을 두려워할 수가 있단 말이냐?"

"죽음이 두렵지 않다는 말이냐?"

라트의 목소리가 싸늘해졌다. 한기가 몸으로 스며드는 감각에 조금 전까지 소리치던 병사가 마른침을 삼켰다.

'무시무시한 힘을 가진 악마로구나.'

병사는 결의를 다졌다. 교단을 위해 검과 창을 든 그 순간부터 그의 목숨은 이미 신성제국의 것이나 다름없었다. 그가 이곳에서 악마들과 싸우다가 죽으면 그는 광명의 곁으로 가게 될 것이다. 병사의 부하들 역시 결의가 선 얼굴로 그들의 앞을 가로막아 섰다.

도합 100명도 되지 않았다. 라트가 손을 쓸 필요도 없다. 마족들 몇 명이 나서는 것만으로도 순식간에 정리될 것이다.

크로칸 남작이 조심스럽게 라트의 곁으로 다가왔다.

"주인님, 제가 처리하도록 하겠습니다."

후드 안의 라트의 눈이 무겁게 가라앉았다. 한참동안 침묵을 지키던 라트는 고개를 나직이 끄덕였다. 동시에 크로칸 남작이 몸을 날렸다.

콰직!

병사들의 수장으로 보이던 사내의 목이 단숨에 뜯겨져 나갔다. 그는 아마 자신에게 죽음이 닥쳐왔다고는 생각지도 못했을 것이다.

피분수가 솟자, 병사들의 결의 어린 표정에서 두려움이 떠올랐다.

그때를 놓치지 않은 라트가 나직이 말했다.

“죽고 싶다면 얼마든지 죽일 수 있다. 마지막 기회다. 무기를 버리고 이곳에서 꺼져라.”

예전의 라트였다면 상상하기 힘든 일이었다. 이전의 그는 맹목적으로 교단을 따르는 사람이라면 한 사람도 놔두지 않고 족족 죽였다.

서로 눈치를 보는 병사들 중 한 명이 무기를 버리고 도망쳤다. 그러자 나머지 병사들도 너나 할 것 없이 초라한 철책과 망루를 돌아보지도 않고 도망쳤다. 이제 이곳에 남아 있는 건 크로칸 남작의 손에 죽은 싸늘한 시체 한 구뿐이었다.

“시간을 오래 지체했군.”

다시 라트가 몸을 날리자, 나머지 일행들도 일제히 라트의 뒤를 따랐다. 황량한 대지 위로 거대한 먹구름이 미끄러져 갔다. 아무도 그들의 앞을 막지는 못했다.

한편, 카자스 대교구의 헬파스텐 추기경은 화병을 시름시름 앓으며 누워 있다가 경악스러운 보고에 그 자리에서 벌떡 일어났다.

“아, 악마들이 이곳까지 왔다고?”

“예! 추기경님 어, 어떻게 하시겠습니까?”

추기경의 낯빛은 창백했다. 지금 그의 손에는 악마들을 막을 패가 단 하나도 없었던 것이다. 믿음직스러웠던 파토르라는 패는 이미 교황청에서 빼앗아 갔고, 남은 것은 신성군단의 소속이었던 성기사들과 전투 신관들뿐이었다.

'그들로 막을 수 있을까?'

그동안 악마들이 쥬아튼에서 뭘 하고 있었는지, 헬파스텐 추기경이 모를 리가 없었다. 사람들의 목숨을 마구 취하던 악마들은 돌연 어느 순간을 기점으로 그 잔악한 행위를 멈추었다. 헬파스텐 추기경은 그것을 오히려 더 불안하게 여겼다. 그리고 그 불안은 적중한 것이다.

"놈들은 쳐들어올 준비를 하고 있었던 것이야……. 으으으……."

항상 서늘한 안광을 내뿜었던 헬파스텐 추기경의 눈은 흐리멍덩했다. 단단했던 마음이 꺾여 버리니 다시 몸을 일으킬 힘이 나질 않았다.

"추기경님. 막을 수 있습니다. 성기사들, 그리고 전투 신관들을 믿어주십시오. 파토르 경이 이제 없다고는 하나, 그 혼자서는 그러한 싸움을 해낼 수는 없었습니다."

빌라이엔 상위관은 어떻게든 그를 다시 일으키기 위해 안간힘을 쓰고 있었다. 그가 평생을 바친 헬파스텐 추기경이 이렇듯 허무하게 무너진다면 그의 인생은 대체 뭐였단 말인가.

"상위관."

"예! 하명하십시오."

"놈들과 대적한다고 해도 격퇴할 수 있을 리가 없다……. 일단 교황청에이 사실을 알리게. 어서 증원을 요청하란 말일세."

빌라이엔 상위관의 얼굴이 일그러졌다. 교황청에 모든 것을 빼앗겼는데 결국 교황청에 손을 벌린단 말인가. 어쩔 수 없는 상황임을 알고 있지만 자괴감이 드는 것은 어쩔 수 없었다.

"알겠습니다."

고개를 숙이고 물러난 빌라이엔 상위관은 헬파스텐 추기경의 명에 따라 즉시 신성군단을 소집하여 다가오는 적에 대응했고, 뒤쪽으로는 교황청에 증원군을 요청했다.

"믿기지가 않는군."

빌라이엔 상위관은 그렇게 중얼거리며 의자에 푹 기댔다.

고작 몇 년 사이에 몇십 년 동안의 모든 것이 와르르 무너지고 말았다. 어디부터 잘못된 것일까? 기억을 되짚어 가던 그는 아제릴의 붕괴부터 모든 게 꼬였다고 생각했다. 그것은 생각지도 못한 일이었다. 그 이후 악마들의 출현, 신성군단을 주도하고 파토르를 키운 것까진 좋았지만 이후 싸움이 길어지고 돌연 나타난 악마들이 쥬아튼을 헤집어 놓으면서 모든 게 엉망이 되고 말았다.

"아니, 더 이전부터 잘못되었어."

빌라이엔 상위관의 얼굴은 어느새 10년은 더 늙은 듯한 모습이었다.

"파토르 베르즈……."

그가 교단에 몸을 투신하고 헬파스텐 추기경의 눈에 든 것부터가 이미 이 모든 파국의 시발점이었다. 그는 처음부터 헬파스텐 추기경의 휘하에 있을 생각이 없었다.

"도대체 어떻게 겨우 그런 하찮은 태생 따위가 감히 그따위 생각을 할 수가 있단 말인가?"

빌라이엔 상위관은 상식적으로 이해할 수가 없다는 표정을 지었다. 파토르의 내력은 하찮은 낙인자에 불과하다. 이전 과거를 봐도 그는 그저 일개 평민에게서 태어난 자식에 불과했고, 그가 낙인자로 추락한 일의 경위를 봐도 다른 낙인자들과 크게 다른 점도 없었다.

등줄기를 타고 별안간 소름이 돋았다. 가장 두려운 것은 확신이 서기 전까지 결코 그러한 내색을 드러낸 적이 없다는 것이다. 마지막의 마지막까지 완전히 기울어졌다고 생각할 때까지 자신의 욕망을 보이지 않았던 파토르인 것이다.

만약 그를 딸이 아니라 자신이 만났더라면, 빌라이엔 상위관은 자신의 다리 힘이 풀려 버렸을지도 모른다는 생각이 들었다.

빌라이엔 상위관은 과거로 돌아갈 수만 있다면 헬파스텐 추기경이 파토르에게 성기사의 직위를 내리겠다고 말하던 그 순간, 아니 파토르를 보는 그 순간으로 돌아가서 파토르의 목을 내치고 싶었다.

라트의 검에서 뿜어져 나온 거무튀튀한 기운이 반월의 형태를 그리며 쏟아졌다.

투콰콰쾅!

거센 폭발이 일어나면서 그 기운에 휩쓸린 병사들 십여 명이 땅바닥을 나뒹굴었다.

그다음은 마족들의 차례였다. 라트의 검에서 흘러나온 것과 같은 기운들을 일제히 뿜으면서 달려드는 그들의 공세 앞에 일반 기사들은 힘도 써보지 못하고 족족 죽어나갔다.

순식간에 앞을 막고 덤벼들었던 기사들이 모두 죽고 피비린내만 진동했다.

"정리 끝났습니다."

남작이 다가와 고개를 조아렸다.

"관령 백작을 찾아 죽여라."

"예!"

나직한 명령에 마족들이 누가 먼저랄 것도 없이 일제히 몸을 날렸다. 곧 비명이 성내에서 터져 나왔다. 라트는 담담한 얼굴로 그저 걸어갈 뿐이었다. 라트가 어느새 도시의 외곽으로 걸어 나왔을 때, 성으로 들어갔던 마족들이 뒤쪽에서 몸을 날리며 대열에 합류했다.

"모두 왔느냐?"

"예, 주인님."

대답을 들은 라트는 바로 몸을 날렸다. 한시도 이런 곳에서 지체할 시간이 없었다.

벌써 두 명의 백작이 죽임을 당했다. 모두 라트의 앞길을 막다가 죽임을 당한 것이다.

"이 땅에서 우두머리의 직위는 어떻게 되지?"

"추기경입니다."

"추기경이 얼마나 높은 위치지?"

"교황을 중심으로 교황청 다음으로 이 나라에서 높은 직위일 것입니다."

그러자 라트의 눈이 매섭게 변했다. 일반 병사들은 죽이나 죽이지 않으나 이 신성제국에 크게 영향을 미치지 않는다. 다시 말하면 불필요한 살인이다. 압도적인 힘을 가지게 된 지금 라트에게 불필요한 살인은 아무런 의미도 없었다. 그러나 추기경씩이나 되면 얘기가 다르다.

"추기경을 죽이고 가겠다. 놈은 어디에 있느냐."

"주인님, 제가 앞장서겠습니다."

50마족의 일원 중 하나가 급히 앞으로 나왔다. 라트는 고개를 살짝 끄덕였다. 마족이 몸을 날리자 라트가 그의 뒤를 따랐다.

카자스 대교구에서도 추기경이 기거하며 친히 다스리고 있는 직할령은 성이 없었다. 아니, 정확히 말하면 성만한 신전이 존재하고 있었다. 프로텔리아가 하늘 높이 커다랗게 세워져 있었다. 멀리서도 확연히 보일 정도였다.

언덕 위에서 거대한 도시의 모습을 내려다보는 라트의 눈은 싸늘했다. 저 거대한 신전이 어떻게 지어졌을지 눈에 훤했던 것이다. 몇 명의 낙인자들이 저 거대한 신전을 만들며 죽어나갔을까. 저 신전을 만들기 위해 몇 명의 사람들이 낙인자가 되었을까.

그때 도시의 외곽으로 근 500명에 달하는 병사들이 하나같이 흉흉한 눈빛을 내뿜으며 걸어 나왔다. 마족들이 바로 지척까지 다가온 것을 느낀 것이다.

"여기까지다."

파토르가 차지하고 있던 신성군단의 군단장을 이어받은 것은 오래 전부터 카자스 신성대의 대장을 맡고 있었던 모드칼 아데리트였다. 그의 실력은 공식적으로 알려지지는 않았지만 가히 성명 성기사에 육박할 정도였다.

그러나 그림자에 가려진 것은 겉으로는 잘 드러나지 않는 법이었고, 헬파스텐 추기경 역시 그의 진가를 제대로 알아보지 못했다. 신성군단이 결성되었을 때도 항상 누구보다 앞에서 검을 휘두르고 검형을 일으키며 화려하게 싸우는 파토르와는 달리 수많은 성기사의 일원에 불과한 그는 두각을 드러내지도 못했다. 그의 실력을 아는 자는 카자스 신성대의 소속이었던 이름 없는 성기사들 뿐이었다.

"오늘이야말로 악의 뿌리를 뽑고 말겠다."

모드칼이 내뱉는 목소리에는 힘이 묻어났다. 사십 대 초반의 건장한 체구를 자랑하는 모드칼의 기세는 주위의 공기마저 무겁게 만드는 것 같았다.

라트는 모드칼에게는 아무 말도 하지 않았다. 그와의 대화가 무의미하다는 것을 안 것이다. 모드칼은 이곳을 지켜야만 했고, 라트는 이 땅의 주인을 죽일 셈이다.

라트는 검을 빼들었다.

모드칼은 자신들의 10배에 육박하는 적들을 보면서 조금도 위축되지 않았다.

"악마가 두려운가?"

"조금도 두렵지 않습니다!"

성기사들이 우렁차게 외쳤다. 그들의 눈에서 흘러나오는 안광은 예기마저 감돌았다. 그들은 수없이 많은 전장을 함께 건너왔다. 눈앞의 악마들과 싸우다가 이곳에서 죽게 된다고 해도 여한은 없었다.

모드칼의 매서운 시선을 담담하게 받아 넘기던 라트는 나직하게 말했다.

"죽여라."

그 순간 그의 주위로 도열한 마족들이 일제히 모드칼의 신성군단에게 달려들었다. 시꺼먼 먹구름이 마침내 카자스 대교구의 중심을 뒤덮은 것이다.

카아앙!

번쩍!

"크아아아악!"

금속음이 요란하게 울리고, 마족들의 비명, 사람들의 비명이 한데 어우러졌다. 피가 비산하고 살점이 튀었다. 새하얀 빛이 어두운 빛과 섞여서 폭발했다.

전세는 처음부터 정해져 있었다. 수의 차이도 엄청났을 뿐더러 전력의 질적인 차이도 무시할 수 없었다. 남작 급만 해도 100명이 넘는 전력이었다.

카자스 대교구의 남서쪽 외곽에서 일어난 싸움은 한 시간이 지나가면서 조금씩 정리되어 갔다. 전투 신관들의 태반이 죽으면서 성기사들도 더 이상 수적 열세를 버티지 못하고 한둘씩 쓰러져간 것이다.

모드칼의 검에서는 여전히 강맹한 빛이 마구 쏟아져 나왔다. 사력을 다하는 그의 기세는 여간 만만치 않았으나, 상대가 나빴다.

크로칸 남작의 전신에서 순간적으로 파도가 쏟아지듯 압력이일어나자, 모드칼의 몸이 움찔하면서 자세가 무너졌다.

그것을 크로칸 남작이 놓칠 리가 없었다. 엄청난 속도로 미끄러져 다가오는 것을 미처 보지 못한 모드칼은 옆구리에 공격을 적중 당했다.

쾅!

옆구리가 단숨에 찢겨나간 모드칼은 피를 왈칵 토하면서 뒤로 주춤주춤 물러나더니 그대로 쓰러져 죽고 말았다.

투둑.

하늘에서 물방울이 한두 방울씩 떨어졌다. 곧 비가 장대처럼 쏟아져 내리면서 500명이나 되는 시체들의 몸에서 흘러나오는 피와 빗물이 섞여 아래 지대로 흘러내려 갔다.

라트는 시체를 넘어 직할령의 땅을 밟았다. 이 땅의 우두머리로 군림하는 추기경의 얼굴을 보기 위해서 말이다.

커다란 신전의 분위기는 숨쉬기 어려울 정도로 적막했다. 비싼 조명석만이 홀의 곳곳의 어둠을 완전히 몰아내고 있었고, 안쪽의 거대한 프로텔리아가 라트를 내려다보고 있었다. 사람의 기척이 느껴지지 않았다.

그때 라트의 시선이 오른쪽 계단으로 향했다. 그곳에서 중년인 한 명이 걸어 나와 눈을 치켜뜨고 라트를 노려보고 있었다.

"악마여, 광명께서 내리실 철퇴가 두렵지 않은 것인가."

그는 빌라이엔 상위관이었다.

"그런 게 두려웠다면 애초에 시작도 하지 않았겠지."

"광명을 부정하는 것인가?"

"그렇다."

라트는 담담하게 대답했다.

"어째서지? 우리들의 신은 존재한다. 신성력 앞에서 너희의 힘은 무력할 뿐이다."

"혹 존재한다면 내 손으로 그 신을 끌어내리겠다."

"감히!"

빌라이엔 상위관이 고함을 터뜨렸다. 그는 진심으로 분노하고 있었다. 감히 이곳에서 신을 능멸하는 태도를 보이다니, 한 번도 없는 일이었고 있어서도 안 되는 일이었다.

"그 죄악이 겹겹이 쌓여 하늘까지 닿을 정도로군. 네놈의 심장에 칼을 꽂을 수 없다는 것이 천추의 한이로다."

"내가 왜 이곳에 왔는지는 알겠지."

"……."

"추기경을 죽이기 위해서다."

담담하게 자신의 뜻을 밝히는 라트를 보면서 빌라이엔 상위관의 눈동자가 붉게 충혈되었다.

"네놈 따위가 감히!"

빌라이엔 상위관은 옆에 진열되어 있는 검을 뽑아들고 라트에게 달려들었다.

카앙!

"이곳의 그 누구도 내 앞을 막지 못한다는 건 알고 있을 텐데."

"네놈!"

"이미 이 신전은 나를 따르는 마족들이 에워싸고 있다. 그게 무슨 말인지 알겠지?"

처음부터 끝까지 높낮이가 없는 목소리로 말하는 라트의 말에 빌라이엔 상위관은 조금씩 지금 자신, 그리고 헬파스텐 추기경이 처한 상황을 받아들였다.

'여기서 끝인가…….'

애초에 도망치겠다는 생각은 하지도 않았다. 그들이 도망쳐서 어디로 간단 말인가, 대교구를 버린 추기경이 어디에 있을 수가 있단 말인가. 살아도 산 게 아니다. 그럴 바에는 이곳에서 명예롭게 죽는 것이 나았다. 교황청의 증원군이 도착하는 것은 이미 그들이 싸늘한 시체가 된 이후일 것이다.

"허허……."

빌라이엔 상위관의 입에서 허탈한 웃음이 흘러나왔다. 평생을 걸쳐 걸어온 길에 다다른 것이다.

"끝까지 왔는데 손에 쥔 게 없군……."

악착같이 손에 잡으려고 했던 모든 것이, 사실 겨우 한순간 손에 잡혔다가 사라지는 신기루 같은 것임을 안 빌라이엔 상위관의 모습은 무기력한 노인처럼 보였다.

"손에 쥔 것은 없어도, 그 몸에는 네가 저지른 수많은 악행들이 휘감겨 있을 것이다."

"말 같지도 않은 소리! 악행? 내가 악행 따위를 했을 것 같으냐? 모든 일은 이 신성제국을 위한 일이었음인데……."

"편한 구실이군. 그 광명이라는 신의 이름은 너희의 죄를 그늘아래로 감추기엔 안성맞춤인 정말 커다란 나무야.”

“멋대로 지껄여라. 네놈 역시 결국에는…….”

“네놈이 말하지 않아도 이미 알고 있다.”

그렇게 대답한 라트는 빌라이엔 상위관의 가슴팍에 검을 꽂았다.

푹-!

“크윽!”

빌라이엔 상위관의 얼굴이 고통에 일그러지는 것도 잠시, 칠흑색 검을 타고 흘러나오는 어둠의 마력에 단숨에 내장을 비롯해 신체 내부 기관이 모두 타버리자 그의 눈빛이 흐리멍덩하게 바뀌었다.

라트가 검을 빼들자 빌라이엔 상위관은 눈을 치켜뜬 채, 실이 끊긴 인형처럼 뒤로 고꾸라졌다.

헬파스텐 추기경과 함께 위로 올라가려고 아등바등 안간힘을 쓰던 빌라이엔 상위관의 최후는 허망했다.

라트는 그를 뒤로하고 위층으로 향했다. 신전에는 더 이상 남아 있는 이가 없었다. 도망치지 못하고 숨은 시녀들이나 하인, 그 외에 기사들 몇 명이 라트의 기감에 잡혔지만 라트가 이곳에 온 이유는 그들 때문이 아니었다.

라트는 뚜벅뚜벅 계단을 올라가는 동안 눈을 감고 있었다. 그가 찾으려는 인물이 어디에 있는지를 알아내기 위함이었다. 라트의 전신에서 거미줄처럼 촘촘히 퍼져 나간 마력들이 이 거대한 신전을 지배했다.

그렇게 계단을 마저 올라가던 라트의 발걸음이 돌연 우뚝 멈추었다. 눈을 천천히 뜬 라트는 한 곳을 향해 주저 없이 걸어 나갔다.

얼마나 걸었을까, 안쪽 깊숙한 곳에 있는 거대한 문이 라트의 눈에 들어왔다. 평소 이곳에는 카자스 신성대의 실력자들이 지키고 있지만, 이미 그들은 모두 죽임을 당하고 없었다. 그나마 남아 있던 기사들이나 병사들도 모두 도망친 이후다.

끼이익.

문을 열고 들어간 라트는 호화찬란한 방 안을 천천히 훑으면서 커다란 침대로 시선을 옮겼다. 무기력해 보이는 노인이 숨을 길게 내뱉으며 눈을 감고 있었다.

라트가 한 발자국 거리를 좁혔을 때, 잠들어 있다고만 생각했던 노인의 입이 열렸다.

"악마인가?"

우뚝.

자리에 멈춰선 라트는 노인의 담담한 목소리에 대답했다.

"추기경인가?"

"내가 헬파스텐 추기경이다. 내 물음에 답해라."

"악마다."

라트는 담담하게 대답했다. 그러자 헬파스텐 추기경은 고개를 저었다.

"아니군. 넌 악마가 아니야."

"왜 내가 악마가 아니라고 확신하지?"

"악마는 자신을 마족이라고 일컫지…… 너처럼 악마라고 시인하지는 않아. 그건 인간들의 기준에서 부르는 말이니까 말이야."

헬파스텐 추기경은 눈을 뜨고 라트를 가만히 보았다. 착 가라앉은 그의 노안이 후드 안에 감춰진 라트의 칠흑색 눈동자를 탐색하는 것처럼 훑었다.

"사람이군……."

"긴 얘기를 나눌 시간은 없다. 내가 왜 이곳에 찾아왔는지는 알겠지?"

"물론이다. 나의 목숨을 원하겠지."

"억울한가?"

"……."

헬파스텐 추기경은 대답하지 않았다. 물론 억울했다. 아무것도 이루지 못하고 결국 이렇게 죽고 만다는 게 말이다. 그의 욕심은 아직 조금도 채워지질 않았다. 추기경이라는 범인으로서는 상상도 할 수 없는 높은 위치에 있으면서도 그는 굶주려 있었다.

"혹시 알고 있나? 사람의 욕심이란 건 끝이 없어. 죽는 그 순간까지도 말이지. 지금 이 순간엔 살고 싶고 살게 되면 분명히 더 높은 곳으로 올라가기 위해 발버둥 치겠지. 마지막의 마지막까지 말이야."

헬파스텐 추기경의 눈빛이 회한으로 일그러졌다. 하지만 라트의 눈에는 일말의 감정도 스치지 않았다.

"너는 그 끝없는 욕심을 채우는 동안 발바닥에서 피를 토하는 사람들의 심정은 조금도 헤아리지 않았을 거다."

"발바닥……?"

헬파스텐 추기경이 라트를 바라보다가 이내 메마른 웃음을 터뜨렸다.

"아무것도 모르는군. 사람은 아래를 보기 시작하면 추락할 뿐이야. 사람의 시선이 향할 곳은 아래가 아니라 위다."

라트의 눈에 싸늘한 한기가 서렸다.

"가엾군. 죽음이 바로 목전에 드리웠음에도 여전히 만족하지 못하다니."

"만족이라는 것은 스스로와 타협한 어리석은 이들이 지어낸 말이다. 나는 헬파스텐 추기경이다. 나의 인생은 틀리지 않았다. 나는 죽음 앞에서도 굴하지 않는다."

"좋다. 네놈과 옳고 그른 것을 논할 마음은 없다."

라트는 검을 들어 올렸다.

마지막의 순간.

"네놈이, 네놈이 나에게 찾아온 죽음인가?"

라트는 대답하지 않았다. 그저 행동으로 보여줄 뿐.

푸우욱!

몸이 꿰뚫렸다.

"커억!"

통성을 내지른 헬파스텐 추기경은 피를 왈칵 토하고 몸을 부르르 떨었다.

자신의 삶이 주마등처럼 눈앞에 스쳤다. 이제 코앞이었다. 모든 추기경들의 존경을 받으며 교황의 신임 속에서 권력을 휘두르는 자신에게 다가가기까지는 고작 한 발자국…….

'나는, 나는 아직 쉴 수 없다. 아직은, 아직 더 걸어가면 된다……. 이제 얼마 남지 않았다.'

몸을 일으키기 위해 사력을 다해보지만, 그의 몸은 꿈쩍도 하지 않았다. 팔 하나 드는 것조차 이제는 무리였다.

거칠게 내뱉던 숨은 조금씩 약해지고 피를 토해내면서 기도가 막혔다. 가래 끓는 소리가 들리고 마침내 그의 의식은 심연을 향해 깊이 잠수했다.

"추기경, 나는 여태껏 수많은 사람을 죽이면서 한 가지 느낀 게 있다."

라트는 싸늘하게 식어가는 추기경에게 중얼거렸다.

"찾아온 죽음 앞에서는 귀족이든 신관이든 어떤 인간이든 공평하다는 사실, 당신 역시 다르진 않아. 당신이 그게 무슨 말인지 알까 모르겠군."

라트는 검을 빼들었다. 검이 뚫고 지나간 노구의 몸 정중앙에서 피가 울컥 흘러내렸고 새하얀 이불과 침대 시트가 붉은

색으로 번져 갔다.

카자스 대교구에서 헬파스텐 추기경이 교황청으로 보낸 전인은 죽자 사자 달려서 아트라스에 입성하였다. 이후 교황청까지 달려와 그대로 고꾸라지듯 주저앉으며 머리를 처박았다.

"아, 악마들이…… 카, 카자스 대교구를…… 침공했습니다."

숨이 넘어갈 듯 외친 전인의 모습에 교황청의 신관들과 기사들의 새하얗게 질렸다.

"이, 이 사실을 서둘러 상위관님께 알려라!"

"옛!"

전인이 가지고 온 서신을 확인한 대신관이 말을 더듬거리며 신관 한 명에게 소리쳤다.

카자스 대교구에서 도착한 서신으로 순식간에 교황청이 들썩거렸다. 서신의 내용이 결코 가볍지 않은 것이었기 때문이다.

"으음……."

아즈라브 추기경은 침음을 흘렸다. 애초부터 그에게는 이 일을 독단적으로 판단할 권한이 없었다. 그러나 교황청의 모든 일은 일단 아즈라브 추기경에게 향하고 그다음 그가 교황에게 전하는 체계였다. 그는 브라디로스에서는 속된 말로 드러난 교황이라고 불릴 정도로 가진 바 권한이 막강하게 보였던 것이다. 실상은 전혀 그렇지 않았지만 말이다.

아즈라브 추기경은 즉시 이 사실을 교황에게 모두 전했다. 장막 안에서 교황의 얼굴이 딱딱하게 굳어졌다.

"쯧쯧……."

교황은 나직하게 혀를 찼다. 좀처럼 자신의 감정을 아즈라브 추기경에게 잘 보여주지 않는 교황이었기에 지금 그의 심정이 얼마나 복잡한지를 대변하고 있었다.

"일이 결국 꼬였군. 악마들이 이상하게 오랜 시간 잠잠하나 싶었더니 결국은 움직이는가……."

교황은 미간을 잔뜩 찌푸렸다. 일이 꼬이는 와중에 그나마 다행인 것은 크리벨레지 지방에서 활개치던 은십자 기사단이 제압되었다는 것 정도일까, 적어도 지금은 파토르의 신성군단이 자유롭게 움직일 수 있는 상황이었던 것이다.

"파토르 경을 비롯한 신성군단 전원을 당장 소집하도록."

"예, 하명 받들겠사옵니다."

"그리고 성흔 기사단도 부르는 게 좋겠어."

"예?"

교황이 덧붙이는 말에는 아즈라브 추기경도 어지간히 놀랐는지 그만 의문 어린 물음을 토하고 말았다.

"성흔 기사단, 그들을 써야 할 것 같아."

아즈라브 추기경의 안색이 창백해졌다.

성흔 기사단. 그들은 외부에 알려지지 않은 신성제국 역사의 이면에 깃들어 있는 저주받은 자들의 이름이었다. 성기사의 신분으로 추악한 악행을 저지른 그들은 그 죄악의 형벌로 영원히 빛을 보지 못하고 지하 속에 있으며, 오로지 신성제국이 위험할 때만 쓰도록 한 교황의 직속 성기사단이었다. 다시 말하면 죄를 물어 사형시키기엔 그 실력이 너무나도 아까워서 현 황제의 증조부인 카사라디알 3세가 최측근들에게 시켜 은밀히 만들게 된 비공식적인 기사단이었다.

창설된 초기에는 성흔 기사단의 전력을 실로 보잘 것 없는 것이었다. 교황청의 전력인 성기사단으로서의 전력이라기보다는 교황 직속의 개인적인 독립 전투 부대의 성격을 띠고 있었던 것이다.

하지만 그것도 두 세대를 지나면서 차츰 달라지기 시작했다. 신성제국은 부패했고, 성기사들 역시 마찬가지였다. 범죄의 씨는 어느 때든 끊이지 않았고, 그것은 성기사들도 예외는 아니었다. 그로 인해서 성흔 기사단의 전투력은 나날이 증강되었다. 현 교황의 집권기까지 오면서 성흔 기사단의 위신은 과거와는 비교도 할 수 없을 만큼 올랐고, 그 가진 전력 또한 중앙 성기사단과 비교해도 우위면 우위였지 그보다 아래라고는 할 수 없었다.

"성하, 괜찮으시겠사옵니까?"

성흔 기사단이 전면에 나서서 큰 공이라도 세우는 것은 신성제국의 이미지적인 면에서 결코 좋지 않은 일이었다. 그들은 어디까지나 비공식적인 일을 처리할 때나 유용한 집단이지, 이처럼 악마들과의 싸움에서 쓰는 것은 자칫 교권의 실추까지 가져올지도 몰랐다.

교황의 표정은 단호했다.

"그들을 키워온 것은 놀려두기 위함이 아니라는 것을 알고 있지 않나."

"예, 알겠사옵니다. 하명을 받들겠사옵니다."

아즈라브 추기경이 고개를 깊이 조아리며 물러갔다.

교황의 눈이 서늘하게 빛났다.

"흑영, 내가 가만히 당하고만 있을 거라고 생각했다면 오산이지. 숨겨둔 3할의 패가 자네와 나의 승부를 끝맺게 되겠군."

혼잣말을 중얼거린 교황은 대전에 아무도 없음을 확인한 뒤 입을 천천히 열었다.

"눈과 귀를 남서쪽으로 집중시켜라. 악마들의 이동속도는 굉장히 빠르다고 들었다. 그렇다면 이쪽 역시 그에 발을 맞춰야지."

혼잣말이라고 여기기에는 누군가에게 하명을 내리는 듯한 모습이었다.

"명 받들겠사옵니다."

놀랍게도 장막의 안쪽 그늘진 곳에서 대답이 들려왔다. 대대로 교황에게만 전해지는 눈과 귀였다. 뒤에서 느껴지던 기척이 없어지자 교황은 긴 숨을 토했다.

크리벨리지 지방에서 은십자 기사단의 잔당들이 움직이는 것을 억누르고 있던 파토르는 교황청에서 온 서신을 받아들고 두 눈을 부릅떴다.

"은십자 기사단 따위와 상대할 시간이 없군."

파토르는 벌떡 일어나 즉시 크리벨레지 지방 전역에 퍼져있는 신성군단에게 수도가 악마들의 공격을 받을 것이라는 사실을 전하고 그 자신도 즉시 말에 올라탔다. 이때 그의 뒤를 따르는 성기사들은 도합 15명에 전투 신관은 100명 정도였다.

내리 닷새를 꼬박 달리면서 말을 세 번이나 갈아탄 신성군단은 영주들의 적극적인 협조로 수도에 빠르게 입성했다. 크리벨레지 지방의 가장 큰 영향력을 행사하는 안비란 대교구의 추기경은 그들이 수도로 귀환하는 데 불편함이 없도록 최대한의 지원을 아끼지 않았다.

이어 하루가 지날쯤에 백사자 기사단과 크리벨레지 지방 소속의 성기사들이 속속들이 모여들면서 브라디로스 교황청에는 피로한 기색이 역력한 파토르와 신성군단의 일원들이 모두 모였다.

"이곳까지 황급히 달려오느라 고생이 많았다며 성하께서 치하하셨네."

"망극하옵니다."

파토르가 고개를 깊이 숙이며 그렇게 대답하자, 아즈라브 추기경이 마저 말을 이었다.

"굴바엔 지방에서 일어난 대규모 악마들은 이미 카자스 대교구를 지나 브라디로스 남서쪽 케머릴 관령을 처부수고 진격해 오고 있네."

고개를 조아린 파토르의 눈빛이 서늘하게 빛났다. 케머릴 관령을 지났다면, 앞으로 두 개의 관령을 더 거치면 교황청까지 뚫린다는 얘기였다.

"성하, 성기사 파토르가 감히 말씀 올려도 괜찮겠사옵니까?"

그러자 장막 안에서 교황이 고개를 끄덕였다.

"말하라."

아즈라브 추기경의 말에 파토르가 고개를 더욱 깊이 숙였다.

"악마들을 처치하는 일, 이 파토르에게 맡겨주시옵소서. 이번에야말로 적들을 섬멸하여 신성의 이름을 빛내겠사옵니다."

자신감 넘치는 그의 대답에 교황이 쉽게 대답하지 못했다. 그가 알아본 결과 적의 전력은 상상을 초월했다. 에피스토렐 지방의 전력까지 합친 신성군단이라면 모를까, 백사자 기사단과 크리벨레지 지방의 성기사, 그리고 전투 신관들 몇백으로는 상대하기 어려울 것이다. 잠깐 고민하던 교황은 좋은 수가 떠올랐는지 입꼬리를 말아 올렸다. 그의 말을 전해 들은 아즈라브 추기경은 눈을 동그랗게 떴다가 이내 다시 무표정한 얼굴로 돌아와서 교황의 뜻을 전했다.

"알겠다. 경이 신성제국, 나아가 광명의 뜻을 받들고자 하는 신실한 마음이 느껴지니 믿고 맡기도록 하겠다."

"망극하옵니다."

"한 가지, 적들의 전력이 막강하니 추가로 기사단을 지원하도록 하겠다."

파토르를 비롯한 돌프란과 나머지 성기사들의 표정이 기묘하게 변했다. 현재 교황청의 전력의 태반은 이미 파토르와 라이셀에게 위임된 상태가 아닌가.

"하명 받들겠사옵니다."

"돌프란 경, 지금 교황청에 다른 전력이 될 만한 기사단이 있습니까?"

교황청 밖으로 나온 파토르의 물음에 돌프란 역시 짐작이 가지 않는 듯, 고개를 갸웃거렸다. 그러다가 문뜩 뇌리를 스치는 한 기사단의 이름에 그는 눈을 부릅떴다.

"하나, 하나가 남아 있었소. 바로 성흔 기사단이오."

돌프란의 대답에 파토르를 비롯한 나머지 성기사들의 얼굴에 경악의 빛이 스쳤다.

"성하께서는 성흔 기사단을 전면에 내세우실 셈이신가."

"하지만 그들의 내력은……."

파토르는 거기까지 말하고 입을 다물었다. 근래 들어 거의 잊혀가고 있었지만, 그 자신도 성흔을 등에 짊어지고 있었던 것이다.

파토르의 이성이 차갑게 식었다. 숨겨뒀던 힘은 썩히기 위해 존재하는 게 아니라, 바로 이런 시기에 쓰기 위해 존재하는 것이다.

"생각해보면 놀랄 것도 없습니다. 성하께서는 악마들의 전력이 강대하다는 것을 정확히 보고 계신 겁니다."

파토르는 이전 악마군단과의 싸움을 떠올렸다. 지금은 그때와는 달랐다. 펠레우피, 돌프란, 베이론 등 모두가 건재한 상황이고 성기사들의 수도 훨씬 많아졌다. 그뿐만 아니라 전투신관의 수도 수백 명에 이르는 지금, 파토르는 그때와 다른 결과가 나올 것임을 의심하지 않았다.

그로부터 몇 시간이 지나지 않아서 후줄근한 로브와 후드로 전신을 가린 50여 명의 인원이 휴식을 취하고 있던 파토르 앞에 나타났다. 그들 중 한 명이 앞으로 스윽 나섰다.

"단장인 안카렛이오. 성은 없소. 우리에게 성이란 무의미한 것이니까."

"만나 뵙게 되어 반갑소. 과분하게도 신성군단을 지휘를 맡은 파토르 베르즈이오."

아직 새파랗게 젊은 이십 대 중반쯤의 파토르를 보면서, 안카렛이라고 밝힌 남자는 눈빛을 빛냈다.

"당신이 파토르 베르즈……. 소문은 나도 익히 들었소. 이번에 우리가 당신의 휘하에서 일하게 된다고 말이오."

"본관의 그리 대단할 것도 없는 능력에 성하께서 날개를 달아주신 것일 뿐이외다. 소문 역시 부풀려진 것뿐이니 경께서 부족한 본관에게 아낌없는 도움을 주시오."

겸손하게 대답하는 파토르를 보는 안카렛의 두 눈은 어느새 부러움으로 빛나고 있었다. 같은 낙인자임에도 불구하고 그들은 얼굴과 이름도 떳떳이 밝히지 못하고 살아가는데, 눈앞의 파토르는 당당하게 빛이 충만한 세계에서 살아가지 않는가. 안카렛의 그런 눈빛은 이내 온데간데없이 사라졌다.

"출발은 언제쯤 할 생각이시오?"

"한 시간 뒤에 출발하겠소."

파토르의 대답에 안카렛은 고개를 살짝 숙이고 물러갔다.

그들이 물러간 직후, 파토르는 그들이 내뿜던 스산한 기운이 여전히 남아 있는 것 같다는 착각을 했다. 그만큼 그들이 내뿜던 기운이 범상치 않다는 얘기이리라.

* * *

라트의 마족군단은 날카로운 눈으로 교황청을 바로 목전에 둔 관령을 내려다보고 있었다. 이전 관령보다 더 커다란 규모의 도시였다. 이곳을 다 돌아보려면 며칠이 걸릴지도 가늠하기 어려울 만큼 말이다.

라트가 손짓하자 즉시 마족들이 몸을 날렸다.

"막아랏!"

"온다!"

무장한 전투 신관들이 달려나와 빛을 내뿜으며 달려드는 마족들을 향해 검을 휘둘렀다.

쾅!

빛이 여러 번 번쩍였다. 그러나 그들은 몰아닥치는 파도 앞에 나룻배와도 같았다. 마족들의 공격이 집중된 순간 전투 신관들의 몸이 갈기갈기 찢기며 비산했다. 정예 전력이 없는 이상 라트의 하명을 따르는 수많은 마족을 막기란 불가능한 일이었다.

라트는 도시의 가장 높은 신전의 위에서 가만히 눈을 감고 마족들의 움직임을 살폈다. 신전과 성 내부만 정리되면 바로 이 관령을 벗어날 셈이었던 것이다.

이제 정말로 바로 코앞이다.

얼마 가지 않으면 이 신성제국의 가장 큰 권력을 손에 쥐고 있는 교황이 있다.

'그놈만 죽인다면.'

라트의 숨이 거칠어졌다. 우두머리가 사라지면 집단은 사분

오열되기 마련이었다. 무엇보다 광명의 대리인이라고 떠받들던 교황이 악마라고 불리는 존재들에게 죽는다는 것은 의미가 컸다.

"신은 없다."

그때 돌연 곁에 부복하고 있던 50마족의 일원 중 하나가 신음을 흘렸다.

"크윽……."

크로칸 남작의 시선이 신음을 흘린 마족에게로 돌아갔다.

"무슨 일이지?"

"저와 이어진 하위 마족이 조금 전에 죽었습니다."

마족이 거친 숨을 토하며 말했다. 그러자 라트를 비롯한 모두의 표정이 기이하게 변했다.

"어째서 결속이 깨진단 말이냐?"

크로칸 남작이 의문을 토했을 때, 뒤쪽에 있던 마족 두 명이 신음을 토했다.

"크!"

"크읍!"

그러자 크로칸 남작의 안색이 딱딱하게 굳었다.

"너희도 하위 마족과의 연결이 끊겼나?"

"예."

"저도 그렇습니다."

고통으로 몸을 떨고 있는 마족들을 보던 크로칸 남작은 라트를 향해 몸을 돌려 고개를 숙였다.

"주인님, 제게 맡겨주십시오."

"아니, 내가 직접 간다."

"북쪽입니다, 주인님."

라트의 시선이 북쪽으로 향했다. 기감을 집중하자, 그곳에서 마족들이 내뿜는 어둠의 마력이 빠르게 흩어지는 것을 확인할 수 있었다. 라트는 바로 몸을 날렸다. 건물과 건물 사이를 빠르게 달려나가는 라트의 뒤를 모두가 쫓아갔다.

약 600명쯤 되는 병력의 신성군단이 하나같이 맹렬한 빛을 내뿜으며 마족들을 거침없이 베어 나가고 있었다. 그들 앞에서 몬스터는 장애조차 되지 않았고, 일반 마족들은 덧없이 베여 죽어나갈 뿐이다.

"교단이군."

라트의 눈이 싸늘하게 가라앉았다. 직접 본 적은 없었지만, 저 검술은 아르니의 기억을 통해 모두 보았던 것이다.

"전부 이곳으로 부른다."

라트의 나지막한 말에 크로칸 남작과 50마족, 그리고 필리안델이 즉시 하위 마족들을 불러들이기 시작했다. 얼마 지나지 않아서 먹구름이 사방에서 밀려드는 것처럼 엄청난 수의 마족들이 그곳으로 모여들었다.

"부르셨습니까, 주인님."

"놈들을 죽여라."

라트의 하명이 떨어지자마자, 마족들이 흉흉한 눈빛으로 일제히 달려들었다. 라트의 눈동자에서 흘러나오는 것은 살의였다. 저 멀리서 번쩍이는 검형은 분명히 바리엘 분검식이다. 그리고 그 말은 스승의 제자라는 얘기다. 하지만 아무리 동문이라고 해도 그가 교단을 위해서 싸운다면 라트가 택할 것은 오로지 한 가지뿐이었다.

애꿎게도 싸움 중이었기 때문에 라트는 파토르를 알아보지 못했고, 파토르 역시 라트가 마족군단의 수장임을 알지 못했다.

스스스스!

파토르는 무시무시한 얼굴로 검형을 일으키며 사방의 마족들을 공격해갔다. 그는 단독으로 적진을 향해 덤벼들어서도 결코 위축되지 않았다. 그가 일으키는 검형은 자신을 중심으로 몰아치며 사각을 없앴고 동시에 가장 막강한 방어를 하게 만드는 것이다. 과거 봉그리드와의 접전에서 그의 전신을 막고 있던 검의 편린을 보고 깨달음을 얻은 것이었다.

"벌레 같은 놈들."

파토르는 씹어 내뱉으며 살기를 줄기줄기 내뿜었다. 새하얀 검에서 뻗어 나간 검기는 덤벼드는 마족들의 몸을 꿰뚫고 베어내면서 어느새 그의 전신은 마족들의 피로 새빨갛게 변해 있었다.

'스승님의 검형이 바로 최고 경지의 분검이다. 그것이 바로

천검의 주인을 만든 분검의 형태!'

눈앞의 적을 베어내면서도 파토르는 끊임없이 그 생각을 되뇌었다. 놀랍게도 새하얗게 타오르는 그의 검에서 쪼개지는 검형이 조금씩 크기가 줄어갔다.

콰콰쾅!

크기는 작아지고 쏟아지는 속도와 파괴력은 강맹해졌다.

파토르는 놀랍게도 전투 중에 점점 깨달음을 얻어가고 있었다. 일찍이 젊은 시절에 백형을 깨우쳤을 때부터 그의 오성이 남들과 다르다는 것은 증명한 셈이었지만, 봉그리드가 봤다면 기겁했을 것이다.

쾅!

뒤쪽의 공격이 적에게 막혔다는 것을 느낀 파토르가 몸을 홱 돌리며 베어 갔다.

콰쾅!

"크으으으윽!"

마족이 신음을 흘리며 몸으로 치미는 신성력을 몰아내자, 파토르의 눈이 날카롭게 변했다. 조금 전까지 상대하던 마족들과는 차원이 다른 적이었다.

"남작 급이군."

그러나 일반 남작은 더 이상 파토르의 상대가 될 수 없었다.

콰콰콰쾅!

검에서 흘러나오는 기운을 가까스로 막아낸 마족이었지만,

연이어 사방에서 쪼개진 검형들이 몸으로 쏟아지자, 더 이상 버틸 수 없었다. 어둠의 마력에 보호되던 단단한 피부가 찢겨나가면서 온몸에 구멍이 숭숭 뚫려 버리고 말았다.

남작들과의 공방이 시작되면서 파토르 앞에서 무참하게 베여나갔던 마족들도 꽤 버텼다. 그러나 다섯 남작이 달라붙어 있었음에도 승세를 잡지 못했다.

그러는 사이 돌프란과 베이론 등이 나서서 남작들의 수를 하나씩 줄여갔다. 수는 마족들이 압도적이었음에도 개개인의 실력차이가 너무나도 컸다.

"비켜라!"

뒤쪽에서 크로칸 남작과 다른 남작들이 엄청난 속도로 튀어나와 돌프란과 베이론을 상대했다.

콰콰쾅!

전력상으로 볼 땐, 크로칸 남작이 우세했지만, 일은 그렇게 쉽게 풀리지 않았다. 성흔 기사단의 존재 때문이었다. 그들의 전투력은 상상을 초월했고 두 진영의 교전은 신성군단의 우세로 기울어 갔다. 하지만 그것도 잠시. 뒤늦게 텔리시아 일행이 나서면서 다시 상황은 백중세가 되었다.

대지가 악마들과 사람들의 피로 물들어 가고 있었다.

바로 그 순간이었다. 라트가 천천히 검을 앞으로 뻗은 것이다. 칠흑색의 검이 검은빛을 매섭게 토해내기 시작했다. 대기가 진동할 정도의 어둠의 마력이 이글거리면서 이내 허용량을 초월해, 검은 벼락이 라트의 영혼 근저에서 마력을 타고 흘러나와 방전했다.

파지직!

라트의 검은 눈동자 속에서 불꽃이 일렁였다.

"베이론…… 정말 지독한 악연이군. 이곳에서마저 보게 될 줄이야."

가만히 상황을 지켜보던 라트는 적진의 한가운데에 익숙한 얼굴을 보았다. 라트에게 있어서 복수 대상은 교단과 기득권층이었지만, 직접적인 복수 대상은 지크로트의 힘을 얻은 날 죽여 버린 보렌 일가와 자신을 낙인자로 전락시킨 베이론이었다. 미처 죽이지 못한 베이론이 바로 여기에 있는 것이다.

텔리시아 일행이 급히 전장을 이탈했다.

"죽어라!"

방전하던 검은빛이 공간을 찢어발기며 전장의 한가운데로 날아들었다.

콰지지지지지지직-!

기감에 민감한 남작들은 싸움 도중에도 이미 막대한 양의 어둠의 마력이 집중되는 것을 느꼈고, 그것이 포화 상태가 됐을 때 몸을 날렸다. 기감에 둔한 마족들은 크로칸 남작이 급히 명령을 내림과 동시에 몸을 날려서 피했다.

돌연 마족들이 빠져나가는 이유를 뒤늦게 눈치챈 신성군단은 이 공격에서 피할 수가 없었다. 신체적인 능력의 한계상 마족에 비해 진퇴가 느릴 수밖에 없었던 것이다.

목표는 베이론이었다.

베이론은 측면 왼쪽 날개 방향에서 교전을 벌이고 있었다. 그것이 신성군단에게 있어 다행이라면 다행이었다.

베이론은 교전 도중, 갑자기 전신의 털이 곤두서는 오싹한 감각에 거의 본능적으로 몸을 오른쪽으로 날렸다. 그 찰나의 판단이 그의 생명을 구했다.

콰지지지지직!

고막을 찢어발길 것 같은 요란한 굉음이 들리는 순간 이미 그의 오른팔은 왼팔은 검은빛에 삼켜져 온데간데없어지고 말았다.

"끄으으윽!"

비명을 지를 새도 없이 조금 전까지 교전을 벌이던 전투 신관들 100여 명이 검은빛에 휩쓸리며 그대로 산화했다.

콰콰콰쾅!

지축이 흔들리고 흙 파편이 치솟았다.

베이론은 어떻게든 그곳에서 물러나려고 이를 악물었지만 그의 마음대로 되지 않았다. 오른팔이 검은 벼락에 휩쓸리면서 막대한 양의 어둠의 마력이 몸 내부로 침투하고 있었던 것이다.

"우웩!"

어떻게든 힘을 외부로 밀어내려던 베이론은 결국 힘을 이기지 못하고 피를 왈칵 뱉었다.

'단장님께선 이런 엄청난 힘을 견디셨단 말입니까?'

베이론은 의식이 가물가물한 상황에서 마르타스에 대한 존경심이 샘솟는 것을 느꼈다. 하지만 그는 모르고 있으리라. 아제릴에서 라트가 썼던 검은 벼락과 지금의 검은 벼락과는 하늘과 땅이라고 할 만한 격차가 있음을 말이다.

라트는 베이론이 살아 있는 것을 보고도 별로 놀라지 않았다. 그것이 바로 라트의 뜻이었기 때문이다. 그를 이렇게 허무하게 죽일 수는 없다고 판단한 것이다. 방향을 살짝 틀어서 그의 오른팔을 가져간 라트는 그가 더 이상 옴짝달싹도 할 수 없는 상황임을 알고 즉시 다음 검은 벼락을 준비했다.

파지지직!

또다시 그 막대한 양의 어둠의 마력이 운집되면서 검은빛이 방전했다.

그제야 검은빛이 쏘아진 근원지를 발견한 신성군단 일원들의 얼굴에 경악의 빛이 어렸다.

'저, 저 엄청난 힘은…….'

파토르는 가슴이 싸늘하게 식는 것을 느꼈다.

저런 엄청난 힘은 단 한 번도 본 적이 없었다.

'저건 절대로 막을 수 없다.'

게다가 조금 전의 일격으로 상당 부분의 병력을 잃고 말았다. 파토르는 냉정하게 판단해야 했다.

"이, 이곳에서 당장 물러난다!"

모두가 곧 닥쳐올 죽음 앞에 얼음처럼 굳어 있던 그 순간 파토르의 외침에 정신을 차리며 급히 뒤로 물러났다.

"물러난다!"

돌프란의 외침에 백사자 기사단이 물러났다. 하지만 안카렛은 정신을 차리지 못했다.

"검은빛이다. 틀림없어. 성전에 나왔던 파괴의 빛이 틀림없다."

안카렛은 부들부들 떨었다. 위대한 성기사, 갈리시드가 있었던 시대에도 저 파괴의 빛에 대지의 모든 것이 무로 돌아갔다고 하지 않았던가. 하물며 이 시대에는 더 이상 갈리시드조차도 없다.

"뭘 하는 것이오! 물러나라는 명령 안 들리오!"

파토르가 고함을 내지르자, 안카렛이 싸늘하게 질린 얼굴로 몸을 날렸다.

하지만 그들의 움직임이 검은 벼락보다 빠를 리가 없다.

라트의 칠흑색 검에서 미친 듯이 방전하던 검은 벼락이 신성군단을 향해 쏟아졌다.

번쩍하는 빛은 천벌 같았다. 하늘이 지상의 인간에게 내리는 낙뢰 말이다. 차이가 있다면 이 빛은 혼돈마저 삼킬 것 같은 시꺼먼 빛이라는 것이랄까.

콰지지지지지지직-!

굉음이 뒤따랐다.

검은 벼락은 백사자 기사단과 전투 신관 200여 명을 삼켜 버렸다. 막대한 전력의 성기사들은 단말마조차 내질 못하고 그 자리에서 흔적도 없이 산화했다.

검은 벼락은 거기서 그치지 않고 땅으로 파고들어 조금 전과 마찬가지로 지축을 뒤흔들었다.

쿠구구구궁!

"크으윽, 이, 이런 말도 안 되는……."

파토르의 얼굴이 절망감에 일그러졌다. 너무나도 터무니없는 힘이다. 이걸 도대체 어떤 수로 막을 수가 있단 말인가.

어느새 흙먼지 범벅이 된 파토르가 급히 몸을 일으켜 고함을 지르며 사방으로 퍼져서 후퇴했다. 말이 좋아 후퇴지 이미 전투 신관들과 성기사들 너나 할 것 없이 이 대항할 수 없는 압도적인 힘 앞에 질려 있었다.

쓰러진 동료들을 챙길 시간도 없었다. 다시 저 빛이 쏟아지면 이번엔 그들이 죽을 테니까.

돌무더기 사이에 신성제국을 대표하는 중앙 제1성기사단의 단장 돌프란이 양쪽 다리가 찢겨 나간 채 몸을 덜덜 떨고 있었다. 다리가 잘린 고통보다 내부로 스며드는 엄청난 마력의 침식에 통성에 신음이 절로 흘러나왔다.

"크, 크으으윽……."

그처럼 엄청난 마력을 품고 있는 성기사도 검은 벼락의 힘

앞에서 대항하지 못했다. 검은 벼락의 기운을 머금은 어둠의 마력은 일반적인 어둠의 마력이 아니라, 파괴의 힘을 지니고 있는 힘이었기 때문에 대항하는 돌프란의 마력을 모조리 집어 삼키고 있었다. 결국 그의 의식은 가물거리기 시작했고, 숨소리도 점차 연약해져 갔다.

'백사자 기사단이…… 신성제국이…….'

마지막까지 이렇듯 허망하게 자신이 죽는다는 것을 믿을 수 없는 듯 돌프란은 눈을 부릅뜬 채 숨을 거두었다. 중년으로 보이던 그의 육신이 빠르게 삭았고 불과 1분이 되지 않는 시간만에 돌프란의 건장한 육체는 온데간데없었다. 그곳에 남아 있는 것은 늘어지고 주름진 피부의 왜소한 노인뿐이었다. 향년 76세였다.

"쫓겠습니다."

크로칸 남작이 라트에게 다가와 부복했다. 라트는 말없이 고개를 끄덕였다. 마족들이 모두 몸을 날리자, 홀로 남은 라트는 새하얗게 질린 낯으로 언덕을 내려와 거미줄처럼 박살이 난 땅을 향해 걸어갔다.

검은 벼락이 처음으로 쏟아진 곳이었다.

숨이 끊어질 듯 미약하게 생을 이어나가는 베이론의 모습이 라트의 눈에 들어왔다.

"드디어 만났군, 베이론."

"네놈이었나……."

힘겹게 대답한 베이론은 숨을 헐떡였다. 가만히 놔두면 이제 곧 죽고 말 것이다. 라트는 그의 몸을 휘젓는 힘을 회수했다. 조금 전까지 고통에 일그러져 있던 베이론의 얼굴이 다소 편하게 바뀌었다. 그러나 짧게 생을 연명했을 뿐, 그가 죽지 않는 것은 아니었다.

"아제릴에서…… 네놈을 죽였어야 했다……. 그것이…… 처, 천추의 한이다……."

"아니, 넌 날 처음 봤을 때 죽였어야 했다."

"뭐, 뭣이……?"

"네놈은 기억이 안 날지도 모르지. 네놈의 손에 낙인자가 된 사람들이 한둘이 아닐 테니까 말이야. 9년 전, 펜게른 령에서 있었던 일이다. 루반 관령에서 오프할 직할령으로 낙인자들을 이송해가던 네놈은 은십자 기사단과 싸움을 벌이다가 세디론 산에서 근근히 살아가던 화전민들을 발견했다."

과거를 내뱉는 라트의 목소리가 싸늘하게 변했다. 그러자 베이론의 입에서 낮은 비웃음이 흘러나왔다.

"악마가 아니라…… 낙인자였던가? 네놈에게는 안 된 일이지만, 낙인자 따위들을 일일이 기억하진 않는다."

"그렇겠지. 하지만 나는 네놈 덕분에 악마가 되었다."

라트가 싸늘하게 웃자 베이론의 얼굴이 무섭게 변했다.

"너로 인해 이 나라의 신성은 사라질 것이다."

"그렇게…… 그렇게 놔둘…… 쿨럭!"

흥분했는지 피를 울컥 내뱉는 베이론을 보면서 라트는 점차 피가 끓어오르는 것을 느꼈다.

"나는 교황을 죽일 것이다. 그리고 네놈들이 믿는 신의 상징을 보란 듯이 부러뜨릴 것이다. 이 나라에 만연한 모든 신전을 없앨 것이고, 그 거짓된 신을 믿는 자들을 죽일 테다."

"이, 이놈……!"

베이론은 몸을 부들부들 떨었다.

"다 네 덕분에 하게 된 일이다. 너는 이 나라의 역사를 바꾸게 된 것이다. 나는 네 이름을 길이길이 칭송하리라."

베이론은 분노로 몸을 덜덜 떨면서 생명의 불꽃을 태웠다. 눈앞에 이 악마만은 어떻게든 죽여야 한다는 생각이 든 것이다. 왼손에 들린 검에 자신의 생명을 건 베이론은 라트를 향해 찔러갔다. 그러나 그런 공격이 라트에게 통할 리가 없었다. 검은 가볍게 라트의 왼손에 잡혔다.

"그렇게 발악할 필요 없다, 베이론. 네 이름은 몇 년이고 몇십 년이고 이 나라에 울려 퍼지게 될 것이다. 이 나라를 멸망하게 한 자로서 말이야."

"이이이익!"

베이론은 이미 바닥난 마력을 끌어 올리려도 사력을 다했다. 입술에서 피가 울컥울컥 흘러내리고 이내 코에서도 피가 줄줄 흘러내렸다.

"무력하군. 베이론. 네가 나를 내려다봤을 때의 기분도 이

랬겠구나. 난 네놈들에게 짓밟힌 내가 벌레같이 보였을 것이라고 생각했다. 헌데 아니군. 지금의 넌 벌레라고 부르기조차 아까워."

라트는 낮게 비웃었다.

"크아아아아악!"

베이론은 괴성을 지르다가 피가 목에 끓어오르는지 컥컥거리다가 이내 실이 끊어진 인형처럼 풀썩 늘어졌다. 빛을 잃어가는 베이론의 눈동자는 마지막까지 증오로 일그러진 채, 라트를 노려보고 있었다.

라트는 검을 그의 가슴에 꽂았다.

푸욱!

통성은 없었다. 베이론은 이미 죽은 것이다. 어느새 라트의 얼굴에서도 웃음기가 사라지고 없었다.

"라트, 괜찮은 거야……?"

아르니가 라트에게 다가와서 조심스럽게 물었다.

"이제 끝이 멀지 않았어. 끝이 코앞이다. 이제 얼마 남지 않았어."

마족들이 득달같이 달려들었다. 신성군단의 사기는 이미 떨어질 대로 떨어져 있었고 추격하는 마족들의 공격에 제대로 된 대응을 할 수 없었다.

그러는 사이 후퇴하는 신성군단의 수는 계속 줄었다. 무시무시한 검은빛이 쏟아지지는 않았지만 다시 교전에 들어갔을 때 또 그 검은빛이 나타나지 않는다는 장담은 누구도 할 수 없었다.

아군의 수가 계속 줄어드는 걸 알면서도 신성군단을 지휘하는 파토르는 그저 후퇴를 명할 뿐이었다.

'상대할 수 없다.'

적은 이제껏 상대해보지 못한 터무니없는 적이었다.

작열하던 검은빛이 눈앞에 선했다.

백사자 기사단과 도합 300명이 넘는 전투 신관을 몇 시간의 교전 동안 잃은 파토르는, 교황청을 중심에 둔 신성 도시, 카사트리엔에 다다를 때까지 마족들을 떼어낼 수 없었다. 악착같이 달라붙는 마족들의 수는 여전히 헤아릴 수 없을 만큼 많았고 그들의 전의는 하늘을 찌를 듯했다.

전장의 무대는 이제 도시로 옮겨가고 있었다. 파토르는 두려움에 질린 얼굴로 숨을 거칠게 몰아쉬었다.

'죽을 순 없다. 이런 곳에서, 이런 곳에서 죽을 수는 없어.'

아직 가야 할 길이 먼데, 이런 곳에서 죽을 수는 없었다. 이 모든 것이 악몽이었으면 좋겠다는 생각이 간절했다. 그가 언제 이렇듯 두려움에 떨었던 적이 있었을까, 단 한 번도 없었다. 적어도 그가 싸워 왔던 적들은 손을 뻗으면 충분히 벨 수 있는 위치에 있었다. 그러나 스치는 것만으로도 모든 것을 파멸시키는 빛에 도대체 어떻게 대항할 수가 있단 말인가.

파토르는 패닉 상태에 빠져 교황의 앞에도 그렇다고 적들의 앞에도 서지 못하고 그저 푸른색 눈동자만 이리저리 굴리고 있었다.

* * *

"이게 무슨 소리야?"

에피스토렐 지방에서 한참 격전을 벌이고 있는 신성군단을 지휘하던 라이셀이 급보로 도착한 전령의 말에 눈살을 찌푸리며 거칠게 물었다.

"서신의 내용 그대로입니다."

라이셀의 얼굴이 딱딱하게 굳었다.

"교황청이 위험하다 얘긴가? 그 애송이 놈은 뭘 하고 있는 거지? 듣기로는 그놈이 나섰다고 들었다."

"패퇴를 거듭하고 있습니다. 카사트리엔의 남서쪽 콜마 부레트와 남쪽 페리마 비시렛이 이미 불바다입니다."

"뭣이?"

자리에서 벌떡 일어난 라이셀의 얼굴이 경악으로 일그러졌다. 애송이의 실력은 몰라도 백사자 기사단이 있을진대 어째서 패퇴 따위를 한단 말인가.

"돌프란 경, 돌프란 경은 뭘 하고 있단 말인가? 애송이 놈이 아무것도 못한다면 돌프란 경이 나서서 싸워야 할 것 아닌가!"

전령의 얼굴이 새파랗게 질렸다.

"돌프란 경은 이미 전사했습니다. 휘하 백사자 기사단 모두 마찬가지입니다."

"네, 네놈 지금 무슨 말을 하는 거냐? 고작 이틀가량이다. 고작 이틀 만에 무슨……."

라이셀이 두려움에 질린 목소리로 중얼거렸을 때였다. 밖이 소란스러워지며 막사 안으로 피투성이 전령 한 명이 급하게 당도했다.

"급보입니다!"

"무슨 일이냐! 지금 교황청의 전인을 만나고 있다고 말했을 텐데!"

라이셀이 두려움을 이겨내려는 듯 소리쳤다.

"적이 파로벨에서 아군의 빌마스 신성대 3부대가 궤멸시켰습니다."

"뭐라고!"

라이셀이 하얗게 질린 얼굴로 경악성을 터뜨렸을 때, 다시 막사 안으로 흙투성이의 전령이 달려와서 부복했다.

"라이안트 기사단이 패퇴 중입니다!"

라이셀의 얼굴은 이제 까맣게 변했다. 연달아 이게 무슨 일이란 말인가? 그는 지금 이 모든 상황을 이해하지 못하고 있었다.

에피스토렐 지방의 신성군단이 빠르게 무너져 가고 있는 것은 다름 아닌 은십자 기사단 총단이 움직였기 때문이었다. 제1십자대, 제2십자대가 마침내 에피스토렐 지방에서 분전하고 있는 십자대와 연계하여 움직이기 시작하면서 비로소 은십자 기사단의 주력 전투 부대가 전면에 나섰다. 지지부진하던 전세도 단번에 기울어졌다.

선두에는 단장의 오른팔이자, 은십자 기사단 최고의 전투력을 가진 인물이라고 불리는 황금의 로시티니가 나서서 성기사들을 닥치는 대로 베고 진로를 열며 사기를 진작시켜 나갔다.

로시티니의 실력은 성기사를 훨씬 웃돌았다. 그녀는 단신으로 성기사들 서넛을 아무렇지도 않게 상대했고 그들의 목숨을 취했다. 그리고 그녀를 바싹 뒤쫓는 제1십자대 전투 부대원들은 그녀가 고립되지 않도록 퇴로를 잡고 적과 싸웠다.

"빌어먹을! 전력을 집중시켜라! 이교도 따위에게 대신성제국의 기사단이 밀린다는 건 죽음보다 더한 치욕이다!"

라이셀은 고래고래 고함을 지르며 앞으로 나서서 진두지휘했다. 그러나 전황은 나아지지 않았다. 악화일로를 걷는 라이셀의 신성군단은 이윽고 라이안트 기사단이 완전히 무너지는 것으로 패퇴를 결정하게 되었다.

"크으으으윽!"

라이셀은 이를 뿌득뿌득 갈았다.

은십자 기사단 총단의 지원 이후, 신성군단이 무너지면서 에피스토렐 지방은 순식간에 점거되었다. 곳곳에 있는 신전이 박살 나고 불타올랐다. 관령 백작들이 모두 목이 잘려 효수되었고 교단과 관련된 인물들은 모두 잡혀서 고문을 당하기 일쑤였다.

"단장님, 급보입니다."

디스에른이 눈을 천천히 뜨고 고개를 끄덕였다. 사내가 다가와 그녀의 앞에서 부복했다.

"악마들이 카사트리엔을 불태우고 있는 있습니다."

"좋아, 생각 이상으로 빠르군. 알았다. 그만 물러가라."

"예."

홀로 남은 디스에른의 입꼬리가 슬쩍 말아 올라갔다.

『만족스럽겠지? 이게 네놈이 원한 일이니까 말이다.』

"훌륭하군, 실버론. 인정한다. 너는 훌륭하다. 이전에는 분명히 내 실수였군, 사과하지."

실버론이 나직하게 웃었다. 디스에른의 사과를 받아냈다는 것만으로도 상당히 기분이 좋은 것 같았다.

"모든 게 순조롭군. 이제 슬슬 준비해야겠군."

『흐흐흣, 다음엔 뭘 보여줄 거지?』

"신성의 멸망, 어둠의 도래. 그리고……."

디스에른은 천천히 자리에서 일어났다.

"새로운 빛을 탄생시켜야지."

실버론은 의미심장한 웃음을 흘렸다.

"이제 코앞이다."

디스에른이 야망을 불태우는 모습을 보며 실버론은 입을 다물었다. 그는 지크로트의 계약자, 즉 라트가 가지고 있는 힘을 알고 있다. 파괴의 권능, 검은 벼락. 그 힘은 일개 인간의 힘으로 막을 만한 힘이 아니었다.

'재미있겠군. 디스에른이 죽임을 당한다면 그것도 꽤 흥미로운 결말이 아닌가.'

* * *

계속된 패퇴, 지휘관의 부재 속에서 신성군단은 분전했다. 압도적인 적의 전투력에 한때 두려움에 질리기도 했지만, 그들은 거대한 교황청 건물을 보고 정신을 차렸다.

"모두 정신 차려라! 더는 물러날 수 없다. 교황 성하를 지켜라! 광명께서 위대한 빛의 힘을 주실 것이다!"

그들의 눈에 빛이 다시 번뜩이기 시작했다. 신실한 신앙심은 공포를 억누르고 죽음의 두려움을 몰아냈다. 그들의 검에서 빛이 줄기줄기 흘러나오면서 마족들의 목숨을 취했다.

"크아악!"

"카악!"

마족들이 죽어나가고 싸움에 휘말린 사람들과 전투 신관, 성기사들도 죽어나갔다. 어떻게든 최후의 방어선을 지키려는 그들의 모습에 가슴이 울컥한 병사들이 튀어나와 병장기를 휘두르며 마족들에게 덤벼들었다.

흘러내린 피가 신성제국의 심장이라고 불리는 이 대지에 스며들었다. 불꽃이 치솟고 사람들의 비명은 끊이지 않았다. 마족들이 나타나는 곳이면 어디든 지옥도의 풍경이 되어 버렸다.

그 와중에 로브와 후드로 전신을 가린 50여 명이 가만히 싸움을 관전하고 있었다.

"단장님, 계속 싸우실 셈이십니까?"

단원 한 명이 다가와 조심스럽게 물었다.

"아니, 이제 싸울 필요는 없다. 이미 이 나라의 신성은 무너졌어."

"그, 그렇다면 저희들은!"

"그래, 우리의 자유가 코앞이다. 이제 어둠 속에 숨어 살지 않아도 돼."

후드 안에서 안카렛의 눈이 열망으로 번뜩였다. 안카렛의 뒤로 도열해 있는 이들은 모두 성흔 기사단이라고 불리는 이들이었다. 그들은 파토르와 함께 이곳까지 후퇴하고는 한쪽에 숨어서 가만히 상황만 지켜보고 있었다.

"왕에게서는 아직 연락이 없었나?"

"예, 아직입니다. 교왕도 이렇듯 일이 갑작스럽게 진행될 줄은 예상하지 못했던 것이겠지요."

안카렛은 눈을 가늘게 떴다.

'왕은 설마 우리를 버리려는 건가?'

의심이 고개를 들었지만 안카렛은 이내 고개를 저었다. 그렇기엔 성흔 기사단이 지닌 전력이 너무 막강했다. 왕으로서 고작 몇 개의 직위를 내리는 일에 불과할진대 그들을 내칠 리가 없었다.

성흔 기사단은 물밑으로 교황에게 억눌려 어깨도 펴지 못하고 살아온 왕과 결탁했다. 왕과 이해관계가 맞아떨어진 그들은 시기를 지켜보고 있었던 것이다. 요즘처럼 나라가 안팎으로 어지러운 시기는 왕에게 있어서 기회가 다가오고 있음을 뜻했다.

"이곳에서 물러난다. 신성군단이 잘 막는다 해도 그 검은빛이 작열하면 이곳도 순식간에 없어지고 말 테지. 그 파괴의 빛에는 아무도 거스를 수 없어."

"하지만 왕이 가만히 두고 보지 않을 겁니다. 왕에게 있어서 교황청은 눈엣가시 같은 존재지만, 이 도시는……."

"그렇다면 왕을 버릴 수밖에 없다. 이곳에서 개죽음을 당할 바에 이 나라를 떠나겠다."

안카렛이 강한 어조로 말하자, 단원들이 입을 다물고 눈치를 살피며 고개를 끄덕였다.

그들은 이내 그 자리를 떠났다. 성흔 기사단은 이후 도시 그 어디에서도 모습을 찾아볼 수 없었다.

한편, 마족들을 지배하고 이 처참한 지옥도를 만든 라트의 상태는 좋아 보이지 않았다. 검은 벼락을 두 번 발사한 이후, 나흘이 지난 시점임에도 여전히 지친 기색이 역력했다.

텔리시아와 아르니는 알 수 있었다. 라트의 생명의 불꽃이 이제 꺼지기 직전이라는 것을 말이다. 힘들어 하는 라트와 슬픈 기색의 아르니를 바라보던 텔리시아는 천천히 앞으로 나섰다.

"라트, 쉬고 있어. 길을 뚫을게."

"그럴 필요 없어……."

라트의 힘없는 목소리를 들으면서 텔리시아는 고개를 살짝 저었다. 텔리시아는 몸을 날렸다. 1단계를 개방한 그녀의 모습이 마족의 형태로 바뀌었다. 텔리시아의 양손에 맺힌 흑환이 사방팔방으로 쏟아지며 엄청난 폭발을 일으켰다.

콰콰콰쾅!

폭발이 계속해서 일어나자 그나마 버티던 신성군단의 대열이 마구 흐트러지며 무너져갔다. 어느덧 마력이 다 떨어져 숨을 헐떡이던 텔리시아가 저항하던 인간들의 수가 확연하게 줄어든 것을 알아챘다.

"싸움이 끝나간다……."

텔리시아는 공허한 목소리로 중얼거렸다.

더 이상 금속음은 들리지 않았다. 라트와 함께 다닌 지 얼마 안 됐을 때만 해도 여기까지 오리라고는 생각지도 못했다.

그때, 뒤쪽에서 기척이 느껴졌다.

"주인님은 이제 시간이 얼마 남지 않으신 것인가?"

"그래."

텔리시아는 나직하게 중얼거렸다. 크로칸 남작은 그녀의 곁에 섰다.

"그런가……."

"라트의 복수는 이곳에서 끝나. 교황청을 무너뜨리는 것으로 말이야."

"주인님이 바라시는 대로 일이 풀려서 다행이군."

"넌 뭘 원했던 거지?"

크로칸 남작의 무미건조한 대답에 크로칸 남작은 보일 듯 말 듯한 미소를 지었다.

"다시 한 번 이 광경을 보고 싶었다."

크로칸 남작은 아수라장과 혼돈의 도가니가 된 도시의 모습을 눈으로 훑었다.

"발루토 님이 보여주셨던 혼란으로 일그러진 세상이 다시 한 번 보고 싶었을 뿐이다."

크로칸 남작은 만족스럽다는 표정을 지었다.

그러는 사이, 마침내 마지막까지 싸우던 성기사 한 명이 복부가 꿰뚫리는 것으로 전투불능에 빠지면서 치열했던 싸움은 이윽고 끝이 났다.

쏴아아아아!

비가 내렸다. 이제 한두 시간이 지나면 해가 뜨리라. 그러나 그 햇빛은 이 대지를 비추진 못할 것이다. 시꺼먼 먹구름이 이 일대를 뒤덮었으니 말이다.

"이, 이런 곳에서…… 이런 곳에서 죽을 수는……."

뚫린 배에서 내장을 쏟아내는 성기사가 피를 토하면서도 끝까지 자신을 해친 마족을 노려보다가 이내 쓰러졌다.

피비린내가 진동하는 광장을 지나 라트는 거대한 교황청 건물을 향해 걸어갔다. 커다란 대문을 지나 드높은 계단 위로 올라간 라트는 마침내 교황청 앞에 섰다.

"프로트 교단의 총단……."

라트는 온갖 감정이 뒤섞인 표정을 지었다. 어느새 지쳐 있던 라트의 얼굴이 조금씩 편안해졌다. 아르니의 부축을 받던 라트가 그녀의 손을 놓고 홀로 섰다.

"나 혼자 가겠어."

라트는 떨리는 음성으로 그렇게 말했다. 아르니는 입을 막고 흘러나오려는 울음을 참았다.

라트는 느린 걸음으로 안쪽으로 걸어 나갔다. 커다란 문이 라트의 앞을 가로막았지만 라트의 검에서 흘러나오는 검은 기운이 폭사하며 단숨에 문을 박살 냈다.

콰지지직!

훅 피어오르는 먼지 속을 라트는 멈추지 않고 계속 나아갔다. 또다시 커다란 문이 나타났지만 이번에도 역시 라트의 발걸음을 잡아둘 수는 없었다. 검은 기운에 문은 또다시 박살이 나며 무너졌다.

『끝이 다가오는군.』

라겔의 목소리도 가늘게 떨렸다.

'그래.'

『라트, 드디어 쉴 수 있게 되는 건가?』

'아니, 아직이야. 이 나라의 신의 대리인이라고 불리는 자의 실체를 보고 내 손으로 없애기 전까지는 아직 쉴 수 없어.'

그리고 또 얼마나 나아갔을까, 문 하나가 더 나왔다. 휘황찬란한 문은 조금 전 두 개의 문과는 달리 무척이나 두껍고 견고해 보였다.

라트의 발걸음이 멈추었다. 안쪽에서 다수의 기감을 느껴졌던 것이다. 라트가 검을 뻗어 가운데 문틈 사이로 세워서 끼워 넣었다.

파지지지직!

어둠의 마력이 마구 흘러나오며 검을 물들였고 이내 방전했다. 그것도 잠시 곧 안쪽으로 튀어 나간 검은빛은 사방으로 퍼지며 안쪽의 기척을 모조리 집어삼켰다.

"크아아아아아악!"

본래 파괴력의 반에 반절 정도의 수준이었기에 어떻게든 방어하며 막아낸 이들이 태반이었지만, 막은 이들이나 적중된 이들이나 그들의 입에서는 통성이 터져 나왔다.

이윽고 문이 박살 나며 드넓은 대전이 모습을 드러냈다. 그곳에 쓰러진 이들은 모두 교황 직속 친위 기사단이었다. 그 어떤 때도 교황에게서 떠나지 않는 그들은 모두 성기사들로서, 성명 성기사들도 속해 있을 만큼 뛰어난 실력을 지니고 있었지만, 검은 벼락 앞에서는 무력했다.

"후욱, 후욱……."

라트는 숨을 길게 토하고 쓰러진 성기사들 가운데를 지나쳐서 안쪽으로 걸어갔다.

"크으으윽, 가, 감히! 그, 그냥 두지 않겠다!

어떻게든 검은 벼락의 힘을 몰아내려던 덩치 큰 사내가 초인적인 힘으로 자리에서 일어나 검을 들었다.

"아, 악마 따위가 감히 신성한 성하께 손을 대게 놔둘 것 같으냐!"

라트의 눈에 살기가 어렸다. 칠흑색 검이 파르르 떨리는가 싶더니, 이내 여러 개의 검형을 일으켰다.

"아, 아니!"

십여 개의 검형은 달려드는 성기사의 몸에 쏜살같이 쏟아졌다.

푸푸푸푹!

"커어어억!"

피를 왈칵 토한 성기사의 신형이 그 자리에서 무너졌다. 곧 몸에 꽂힌 거무튀튀한 검형은 그대로 펑하는 소리와 함께 터지면서 성기사의 몸을 폭사했고 살점들은 비산했다.

라트는 검은 눈동자를 불태웠다.

"저 문을 지나온 것은 악마가 아니라 인간이다."

검은 벼락의 힘이었다면 조금 더 쉽게 죽였을 것이다. 그러나 라트는 굳이 바리엘 분검식을 썼다. 그 이유는 단 하나였다. 그는 악마로서가 아니라 사람으로서 지금 이 자리에 있고 싶었다.

"네가 인간이라고 말하는 것인가?"

라트의 시선이 천천히 돌아갔다. 저 멀리 고풍스러운 장막 안쪽에서 목소리가 흘러나왔다.

"그 안에 숨어 있는 네놈이 이 나라의 교황이라고 하는 놈인가?"

"그렇다. 내가 교황이다."

장막 안에서 흘러나오는 교황의 목소리가 담담했다.

라트가 손을 거칠게 휘젓자 창문 하나 없는 방에 바람이 일며 장막이 찢겨 나갔다. 그러자 안쪽이 훤히 드러나며 교황의 모습이 보였다.

라트는 눈살을 찌푸렸다. 스스로 교황이라고 밝힌 이의 모습은 그가 봐온 여느 사람과 크게 다르지 않았다. 중년인임에도 앞머리가 벗겨졌고, 백발도 드문드문 보였다.

그는 가슴 중앙에 커다란 금색 프로텔리아 자수가 박힌 펑퍼짐한 백색 옷을 입었다. 그 옷을 빼고는 조금도 특별해 보이지 않았다.

"실망스러운 모양이군."

교황의 나직한 말에 라트는 싸늘한 얼굴로 천천히 다가갔다.

"교황, 신의 대리인이라고 불리는 네놈도 결국은 나와 같은 사람에 불과하다는 것쯤은 진작 알고 있었다."

"어리석은 소리. 나는 특별한 존재다. 너 같은 하찮은 놈과 동일 선상에 놓일 수 있는 존재가 아니란 얘기다."

교황은 여전히 담담하게 대답했다.

"무엇이 다르지?"

라트는 한 발자국씩 교황에게 다가갔다.

"모든 것이 다르다. 너는 이 세상에 존재하는 것만으로도 해악한 존재, 나는 빛을 수호하며 증명하는 신의 대리인으로서 태어나고 자란 존재다. 이 격차는 인간의 언어로는 표현할 수 없을 만큼 큰 것이다."

라트의 입에서 웃음이 흘러나왔다.

"오늘 신은 죽는다."

"하찮은 놈이 감히 그따위 소리를 지껄이느냐."

교황이 별안간 눈을 치켜떴다.

"너는 내 손에 죽는다."

라트는 검을 겨누었다. 뾰족한 칼끝이 교황의 목 언저리에서 예기를 발했다.

"감히!"

교황은 괘씸한 표정을 지었지만 옴짝달싹하지 못했다. 그가 몸을 움직일 때마다 칼끝이 점차 목을 향해 다가오고 있었기 때문이다.

"감히 상상할 수 없는 신성모독이다! 내게 칼끝을 겨누다니. 너는 이 세상 그 무엇보다 저주받은 존재다."

라트는 교황의 저주를 들으면서 비웃었다. 라트가 저지른 죄를 엄벌할 이들은 더 이상 남아 있지 않았다. 그의 외침과 목소리는 공허하게 메아리칠 뿐이었다.

"그 이상의 죄를 저지르지 마라. 신성이 무너지는 순간, 이 나라는 악의 나락으로 빠지게 되는 것이다."

"재미있는 일이지. 당신은 신성한 존재일진대 하찮고 저주받은 내 손에 죽게 된다니 말이야."

"어리석은…… 큭!"

교황은 목을 살짝 스친 칼날에 화끈한 고통을 느꼈다. 목에서 피가 주륵 흘러내리자, 그의 안색이 창백하게 질렸다.

"가, 감히……!"

라트는 날을 틀어 이번엔 어깨를 살짝 베었다. 새하얀 옷이 점차 붉게 물들어가고 있었다.

"무력하군. 살아 있는 신이나 다름없는 교황이 이렇게나 무력하기 짝이 없는 존재라니."

"감히 내게 이런, 이런 짓을…… 이런 짓을 하고도 네놈이 멀쩡하게 살 수 있을 것 같으냐!"

"아니, 죽는다."

"뭐, 뭣이?"

"내 수명은 길지 않다. 이제 곧 죽는다. 그러니 아무것도 두려울 게 없다. 이미 나는 복수를 끝내기 직전이니까 말이야. 이 세상의 유일한 목적을 이루었다."

그렇게 말한 라트는 그간의 모든 일이 주마등처럼 스쳐가는 것을 느꼈다. 교황이 무슨 말을 지껄였지만 더는 들리지 않았다.

'드디어 모두 끝났다..'

라트의 얼굴이 부드럽게 바뀌고, 그 순간 그의 검이 검은빛을 머금었다가 단숨에 교황의 몸을 사선으로 베었다.

써걱!

피를 왈칵 토하며 교황의 몸은 무너졌다. 흘러내리는 내장과 피의 색깔은 여느 사람과 다르지 않다. 그의 죽음도 결국엔 다른 이들의 죽음과 똑같았다.

교황은 죽었다.

무거운 적막만이 감돌았다. 라트의 얼굴에는 허무함만 감돌았다. 모든 걸 끝냈건만, 조금도 기쁘지 않았고 조금도 통쾌하지 않았다.

그저 공허할 뿐.

슈우우우욱!

대기를 가르며 날아드는 한 줄기 검기에 라트가 반사적으로 검을 휘두르며 튕겨냈다.

쾅!

튕겨 나간 검기는 천장을 벽에 부딪치며 폭발했다. 갑작스러운 공격 후 누군가의 목소리가 들렸다.

"잘도 저질렀군. 이 악마 놈, 네놈이 저지른 죄는 네놈의 목숨으로도 갚지 못할 것이다."

피로 더럽혀진 금발의 사내가 라트에게 다가왔다. 푸른색 눈동자가 인상적인 그는 검에 새하얀 빛을 일으키며 무시무시한 살기를 뿜고 있었다.

그는 악마들과의 싸움에서 돌연 모습을 감추어 버린 파토르였다.

라트는 그를 바라보았다.

고작 몇 미터를 두고 둘의 시선이 얽혔다.

언젠가 그에게 손을 뻗었던 라트, 그리고 그 손을 잡았던 파토르. 그 둘은 이젠 서로가 검을 겨누는 위치에서 서로 바라보고 있었다.

라트의 눈이 점차 기묘한 빛을 띠었다.

"너는……."

"힘이 죄다 빠진 모양이군. 네놈이 분명히 그 검은빛을 내뿜는 놈이었지. 근데 일부러 이렇게 나선 것을 보면 역시 그 힘 정상적인 힘은 아니야. 쓸 수 있는 한계가 있는 거다. 내 말이 틀렸나?"

파토르는 눈에 휩싸인 살기 때문에 라트를 알아보지 못했다. 그때의 그 소년이 아직까지 살아서 자신의 눈앞에 이렇게 나타나리라고는 조금도 상상하지 못한 것이었다. 파토르에게 있어 지금 눈앞의 라트는 그저 악마들의 수장에 불과했다. 그러나 라트는 파토르를 분명히 알아보았다.

"너는 그때……."

"죽어랏!"

파토르는 바로 지금 이 순간이 절호의 순간임을 알고 달려들었다. 그의 검에 맺힌 빛이 단번에 수십 개로 쪼개졌다.

라트에게는 이 일련의 일들이 모두 느리게 흘러가는 것처럼 보였다.

'참으로 기구하군.'

파토르가 스승님의 바리엘 분검식을 쓴다. 그때 도망을 치던 낙인자 소년이 말이다. 더 신기한 것은 그가 신성군단의 일원으로 존재한다는 사실이었다. 그날의 일들을 결코 잊지 않았을 텐데, 그는 어째서 자신에게 검을 겨누는가.

오만가지 생각이 머리를 휘저었다. 마침내 라트가 검을 휘둘렀다. 그의 검이 검은빛을 내뿜으며 여러 개로 쪼개지며 파토르의 검세에 대항했다.

카가가가강!

"아니!"

파토르가 눈을 부릅떴다.

"어떻게 바리엘 분검식을 알고 있지!"

거리를 벌린 파토르는 경악한 얼굴로 라트를 노려보았다. 일그러져있던 그의 눈빛에 점차 기묘한 빛이 어렸다. 많이 어둡고 초췌한 모습이긴 했지만, 파토르가 어찌 라트의 얼굴을 잊을 수가 있겠는가.

파토르의 얼굴이 점차 경악으로 질려갔다.

"너, 너는……."

"역시, 너는 파토르군."

"라트……."

둘은 그저 서로 바라볼 뿐, 아무런 말도 오가지 않았다. 그간의 얘기는 너무 길어서 어디서부터 어떻게 시작해야 할지 알 수가 없었다. 게다가 지금은 서로 검을 겨누고 있지 않은가.

라트는 천천히 걸어갔다.

"이미 모두 끝났어."

이윽고 라트는 파토르의 곁을 지나갔다. 파토르는 검을 늘어뜨린 채 복잡한 표정을 지었다. 빠르게 불안, 죄책감, 분노, 슬픔 등이 마구 떠올랐다가 이내 그의 얼굴에는 다시 여느 때처럼 차갑게 가라앉았다.

"아니, 넌 틀렸어. 난 이제 시작이야."

파토르의 몸이 홱 돌아갔다. 어느새 다시 이글거리며 타오르는 새하얀 빛을 머금은 검 역시 그의 몸처럼 회전했다. 곧 검에서 떨어져 나온 빛들은 무수히 쪼개지며 작은 검의 편린들이 되어 라트의 등을 향해 쏟아졌다.

라트는 아무것도 하지 않았다.

콰콰콰쾅!

파토르는 봉그리드에 한 발자국 더 가까워졌다는 생각에 입가를 말아 올렸다.

"이제부터 이 나라의 개혁이 시작된다. 난 할 수 있다!"

그는 교황을 죽인 악마를 물리쳤다는 대의명분이 있다. 그의 마음속에서 커다랗게 덩치를 키운 탐욕은 어렸을 적 아무런 힘도 없었던 소년 파토르를 억눌러 버렸다. 라트를 자신의 손으로 죽였다는 사실보단 이로써 품어온 큰 뜻을 펼칠 수 있다는 것이 더 중요했다.

바닥에 널브러진 라트는 피를 왈칵 토하고는 그 자리에서 천천히 일어났다.

파토르의 눈이 매섭게 변했다. 그가 다시 검형을 흩뿌리려는 순간, 라트의 몸 전신에서 검은빛이 일렁이며 방전했다.

파지지직!

파토르의 얼굴에 덜컥 두려움이 떠올랐다.

"파토르, 안달하지 마라. ……나는 네가 일부러 손을 쓸 필요도 없으니까……."

거기까지 말한 라트는 다시금 피를 울컥 토했다. 라트는 당장이라도 쓰러질 것처럼 휘적휘적 걸었다. 그리 긴 거리도 아니건만 라트에게는 밖으로 나가는 길이 수천 킬로미터처럼 느껴졌다.

지나온 일들이 스쳐 지나갔다.

돌이켜보니 처음에 생각했던 것처럼 눈물과 후회, 분노, 증오로 점철된 길이었다. 아르니도 보였고 텔리시아도 보였고, 제리카, 그리고 죽은 은십자 기사단도 보였다. 정말로 수많은 사람들의 기억이 스쳐 지나갔다.

힘겹게 걸음을 내딛으며 라트는 이윽고 교황청의 건물을 빠져나왔다.

'끝났다.'

다리에 힘이 풀린 라트는 그 자리에서 고꾸라지듯 쓰러졌다. 아픔도 느껴지지 않았다. 멍한 의식 속에서 라트는 하늘을 우러렀다.

어느새 아침이 찾아왔는지 새까맸던 하늘이 회색빛으로 변해 있었다. 새벽 내내 비를 쏟아내며 먹구름 사이에 듬성듬성 구멍이 보였다.

라트가 그 하늘을 아름답다고 생각했을 때였다. 느릿하게 흘러가는 먹구름 사이에서 한 줄기 빛이 비추었다. 따스한 빛이 주저앉은 라트를 감싸 안았다. 그 온기를 느끼며 라트는 지그시 눈을 감았다.

'이제 쉬어도 되겠지.'

『그래, 이제 쉬어.』

라젤의 부드러운 목소리가 어머니의 목소리처럼 들리기도 했고 오르베니의 목소리처럼 들리기도 했다.

"너는, 네놈은 내 손에 죽어야만 해! 그래야만 이 나라는……!"

아득하게 멀어져가는 파토르의 목소리가 라트의 귓가에 울렸다. 마침내 눈을 감은 라트의 몸에 은색 장검이 날아들었다.

푸욱!

흐린 하늘에서 비추는 한 줄기 빛은 여전히 라트를 감싸 안고 있었다.

제7화
에필로그

"라트!"

라트의 몸에 꽂힌 흉측한 검을 보면서 아르니와 텔리시아가 비명을 질렀다. 곧 텔리시아의 눈이 무시무시하게 일그러질 때였다.

"네놈!"

『크하하하하하하하하핫-!』

지크로트의 웃음이 텔리시아의 내부를 진동시켰다.

"허억!"

텔리시아가 신음을 내뱉는 순간, 그녀의 가슴 사이에서 어둠이 열렸다.

『이제 검은 벼락은 나의 것이다!』

지크로트는 칠흑색 검에 대한 지배력을 키워 가며 동시에 텔리시아를 통해 통로를 열었다. 눈을 깜박일 정도의 찰나간의 일이었다. 지크로트의 어둠에서 흘러나온 붉은 혀들이 일제히 라트의 몸을 휘감았다.

"라트!"

아르니가 눈을 날카롭게 치켜뜨면서 즉시 마법을 영창했다. 방대한 양의 어둠의 마력이 그녀를 중심으로 휘몰아쳤다. 하지만 그녀가 손을 쓰기도 전에 이변이 일어났다.

파지지지지지직!

"꺅!"

아르니는 주변을 휘감는 검은 벼락의 힘에 튕겨 나가며 계단 아래로 떨어졌다.

『크아아아아아아악!』

지크로트가 요란한 비명을 질렀다.

어둠에서 튀어나온 혀들이 일제히 바스러지며 소멸했고 텔리시아의 몸에서 열렸던 어둠이 닫히는 것이 아니라 귀퉁이부터 서서히 소멸되어 갔다.

『어, 어떻게, 이게 어떻게 된 거냐!』

『라트는 죽기 전에 이미 이 상황을 예견했어.』

라겔의 담담한 목소리를 들으며 지크로트의 의식은 마침내 마계로 떨어져 내렸다.

"이런, 이런 말도 안 되는 일이……!"

지크로트가 머리끝까지 차오른 분노를 터뜨렸다. 마계에 세워진 그의 탑이 진동하며 지축이 뒤흔들렸다. 그는 다시 텔리시아를 통해 문을 열려고 했다. 그러나 그의 생각대로 되지 않았다.

"어, 어째서!"

지크로트가 당황했다. 텔리시아와의 연결이 전혀 느껴지질 않았던 것이다. 텔리시아가 죽기라도 했단 말인가.

그는 황급히 라겔이 완전하게 지배한 검으로 의식을 밀어 넣었다.

텔리시아가 거칠게 숨을 몰아쉬면서 주저앉았다.

『어, 어째서!』

『말했을 텐데. 라트는 이 상황을 예견했다고.』

지크로트는 주위 풍경이 어둠으로 바뀌며 라트의 모습을 한 라겔이 어느새 그의 곁에 있음을 알아챘다.

『그놈은 이미 죽었다! 어째서 검은 벼락이!』

『그건 내가 한 일이야. 라트는 이 상황을 예견하고 내게 부탁했다. 이 순간이 찾아올 때, 텔리시아의 몸에 틀어박힌 네놈의 입과 결속을 소멸시켜 달라고 말이야.』

지크로트의 안색이 창백해졌다.

『그, 그런 일이 가능할 거라고 생각하느냐? 피의 결속을 감히 어떻게 다른 놈이 풀 수가 있단 말이냐!』

『검은 벼락은 가능해. 파괴의 힘, 검은 벼락은 너의 입구와 그녀, 너 사이에 연결된 통로를 소멸시킬 수 있어.』

『크아아아아아아악! 어떻게, 어떻게…… 어떻게 놈이 정확히 텔리시아의 몸속에서 나의 힘을 없앨 수가 있단 말인가! 날 농락할 셈이냐!』

『나의 그릇은 라트에게서 파생되었지만 본질은 너로부터 탄생되었다. 나는 누구보다 너와 가깝고 동시에 라트와도 가깝지. 이 검의 구조와 텔리시아 몸의 구조는 동일하다. 그 사실은 나도 알고 있었고, 그리고 라트 역시 알고 있었지. 아제릴에서 텔리시아가 너의 인형이 되어 움직이고 있는 것을 목격하면서 말이야. 라트는 텔리시아가 자유가 되길 원했어.』

라겔의 말을 들은 지크로트는 괴성을 질렀다. 라트에게 자신의 모든 것이 읽혔다는 것에 참을 수 없는 분노와 수치심을 느낀 것이다.

『그 검은 벼락 일부가 나와 동조하여 이제 나의 것이 되었다. 그리고 지금의 나는 너와의 통로를 끊는 것쯤은 그리 어려운 일도 아니야.』

지크로트가 검은 벼락이 라겔에게 있다는 말을 듣자마자 급히 힘을 끌어 올렸다. 그러나 라겔은 이미 그 말을 하기 전부터 검은 벼락은 지크로트와의 연결 고리를 잘근잘근 부수고 있었고, 말이 끝날 쯤엔 이미 연결은 간당간당하게 붙어 있었다.

『안 돼, 안 돼! 이럴 수는 없다!』

『내 안에서 꺼져라, 지크로트!』

그리고 지크로트의 의식은 라겔의 안에서 사라졌다. 라겔은 이제 라트와의 교감도 느낄 수 없었고 지크로트와의 연결된 감각도 느낄 수 없었다.

완전한 혼자가 된 것이다. 라겔은 고독을 느꼈다.

『라트, 이제 편히 쉴 수 있겠지.』

"라트으으으!"

아르니가 분노로 이글거리는 눈으로 손을 부들부들 떨고 있는 파토르에게 달려들었다. 검은 불꽃이 일렁였다.

* * *

신성붕괴.

먼 이후, 라트력 혹은 성전의 시대라고 명명되는 이 시대는 사실상 신성제국의 상징이자 프토르 교의 상징인 교황청이 무너지는 것으로 그 운명을 다했다. 교황청이 무너진 정확한 년도는 라트력 10년이었다. 펜게른 령의 새디론 산에서 일어난 참극의 날을 기점으로 라트력이라고 명명된 이 시기를 10년째 되는 날을 끝이라고 보는 역사학자들이 있지만, 대다수 역사학자들은 그날로부터 2년을 더 쳐서 라트력으로 명명한다.

신성제국 교황의 죽음은 이웃 국가들에게 큰 충격을 주었다. 이후, 에즈리다디아 제국은 치안 정리라는 명목으로 굴바엔 지방의 파르칼과 일라드, 쥬아튼까지 손을 뻗어 왔다. 이에 에즈리다디아 국민들 중 프토르 교단 교인들이 심하게 반발하면서 각지에서 폭동이 일어났다. 그러자 에즈리다디아 제국은 즉시 손을 거두었다. 폭동이라는 문제도 있었지만, 각 관령과 도시의 상태가 엉망인 것을 확인한 것이다.

한편, 은십자 기사단은 에피스토렐에서 아트라스로 올라와 브라디로스로 파죽지세로 진격해 나갔고, 이들을 막을 수 있는 제국의 기사단은 사실상 남아 있지 않았다.

황급히 수도까지 후퇴한 라이셀 군단장은 그곳에서 악마들과 조우하고 교전에 들어갔다. 라트가 죽은 이후 크로칸 남작은 줄곧 수도에 머무르고 있었기에 은십자 기사단과 그의 격돌은 불가피했다.

양쪽 진영의 전투는 치열했고, 피해는 점차 불어났다. 그렇게 마족들의 수가 절반 이상 떨어졌을 때, 뒤늦게 나타난 천검의 주인 봉그리드가 은십자 기사단에 합류하여 마족들을 베어 넘겼다. 크로칸 남작은 마침내 후퇴를 결정했다.

은십자 기사단은 마족들과 라트가 휩쓸어 버린 수도를 쉽게 점거했다. 교왕의 병력은 하잘 것 없는 것이었기에 은십자 기사단에게 대적할 수는 없다.

신성제국은 역사의 뒤안길에 올랐고, 은십자 기사단은 실버론이라는 나라 이름을 내세워 개국을 선포했다. 초대 왕은 디스에른 폰 실버크로스였다. 그는 악마들을 무찌르고 이 땅에 평화를 가져왔다는 사실만으로도 신민들에게 열렬한 추앙을 받았다.

공식적인 실버론 왕국의 첫 기사단은 개혁과 함께했던 영광의 은십자 기사단이었다. 은십자 기사단의 단장은 안트시그라는 인물이 맡았고 부단장은 로시티니가 맡게 되었다.

개국선포 이후, 실버론의 왕은 낙인자가 포함된 계급제도를 철폐하고 다른 나라들과 동일한 귀족과 평민을 나누는 것으로 바꾸었다. 곳곳의 신전은 모두 불타올랐고, 추기경들을 비롯한 중요 관직에 있던 모든 인물이 잡혀서 효수되었다. 낙인자들은 왕의 자비로움에 고개를 박고 칭송했다. 그러나 그들은 알고 있을까, 이 나라가 크게 바뀐 듯 보이나 실상은 그 이름만 바뀌었을 뿐이라는 것을 말이다.

그 무렵부터였다. 붉은 단죄자 라트에 대한 이야기가 이 나라 각지에서 울려 퍼지게 된 것은 말이다.

시원한 바람이 불었다.

실버론 왕국의 변경, 시골의 허름한 저택의 창문 가에 앉아 있던 삼십 대 여인이 읽던 책을 천천히 덮고 밖으로 시선을 옮겼다. 바람은 끊임없이 불어와 그녀의 풍성한 금색 머리칼을 어루만졌다. 그녀는 천천히 일어나 밖으로 나왔다.

"바람이 참 좋네요."

"그러게 말입니다."

밖에서 조용히 화단을 다듬고 있던 중년의 집사가 부드럽게 미소 지었다. 그녀는 기분이 정말 좋은 것 같았다.

"갈루스, 오늘은 떠들썩하게 모여서 파티를 하는 게 어떨까요?"

"음, 좋은 생각이십니다."

"갈루스, 옆집의 세리오트 씨도 부르도록 해요."

"하하하, 그 녀석은 불러 봤자 재미도 없을 겁니다."

갈루스가 너털웃음을 터뜨리자 여인은 활짝 웃었다.

"그래도 불러요. 갈루스의 친한 친구인데 부르지 않으면 섭섭할 거예요."

여인의 말에 갈루스가 고개를 끄덕였다.

"예, 알겠습니다."

갈루스는 웃으며 별채로 걸어갔다. 그녀가 말하는 옆집은 별채를 이르는 말이었다. 사실 별채 역시 이 저택의 건물이었지만, 그녀는 별채로는 찾아가지 않았고 애초에 이 저택의 주인은 그녀가 아니라 바로 갈루스와 세리오트였다.

끼익-!

"세리오트, 아가씨가 자네를 부르는군."

"무슨 일로 날 부른단 말이오?"

"함께 파티를 하자는 것 같아."

"흥, 그런 것은 당신이나 하시오."

세리오트는 쌀쌀 맞게 대답했다.

"벌써 10년도 더 지난 일이야."

"내겐 바로 어제의 일인양 생생하오. 부하들이 어떻게 살린 목숨인데 당신이 이렇게 살 수가 있단 말이오!"

"세리오트, 혁명은 성공했어."

"당신은 이런 곳에서 저런 근본도 모르는 계집의 집사가 아니라 수도에서 떵떵거리며 한 자리를 맡고 있어야 했단 말이오!"

세리오트가 버럭 고함을 질렀다. 그러나 갈루스의 표정은 담담했다.

"나는 지금의 삶에 만족하네. 더는 치열한 싸움 속에서 살고 싶지 않아. 혁명은 성공했고 이 나라는 바뀌었네. 작으면서도 큰 변화야. 이제 이 나라엔 낙인자는 없고, 싸울 필요도 없네. 이런 내 바람은 무리한 것인가?"

세리오트는 말을 잇지 못했다. 머리로는 알고 있지만, 바로즈 관령에서 최후까지 싸우지 못했던 그날의 기억이 꿈에서도 몇 번씩 튀어나와 그를 괴롭히는 것이다.

그때 세리오트의 어깨에 갈루스가 손을 얹었다.

"이제 그만 자네 자신을 용서해주게. 그들은 이미 자네를 용서했을 거야. 그들이 그토록 바라던 세상이 만들어졌으니 말이야."

"……."

"행복해 보이네."

흔들의자에 몸을 기대고 있던 아르니는 친숙한 목소리에 눈을 떴다. 10년 전과 조금도 다르지 않은 모습의 매혹적인 여인이 서 있었다.

"텔리시아, 3개월 만이네."

"그래."

"오랜만에 뵙습니다."

발트몰이 고개를 깊이 숙이며 인사하자, 아르니도 웃으며 고개를 살짝 숙였다.

"마침 잘 왔어. 오늘 파티를 할 거야. 둘도 참석해 줘."

"좋아."

텔리시아가 웃으며 그녀의 옆에 앉았다.

"수도에 다녀왔어. 그곳에 동상이 세워졌어."

"동상?"

"라트의 동상. 붉은 단죄자, 그런 이름으로 불리더라."

그러자 아르니의 얼굴에 살짝 떨렸다.

"그렇구나……."

"바렌트의 부인이 임신을 했어. 정말 행복해 보였어."

농사를 지으며 사는 바렌트에 대한 얘기를 들은 아르니가 행복한 표정을 지었다.

"그는 찾았어……?"

아르니의 말에 텔리시아의 얼굴이 살짝 굳었다.

"응, 봉그리드의 곁에 있었어. 하지만 죽이진 않았어."

"……그렇구나."

아르니의 얼굴엔 별다른 표정 변화가 없었다. 한참 동안 말을 하지 않던 아르니가 부드럽게 웃었다.

"라트가 그만 그를 용서해 주라고 하는 것 같아."

"그래."

텔리시아는 미쳐 버린 파토르의 모습을 떠올렸다.

그때 아르니가 살포시 웃으면서 그녀를 보았다.

"텔리시아, 행복해?"

"응, 지금까지의 시간 속에서 이렇게 행복했던 적은 없던 것 같아."

하지만 그 말과는 달리 텔리시아의 표정은 어딘가 슬퍼 보였다. 아르니는 푸른 하늘을 바라보며 말했다.

"바람이 불 때면 라트가 떠올라."

"바람?"

"라트는 내게 있어 바람 같은 사람이었어."

아르니의 말에 텔리시아가 미소 지었다.

* * *

아실반 산맥 깊은 곳, 평평한 공터에는 나무로 만들어진 나무 의자가 하나 있었다. 그 의자에는 옅은 금발을 짧게 자른 삼십 대 초반의 사내 한 명이 앉아 있었다.

사내의 시선은 푸른 산과 하늘의 경계에 꽂혀 있었다. 넋이 나간 사람처럼 침을 흘리고 있는 그를 자세히 보니 전신에 화상을 입어 얼굴을 제대로 알아보기 어려웠다. 2년 전, 아르니와 텔리시아의 공격에 입은 상처였다.

그때 저 멀리서 커다란 체구에 푸른색 머리칼을 지저분하게 기른 사내 한 명이 10년 전과 변함없는 모습으로 걸어와서 그 사내 곁에 앉았다.

"파토르, 오늘도 여기에 있었느냐."

"바람……, 바람……."

느릿느릿한 목소리로 사내가 말했다.

"바람이라……."

그때 저 멀찍이 북동쪽에서 시원한 바람이 불어왔다. 둘을 몸을 스쳐 지나가는 바람이 한동안 끊이지 않았다.

"모든 것이 바뀌었어. 이 나라도, 사람들도……. 라트, 네 녀석이 몰고 온 바람이다. 결코 끊이지 않는 바람 말이다."

목소리가 바람을 타고 저 멀리 멀리 남쪽을 향해 흩어져 갔다.

〈바람의 라트 완결〉